「なんだ、これは……？」
俺の目の前には、見たことのない街並みが広
「ここは未来の世界――なのか？」

フランソワーズ・J・モンマス
世界の不自然な歴史に疑問を持ち、
真実を探求する少女。
嘘を見抜く、記憶を覗くなど
様々な能力を兼ねる透視系能力
『白明心眼《マイティ・ボヤンス》』を持つ。
温泉は期待以上の素晴らしい雰囲気だった。
竹林に面した半露天風呂で、
あたりは静謐な空気に包まれている。
「……お湯がすべすべして、
気持ちいいわ」
サヤがぽつりとつぶやく。
フランには天からの声に思えた。

姫さま純情剣　野ざらし道中

南蛮お菊

十六夜《いざよい》をあすにひかえた十五日の月が青く澄んでいる。まだ宵《よい》をすぎたばかりの街道だった。姫路の城下から一里ばかり京の方へ近い御着《ごちゃく》の宿《しゅく》へかかろうとする松並木道で、浅香伝八郎はただごとならぬ女の張りのある声を耳にした。

「やめないか、ばか」

ぴしゃりと小気味のいい音がしたのは、たぶん相手の横っつらへ痛烈な張り手をくらわしたのだろう。

「いてえっ、やったね、太夫《たゆう》」

それはおちついた男の野太い声で、女に横っつらを張り飛ばされながら、いくぶんからかっているような語気のあるのは、よかれあしかれこのほうが役者が一枚うわてのようである。

いずれにせよ、人家に遠い夜の松林道で、そんな声を聞くのははなはだおだやかでない。伝八郎は足を速めながら、しかし犬も食わない痴話《ちわ》げんかなどでは、なまじ顔を出すだけやぼでもあるので、そっと声のしたあたりをのぞいてみた。

――ほほう。

思わず唖然《あぜん》と目をみはる。それはまたちょいと目のさめるような光景だった。道から四、五間はいったところに、きつね格子《ごうし》のはまったなにかの堂がまつってあって、その堂のぬれ縁を背に、明るい月かげをまともにうけ、いわゆる柳眉《りゅうび》というやつをさかだてているのは、手ぬぐいを姉さまかむりにして、ぞろりとした着つけのすそをはしょったわらじがけ、手甲脚半《てっこうきゃはん》、二十二、三とも見えるいかにも女芸人らしいみずぎわだった器量の持ち主だが、その器量より、左足を軽くふんばるように半歩ひき、年増《としま》ざかりののびのびとしたからだじゅういっぱいに、あふれるような闘志をみなぎらせている精悍《せいかん》さが野性の女豹《めひょう》を見るようでなんともあざやかである。

その前にぬっと立ちはだかっているのは、こっちへ背を向けているから顔はわからないが、これも道中差しを一本さした堅気とは見えない旅じたくで、がっしりとしたからだつきに尋常《じんじょう》ならざるふてぶてしさを持っている男だ。

「太夫、それがおまえの返事なんだな」

「大きらいさ、女をくどくやつなんて。道づれはおことわりだから、さっさとひとりで行っちまっておくれ」

「女はくどかれるうちが花なんだぜ」

これはまたひどくあつかましくできている男のようだ。

「ふん、夜鷹《よたか》といっしょにしておくれでない。こう見えても、南蛮お菊は芸一つで日本じゅうどこへ行っても一本立ちの太夫さんなんですからね」

「うぬぼれてやがる。おまえ、おれがこわくねえようだな」

「なにさ、そんな二本棒。どさまわりの定九郎が、二つ弾丸《だま》をくらってくしゃみをしたがってるみたいなまぬけづらが、なにがこわいもんか」

お菊太夫の毒舌もなかなかみごとなものだ。

「大道芸人にしちゃいい度胸だ。ほめてやるぜ。いまにたいせつなものを盗まれてうれしがるなよ」

「おや、おまえ悪雲助に早変わりかえ」

「早変わりじゃねえ、ぬすっとはおれの本職よ。てんぐ小僧の市松を知らねえか」

「へえ、てんぐにしちゃ低い鼻だね。木っ葉てんぐかえ」

「女郎《めろう》っ」

てんぐ小僧はふいにぱっとおどりかかっていった。てんぐと自称するだけあって、すこぶる敏捷《びんしょう》な体さばきだ。

が、それより南蛮お菊のほうがもっとすばやかった。ひらりとうしろざまにぬれ縁へ飛んだのが胡蝶《こちょう》のような身の軽さで、

「くそっ」

すかを食ったてんぐが、憤然と大手をひろげて、再度つかみかかろうと踏み込んだとたん、

「はあっ」

涼しい掛け声が気合いがわりで、とんと一つぬれ縁をけったお菊は、いともあざやかに四、五尺ばかり跳躍して、堂の前へほどよく枝をさしのべている松の木へさっと飛びついていった。

「あっ、こんちくしょう」

一瞬、月かげにちらっと白い足をこぼして、そのままふんわりとしりあがりに輪を描きながら、たちまち手のとどかぬ松の上へはねあがっていく女の柔軟なからだをあきれてぽかんと見送っていたてんぐは、なんと思ったか、急に七、八間

離れた堂の右向かいにある形ばかりの御手洗《みたらし》のほうへ一気に走った。

「やい、お菊、しゃれたまねをしやがって、てめえはうまく逃げたつもりだろうが、そうは問屋がおろさねえ。こっちにはちゃんと、つぶてっていう責め道具があるんだ。おっこちねえように気をつけろ」

てんぐ小僧は石をひとつかみつかんで、さっそうと立ち上がった。年ごろ三十がらみの、なかなか苦み走ったいい男ぶりだ。

「ふうんだ。そっちがつぶてなら、こっちは五寸くぎで相手になってあげるよ。左の目がつぶしてもらいたいか、右の目がいいか、それとものど笛がいいか、どっちだえ。いってごらんよ、おたんちんてんぐ」

お菊は幹を背に枝の上へすらりと立って、帯の間から五寸くぎを四、五本左手に抜きとったようだ。びくともしないのは、むろん曲芸じこみでそれだけわざに自信があるからだろうが、これは少しむちゃのようだ。てんぐは進退の自由な地の利を占めているうえに、石のほうが遠くへ飛ぶ。

「うぬっ、いまにほえづらかくな。行くぞ、あま」

てんぐの市松がいきおいこんで、さっとつぶての右手を振りあげるのを見て、

「こら、ふたりとも、もうけんかはやめなさい。わしが仲裁をしてつかわす」

浅香伝八郎は声をかけながら、つかつかと月の中へ出ていった。ねずみ色羽二重《はぶたえ》の紋服、羽織、どんすの野袴《のばかま》、編《あ》み笠《がさ》を左手にかかえこんだ伝八郎は、いかにも貴公子といった鷹揚《おうよう》さが身に備わっている身長五尺七寸の美丈夫で、難をいえばぼっちゃん然としているから、とかくずるい人間からは甘く見られがちになる。

「だんな、手をひいてくんな。陰で聞いていなすったんなら、たいていわかっているはずだ。あのあまだけはかんべんできねえ」

てんぐ小僧の市松は、たちまち頭からみくびって、ずぶとくかみついてきた。よけいなところへ飛び出されたのが、勝負はこっちのものと思いこんでいただけに、てんぐはしゃくにさわるらしい。

「かんべんできないというと、つまり、きみはどうしてもあの太夫さんのたいせつなものを盗まないうちは承知できないというのかえ」

「ざっとそんなところさ」

「よしたほうがいいようだな、男が返事のかわりにぴしゃりとほっぺたを張り飛ばされたのは、振られた証拠だとわしは思う。違うかえ」

「ふん、きいたふうなことをいうぜ。振る振らねえは女の勝手、盗む盗まねえはぬすっとの腕、それがおれたち男の世界の真剣勝負じゃねえか。黙って引っこんでいてもらいてえな」

「つまらない真剣勝負だねえ」

にこりと伝八郎が白い歯を見せる。

「なんだと――」

「盗みなどというものは、男が人の前でおおっぴらに自慢することじゃない。陰でこそこそとやることだ。男の世界ではなくて、ねずみの世界のほうに近いな」

「やあい、ざまを見ろ。ねずみてんぐ、ちゅうちゅうてんぐ」

いつの間にか松の枝へ腰かけて、お菊はやんちゃに足をぶらぶらさせながらうれしがってはやしたてる。

「さんぴん。てめえはおれをばかにする気だな」

「きみをばかにするわけじゃないが、ねずみはけいべつするね」

「よし、刀を抜け。世の中で侍がいちばん偉いもんだと思ってやがるとまちがうぞ。侍が強いか、ねずみが勝つか、腕ずくでこい」

いきなり道中差しを引き抜いたところを見ると、このてんぐは腕っ節にも相当自信があるのだろう。

月かげ街道

「まあ、やめることだ。侍がいちばん偉いとも思ってはいないが、刀の勝負なら、侍は子どものときから人を切るけいこをさせられている。わしは刃物ざんまいはあまり虫が好きでない」

伝八郎はまたしてもにこりと白い歯を見せる。

「ぬかしやがれ」

女の前で男の誇りを傷つけられ、こういう無知度しがたき連中は、最後は腕力よりほかに能がないのだろう。ねずみてんぐは凶悪な目をぎらぎら光らせながら、もろ手に構えた道中差しの柄頭《つかがしら》を胸元へぴたりとつけ、いきなり地をけって、からだごと猛烈に、だっと体当たりに出た。大胆きわまるけんか流捨て身の突きで、命の惜しい人間にはとてもできない芸だ。これだけむちゃな度胸と敏捷さが備わっていれば、たいていの剣術ではまにあわない。こいつはこの手でいつも相手を倒しつけているのだろう。

が、伝八郎はあぶないと叫んで、とっさに体を右にひらき、空《くう》を突いて力いっぱい前へ飛び出していく敵の臑《すね》へひょいと右足を当てたから、てんぐはあっといってつんのめり、火の出るようにどすんと大地へからだをたたきつけた。

「うぬっ」

まったく強情なやつだった。ぱっとはね起きるなり、歯をくいしばりながら、おなじような突きを再度まっしぐらにつきつけてくる。まるで黒いつむじ風が巻いたようだ。

「あぶない」

またしても伝八郎が体をひらいて臑を払う。

「あっ、ちくしょう」

どすんと前へつんのめったてんぐは、今度もくるりとはね起きたが、さすがに肩で息を切りながら、どうやら三度かかってくる気力はつきたらしく、世にもくやしそうな顔をしてこっちをにらみつけている。

「なかなかやるなあ、きみは」

伝八郎は平気でわらっているのだ。

「こんちくしょう、ふざけやがって」

てんぐ小僧はなんとも無念らしい。

「やい、これで命が助かったと思うと大きなまちがいだぞ。覚えてろ」

「なにを覚えていればいいんだね」

「てめえの寝首をきっとねらってやるんだ。忘れるなよ」

「わしの寝首なんか盗んだって、一文にもならないだろうがね」

「けとばしてやるのよ。ざまあ見やがれ」

まともにぶつかったんではとてもかなわないと見たのだろう。せめてもふてぶてしい捨てぜりふを残して、ぷいと街道のほうへ出ていった。負け惜しみの強いやつである。

「だいじょうぶかしら、あんなやつ生かしておいて」

あっけにとられていた女が、ひらりと松の枝から飛びおりて走り寄ってきた。

「心配しなくてもいいよ。ねらわれているのはわしの首らしいからね」

「だから心配してあげているんじゃありませんか。案外血のめぐりの悪いおかたねえ」

きっと見すえて、おや、あんたも人をこばかにする気、承知しないからといいたそうなきつい顔だ。おそろしく勝ち気な性分らしい。

「うむ、おかげであんまり血のめぐりのいいほうじゃないが、しかし、きみこそ気をつけたほうがいいよ、たいせつなものをねずみにねらわれているようだからね」

「平気だわ、あんなやつ。ひっぱたいてやるからいい」

「なるほど、きみはもうねずみを一度ひっぱたいていたんだっけな」

「あら、忘れてた、あたし」

お菊は思い出したように姉さまかむりの手ぬぐいをとって、

「あの、若さま、ただいまはあぶないところを助けていただきまして、ほんとうにありがとうございました。御恩は一生忘れません」

と、急に人並みなあいさつをする。そこは女芸人だから、自然と媚《こび》が身について、髪はぬれぬれとしたつぶし島田だ。

「やあ、ひどくお行儀がいいんだな。そのあいさつでは痛み入る」

「ほ、ほ、これでも生まれは相当の家の娘でございますから。今は少しあばずれているようでござんすけれど」

「どこへ行くんだえ」

「江戸へまいります」

「ひとりでか――」

播州《ばんしゆう》姫路から江戸までは百五十七里、男の足でも十五日はかかる。女ひとりで大胆なものだなあと、伝八郎は思わず目を丸くした。

「若さまはどちらまでの旅でございます」

「あいにくわしも江戸へ帰るんだが、道づれに誘うのは遠慮するよ」

「あら、どうしてでござんしょう」

「きみはねずみてんぐでこりているんだろう。よけいな心配をかけちゃきのどくだ」

「かまいませんのよ、道づれになるならないは女の勝手、くどくどかないは殿方の腕」

「まあ、遠慮しよう。わしはあまりひっぱたかれるのは好まないんだ。しかし、よかったらその辺まで送ってあげよう。今夜の泊まりは御着かえ」

「さあ、どういうことになりますか」

「とにかく出かけよう」

伝八郎は女を誘って街道へ出た。御着までまだ当分松並木がつづく寂しい道だ。

ねずみてんぐはどこへ行ってしまったか、それともどこかにかくれてまだ執念深く獲物をねらっているか、むろん姿は見せない。

「若さま、お名まえをうかがわしてくださいましな」

さっきの手ぬぐいを吹き流しにかぶって肩をならべながら、お菊は気軽に切り出してきた。

「浅香伝八郎、年は二十五、江戸の食い詰め浪人で、若さまなどといわれる身分じゃない。買いかぶらないでもらいたいな」

「うそばっかし——。御人品が違います。お道楽をなすったのね、きっと。見せしめのための御勘当、御用人さまが仲に立ち、一、二年ごしんぼうなさいましと意見をされて、江戸にいたのではしんぼうがいが見えないし、あの妓《こ》がうるさくつきまとうし、思いきって旅に出た、そうなんでござんしょう」

「おもしろそうな話だねえ。だれのことだえ」

「まあ、憎らしい。おっしゃいよ、どんな妓に迷ったのか、それとも迷わしたのか」

どすんと肩をぶつけてくる。

「太夫さんはお菊さんというのかえ」

「はい。しがない娘手品師で、芸名は雛菊《ひなぎく》、年は十八、いいえ、十九にしておこうかしら」

「わりにませているんだね。わしはまだ十六、七かと思った」

「五、六年まえにはね。これでも、その時分はとてもいい器量だって、人さまにほめられました」

「いや、今でもなかなかいい器量だ。てんぐが迷うくらいだからね」

「あの野郎、今度出会ったら、いきなり五寸くぎを目玉へたたっこんでやるからいい」

はつらつとやんぱちになってくるのだから、変わった女だ。それだけに、さんざん浮き世の荒波にもまれて、苦労もしてきているのだろう。

「どうして今夜は姫路泊まりにしなかったんだえ」

時刻からいって、女の足ではそのほうが安全だったはずである。

「若さまだから正直に白状しますがね、あたしは追われているからだなんです」

「ああ、そうか」

それなら一間でも先へいそぎたいはずだ。

――はてな。

おりもおり、しいんと澄んだ夜気をついて、かつかつと馬蹄《ばてい》の駆ける音が耳につきだした。一騎や二騎ではないようである。

「太夫さんの追っ手かもしれないな」

伝八郎はからかうようにいいながら、うしろを振りかえった。

「おきのどくさま。あたしはまだ曲馬にいたことはないんです」

「それじゃ安心だ。しかし、道のまんなかにいて馬にけとばされてもつまらない」

道ばたの松の木の下へよけていると、明るい街道をものものしく駆けさせて騎馬は十騎ばかり、どこの藩士か知らぬが、いずれも厳重な旅じたくで、先頭は金紋打った陣笠《じんがさ》をいただく四十歳あまり総髪のりっぱな武士だ。道ばたへよける二人を遠くから目ざとく見つけていたらしく、手をあげて騎馬は急に並み足になり、ふたりの前あたりへくると先頭からしだいに馬をとめた。一同の目が、無礼千万にも、じっと木かげのふたりのほうをにらんでいる。

「いやなやつら。駆け落ちとでもまちがえてからかう気なのかしら」

お菊はわざと手ぬぐいで顔をかくすようにして、伝八郎の背中へぴったりくっついてみせた。人をからかっておもしろがる、どうもそんないたずら好きのところがある女らしい。

陣笠の侍が振りかえって、すぐうしろの若侍に目くばせした。若侍ははっというようにうなずいて、少しこっちへ馬首をすすめ、

「馬上失礼ながら、ものをおたずね申す。貴殿のうしろにおられるのは、むろん貴殿のお道づれでござろうな」

と、妙なものの聞き方をする。

伝八郎は黙って若侍の笠の中を見あげていた。

「御返事のないのは、貴公の道づれではござらんのか」

それでも伝八郎が答えないので、お菊がそっとしりをこづきながら、

「あんたになんか聞いているのよ」

と、小声で注意した。

「貴公、わしのいうことが聞こえんのか」

若侍は憤然としたように声を大きくした。

「どこの御藩中か知らんが、あなたは侍の教育をうけていないようですな。軽輩あがりですか」

伝八郎がわざときのどくそうな顔をする。

「なにっ」

「わが国では、人にものを問うときは、まず馬をおりて、かぶり物をとるのが侍の礼儀とされています」

「そのくらいのことは貴公におそわらんでも知っておる。とりいそぐから、馬上失礼とはじめから断っているではないか」

「とりいそぐのはあなたがたの御勝手、失礼と知っていたら、断るまでもなく、礼儀はつくすべきです。知っていて行わなければ知らないに等しい。侍のすることではありません」

若さま、しっかりと、またお菊がしりをこづいた。

「無礼なことをいうな。われわれは主命で先をいそぐ者ゆえ――」

「おいそぎならば、人にものなどを問わず、御遠慮なくおいそぎになるがよろしい」

「うぬっ、許さん」

かっとなったらしく、若侍はひらりと馬からおりた。

駆ける騎馬隊

「待て、猪崎《いのさき》――」

同時に馬をおりたひとりが、ばらばらと駆けよって、血相をかえたくだんの若侍を押さえた。

「いや、放せ。こやつ、人もなげな広言」

「控えろ、鷲沼《わしぬま》殿のおおせだ」

鷲沼とは、先頭の総髪の武士のことだろう。これが一行の頭領らしく、猪崎とよばれた若侍は、不服そうながらも、黙って後ろへさがった。

「失礼いたした」

進み出た三十がらみの侍が、笠《かさ》を取って丁重にこっちへ会釈をし、

「われわれは播州三日月藩の者ども、拙者《せっしゃ》は雉子村剛助《きじむらごうすけ》といいます。たいせつな尋ね人があってかように夜道を駆けさせておりますので、つい気がせくままに礼

を失しました段、赤面のいたりです」

と、これは相当世なれた侍のようだ。

「ごあいさつ痛み入ります。わしは関東浪人浅香伝八郎、失礼ですが、あなたが尋ねておられるのは婦人のようですな」

相手が礼をつくしてくれれば、至極ものわかりのいい伝八郎なのである。

「そうです。年は十八歳、身分のある息女で、非常にお美しいおかたです。事情があって、あるいは変装などしておられるかもしれません。藩としては、ぜひお尋ねしなければならぬかたで、自然われわれは血眼《ちまなこ》になっているわけです。まことに申しかねる儀ではござるが、貴殿のお連れも若い御婦人とお見かけして、もしや尋ねるおかたかと目をつけました次第、われわれの疑念を晴らしていただければありがたいと思います。いかがなものでしょうな」

そのあいさつぶりにも非のうちどころはない。

「よくわかりました。つまり、連れの顔を見せろというのですな」

「念のために、そうしていただきたいのです」

「拙者の連れは、おそらくあなたがたの求める婦人ではあるまいと思うが、しばらくお待ちください」

伝八郎はわらいながら、お菊のほうを振りかえって、

「太夫さん、聞いてのとおりだ。きみの追っ手とは違うように思うが、さしつかえなかったら顔を見せてあげてくれないか。ただし、きみは縁あって道づれになったのだ。たとえきみがこのかたがたの求める婦人であっても、わしは理由なくしてきみをこのかたがたに渡すようなことはしないつもりだ。どうだね」

と、いちおう話をとおす。

「じゃ、若さま、もしあたしがその御息女でも、こっちに理屈があれば、あんた、あたしを守ってくれるっていうんですか」

「うむ、わしは男だからね」

「見あげたわ、伝さん。あたし、すっかり好きになっちまったなあ」

人前もなくお菊は急にでれっとなって、伝八郎の胸の中へからだを投げ出しそうにしたが、

「ああ、そうそう。皆さん、ごめんなさい。あたしはとても御息女なんてがらじゃありません。恥ずかしながら、さあごらんくださいまし」

と、しなを作って手ぬぐいを取ってみせる。

白々としたあだっぽい年増ぶりではあるが、むろんかれらの求める婦人とは年

ごろからして違うのだ。

「やあ、失礼。お造作をかけました。猪崎、行こう」

雉子村は興がさめたように、さっさと自分の乗馬のほうへ帰っていく。

「なんだ、夜鷹か」

猪崎はくやしまぎれの憎まれ口をたたきながら、ひらりと馬にまたがった。

「なにさ、足軽あがりで、夜鷹も買えないあわて侍のくせに」

思いきったしっぺ返しがお菊の赤い口から飛ぶ。

「なにっ」

猪崎はまたしても目をむいたが、その間に一行は先頭の総髪から乗馬を進めはじめたので、猪崎も思いかえしたようにあとを追いだす。

「ざまあ見やがれ。あわをくって育つのは、いなの子ばかりさ。いな侍のおたんちん」

そのうしろ姿へいいたしながら、お菊太夫はまだ悪態をやめない。この女もひどくくやしがりのようだ。

「太夫さん、聞こえない悪態をついたって、口へほこりがはいるばかりだよ」

ここしばらく秋びよりがつづいているから、騎馬の通りすぎたあとはものものしい砂煙だった。

「わあ、たいへん」

お菊は口より髪のほうが気になったのだろう、あわてて手ぬぐいを姉さまかむりにしていた。

「しかし、きみの追っ手でなくてよかったな」

砂ぼこりがしずまってから、澄んだ月の道へ出ながら伝八郎がいった。

「あたしもう追っ手なんかこわくないわ。ちゃんと若さまがついていてくれるんだもの」

この女はもう臆面《おくめん》もなくしっかりと伝八郎のたもとをつかんでいる。

「誤解しちゃいけないぜ。わしは正しいものの味方はするが、正しからざるものの味方はできない」

「おや、変なことをいうねえ、伝さん。いつ、あたしがその、からざるのほうのことをしたっていうんです」

「したとはまだいわない。そのからざるほうでは困るというんだ。きみまでいなの子になっちゃいかんな」

「だいじょうぶよ。あたしはこう見えたって、まだ身も心も清水《しみず》のようにきれいなんだから。あんたに迷惑なんか、きっとかけやしないわ」

「よかろう。人間はいつも清水のようにきれいなほうがいい。水清ければ魚《うお》住まずということがあるが、住む住まぬは魚のかって、清い清くないは水の自由だ。わしはどろくさい魚はどうも虫が好かん」

「あたしは、みずくさい人、虫が好かないな。伝さんは人情があって、男らしくて、さっきはほんとうにほれぼれしちまったわ」

「どうもありがとう。これまでに、そんなにわしをほめてくれたのは太夫さんだけだ」

「うそばっかし――。江戸にちゃんといいひとが待っているくせに。憎らしいったらありゃしない」

お菊はなんとなくぴったりと肩をよせてくる。

「江戸といえば、この月の街道をひとりで江戸へいそいでいるお姫さまもあるんだな」

伝八郎はふっとさっきの侍たちの話を思い出した。

「いやだなあ、お姫さまなんかにいろけを出しちゃ」

やきもちというものは、総じて女の生まれつきらしい。

「清水にいろけはないよ」

あっさりとかわす伝八郎だ。

「そうばかりもいえないわ。清水は金魚が好きだもの」

「なるほど、水清くても金魚は住むねえ。清水に育つのはわさびだけだと思ったら、——なるほど、金魚は清水でも育つな」

我ながら伝八郎は自分のうかつさに感心してしまった。

「いやよ、あんな金魚なんか育てちゃ」

「しかし、きみはなかなか物知りだな」

「おだてっこなしっと——。けど、どうして十八の三日月さまがひとりで江戸へなんか行く気になったか、あんたわかる」

「さあ、わからんな」

「あたしはきっといい人ができたんだと思うわ。恋は思案のほかっていいますからね」

「まさか」

伝八郎は苦笑せざるをえない。領主の息女か一門の息女か知らぬが、常識からいって、姫君ともあろうものが駆け落ちはできない。町娘とは育ちが違うから、それこそ海の魚を川の水へ持ってくるようなものだ。

それにもかかわらず、ああして騎馬隊まで出して騒いでいるところを見ると、姫君が家出をしたということだけは事実なのだ。しかも、あの連中は、さっきのこの女を見てさえ、もしやそれではないかと疑っていたくらいだから、ひとりで家出をしているのだ。

「どうも、わしには見当がつかんな」

「ついてますってば、色恋に違いないじゃありませんか。あんた、だめよ、そんな三日月さまになんかいろけを出しちゃ。先さまにはもうちゃんと男がついているんですからね」

お菊はあくまでも駆け落ちときめて、実は男にそんな金魚なんかに関心を持ってもらいたくないのが本心のようだ。

きつねうどん

「太夫さんは、今夜、この宿《しゅく》で泊まるつもりじゃなかったのかえ」

御着の宿へかかってから、伝八郎はなにげなくお菊に聞いた。

「伝さんは——」

南蛮お菊はあいかわらず男のたもとをつかみながら切りかえしてくる。

「わしは明石《あかし》まで行くつもりで、さっき姫路を立ってきたばかりだ」

「意地が悪いのねえ、あんた」

「いや、別に意地が悪いわけじゃない。あすの晩は十六夜だから、須磨《すま》、舞子《まいこ》の月を見ておこうと思いたったんだ」

「月なんかどこで見たっておなじじゃありませんか」

こういう性分の女に風流を談じてみたところではじまらない。

「まあ、思いたったことだから、わしは行ってみることにしよう。太夫さんは遠慮なくここで足を休めるといい」

「あたしを、あたしをじゃまにするの、伝さん」

「別にじゃまにするわけじゃないが、きみはきょう一日じゅう歩いて、疲れているんだろう。無理をすることはあるまい」

「大きなお世話だわ。疲れている疲れていないはあたしの勝手、おじゃまでござんしょうけど、あたしも、須磨、明石のお月さまを見せてもらうことにするわ」

はじめから道づれになろうとは考えてもいないし、約束をしたおぼえもないのだが、ついてくるというものをついてくるなというのもかどがたつ。どうせこういう気まぐれな女だから、いやけがさせば自分からいつでも離れていくだろう。

「しからば、御着の宿は不着ということにいたそう」

「なにさ、そのふちゃくってのは」

「素通りということだ」

「なんだ、飛脚ってしゃれなの。ずいぶん考え落ちね」

お菊は負けない気で、自分のほうがよっぽど考えすぎたことをいう。

「けどねえ、若さま、いくら飛脚だって、おなかがすいていちゃ駆けられないわ。ここでなにか食べさせていただけませんかしら」

「なるほど、きみはまだ夕飯まえなんだね」

しかし、御着の宿は姫路の城下と違って、人家も百軒足らずの小さな宿だから、さてとなると飯を食わしてくれるような家はどこにも見あたらない。やっぱり、さっき見て通った旅籠《はたご》屋へ引きかえすほかはないかなと思っていると、宿はずれに近くなって、やっとうどん屋の店が一軒、古びた掛け行燈《あんどん》を出していた。

「どうだね、引きかえすのもめんどうだから、ここでがまんするか」

「しようがないわ。夜旅だなんて、あんたが物好きすぎるんだもの」

なんでも人のせいにしたがる女だ。

油障子をあけて中へはいってみると、客はないが店は思ったより広く、土間に掛けて食えるようになっている床几《しょうぎ》が二つ並び、その奥に切り落としの小座敷も見える。

うどん一杯のためにわざわざわらじを脱ぐこともないので、きつねうどんを二ついつけ、手前の床几に足を休めていると、まもなくまた一組み客がはいってきた。四人づれの旅の侍たちで、これもうどん一杯で夜旅をいそぐ連中だろうか、先頭の男がじろりとうさんらしくこっちを見すえてから、ぞろぞろと奥の床几へ通っていく。

――はてな。

その二人目のがみずぎわだった若衆姿で、年ごろ十七、八でもあろうか、きりっとした面だちのなかににおうばかりの気品が備わり、あたりがぱっと明るくなるような美少年である。

「まあ、すばらしいお公達《きんだち》じゃないの。まるで勧進帳《かんじんちょう》に出てくる義経みたい」

さすがに負け惜しみの強い南蛮お菊が、うっとり見とれて、この女はとっさにそんな神経が働くらしく、実にうまいことをいう。

あとの三人はいずれも二十五、六から三十がらみのたくましい武士だが、いずれも田舎者くさく、どうしてもお供の家来としか見えない。

「太夫、そう人の顔をじろじろ見るもんじゃないよ」

伝八郎は小声で注意した。

「あら、やいてんの、この人。だいじょうぶよ、あたしはあんたのほうが好きなんだから。――でも、あんなきれいなお小姓さん見るの、あたしはじめてだわ」

なんとも苦笑させられる。

「鶴丸《つるまる》さま、しばらくでもわらじをお取りになりますか」

若衆は切り落としの上がりかまちに掛け、三人はそれを守るように前の床几に陣取ったが、その組も亭主にきつねうどんを四ついいつけてから、なかの一人がそっと若衆にささやいていた。

鶴丸さまは鷹揚にかむりを振っただけである。

「では、少しお足をおもみいたしましょうか」

別のひとりがまじめな顔をしていう。なるほど、若衆の顔にも、しいて毅然《きぜん》と胸を張っているからだつきにも、相当疲労の色が濃い。

鶴丸さまはまたしてもかむりを振って、かすかに微笑をもらした。それはなんとなくはじらっている微笑である。

「どうも少し御無理ではないかな」

ひとりが気づかわしそうにいう。

「しかし、やむをえない。行けるところまで行って、また考えようもあるだろう」

「うむ、それは大事を取るに越したことはないが、夜は冷えるしな」

三人は額《ひたい》を突きあわせるようにして、しだいに声が小さくなる。

「なんだか変な人たちねえ」

お菊がそっと耳こすりをした。

「少し風が出てきたようだな」

伝八郎はわざとほかのことをいう。

「だから、須磨、明石なんかよせばいいのに。夜道は冷えるわよ、きっと」

すぐに乗ってくるお菊だ。

——あっ。

なんとなく秋深きを思わせる外の風の音に耳をすませていた伝八郎は、内心ぎょっとしながら、それとなく鶴丸さまのほうへ目を走らせた。明らかに夜道を走らせてくるひづめの音が、一騎、二騎、あるいは三騎か、耳につきだしたからである。

「おい、あれは」

「おう」

ふいに、床几の三人が顔色をかえて立った。

——そうか。やっぱり、この人は三日月藩の息女の変装だった。

早くもそうと気がついて見る目に、鶴丸さまはまだ静かに腰をおろしたまま、近づくひづめの音に耳を澄ましている。白々としたただならぬ顔色だが、寒紅梅を含んだとも見える美しいくちびるだ。

三人の供侍のうち、いちばん年かさらしい三十がらみの無骨そうな男が、なにか決断がついたらしく、つかつかと伝八郎の前へ進んできて小腰をかがめた。

「ぶしつけながら、お人がらと見てお願いいたします。われわれは子細あって追っ手をうける身、あの騎馬の音に不審がござるので、いちおう裏へかくれます。願わくはお見忘れおかれたい」

裏へかくれるから、黙っていてくれというのだ。慇懃《いんぎん》なうちにも、いやだといえば覚悟のありそうなつらだましいだ。

「よろしい。刀にかけてしかと承知した。安心なさい」

伝八郎はきっぱりとうなずいた。

「かたじけない」

一礼した無骨侍は、いそがしく連れに目くばせして、なわのれんでしきってある土間つづきの釜前《かままえ》のほうへ自分から先頭に立つ。つづいて、美少年鶴丸さまが前を通りながら、伝八郎に会釈をしていそぎ、そのあとから二人、これも緊張した顔つきで目礼していった。

「ねえ、あのお小姓さん男かしら」

お菊太夫《たゆう》もおよそ見当がついてきたらしく、そっと目をみはった。

「太夫、よけいな心配はしないものだ」

伝八郎がわらいながらたしなめると、

「ふうんだ。そのかわり、あんたもこれっきりで、きれいさっぱりとお見忘れ願いますよ。変ないろけなんか出すと承知しませんからね」

と、お菊はふてくされながら、熱ぼったい目をからみつけてくる。

ひづめの音が家の前で止まった。

「きたわよ」

そこは女だから、やっぱりどきりとしたらしく、お菊は男のたもとをつかんでいう。

「なるべく奥へ目を向けちゃいけない」

伝八郎はそっと注意をするのを忘れなかった。

がらりと油障子があいて顔を出したのは、さっきの騎馬隊とおなじような服装をした二十七、八の、いかにも目の鋭い男だった。そこに伝八郎とお菊が並んでいるのを見て、先方もちょっと思いがけなかったらしく、じろりとしり目にかけてから、

「おい、亭主――亭主はおらんか」

と、ひと足土間へはいって、奥へ声をかけた。

「へえ」

店のおやじがなわのれんの間から顔を出したが、裏に人をかくまっているのが身のひけめになるのだろう、そこから店へ出てこようとはしない。

「つかぬことを尋ねるが、今夜、年ごろ十八、九とも見える品のいい武家娘が、店の客にならなかったかな」

「さあ、そんな人は見えなかったです」

「あるいは町娘になっておるかもしれぬ。うりざね顔で、色の白い、すぐれた器量の娘だ」

「おぼえがないです」

おやじはいそいでかむりをふってみせた。

「どうだ、なにか手がかりはあったか」

後ろからひとりが顔を出して聞く。

「いや、わからん。まさか、こんなうどん屋へおひとりではいることは御存じあるまいからな」

「しかし、腹がすけば背に腹はかえられんたとえで、どこかでなにか腹ごしらえはするはずだからな」

「そりゃまあそうだが、おひとりで夜道が歩けるかなあ」

「姫路とこの御着と、宿屋という宿屋は一軒残らずしらみつぶしにさがしてみてもどこにもおられないとすれば、夜道をかけていると見るほかない。——それはまあそれとして、秋の夜は長い。どうだ、ついでだから、われわれもここで腹ごしらえをしていくか」

あとからきた色の浅黒いほうの男が、つまらぬことをいいだした。どっちも身分は軽輩のほうに近いらしく、こういうところで飲み食いをしつけているのだろう。とにかく、ここへ腰をすえられては、裏へかくれた連中が進退に困りはしないかと思ったとたん、

「おお臭い。いやなにおいがするねえ、伝さん」

と、お菊がふいに身をすりよせるようにして、おおげさにそでで鼻をおおってみせた。

「どうした、太夫」

「この人たち、馬くさいんだもの、いやになっちまうわ。早く出ていってくれるといいんだけどな」

それでなくてさえ人目にたつ女が、あけすけに二人のほうを見あげて顔をしかめたのだ。二人ともむっとしたようにこっちをにらみつけて、

「おい、女、もう一度いってみろ」

と、目の鋭いほうがたちまちかみついてきた。

「何度でもいいますわ。馬くさい、いやなにおいだと申しました」

奥の連中のために、この女はこの女なりの義侠《ぎきょう》心から、心にもない悪態をついてしまったのだろうが、あまりにも非常識すぎる悪態だ。つかれたほうが憤慨《ふんがい》するのも無理はない。

「黙れ、女。侍が馬くさいのは、武士のたしなみとしておおいばりだ。おしろいくさい柔弱者とはわけが違う。無礼なことをいうと承知せんぞ」

「ごめんなさい、にいさんたち。あたしは武士でないもんだから、馬のにおいが

きらいなんです。助けると思って、早くお引き取り願えませんかしら」

「おい、この女は貴公の連れか？」

腹にすえかねたとみえて、憤然と伝八郎のほうへ食ってかかってきた。怒るのは当然だが、こんな怒り方をするようでは、武士のたしなみを口にする資格はない。くみしやすしと見たから、

「失礼の段はわしからおわびします。なにぶん教養のない婦女子のこと、わらってお見のがし願いたい。あとでわしからよく申し聞かせておきます」

と、伝八郎はにっこり会釈をした。

「ならん。なんだ、そのあいさつは。いかに教養のない婦女子でも、わらって見のがせる暴言と、見のがせぬ暴言がある。その女は無礼討ちにするから、そのつもりでいてくれ」

「ごもっともです。しかし、暴言はおたがいのことなのだから、気にしないことにしましょう」

「なにっ。暴言がおたがいとはなんだ。拙者がどんな暴言を吐いたというのか」

「お気づきでないかな。貴公はいちばんはじめわしを呼ぶとき、おいということばを口にしたようだ。はじめて会った人においと呼びかけて、それが暴言になる

かならぬか、どなたにでもためしてごらんなさい」

伝八郎はまたしてもにっと白い歯を見せる。

ぎゅうっと一本痛いところをつかれたのと、そのおちついてわらっているのが、いかにも子どもあつかいにされていると取れたのだろう。

「うぬっ、許さん、表へ出ろ。おしろいくさいやつなどにばかにされてたまるか。たたっ切ってくれる」

相手はかっと逆上してしまったようだ。

「おい、高田《たかだ》、どうしたんだ」

馬の番をしていたらしい男が、ひょいと表から顔を出す。敵はこの三人らしい。

「お連れの衆――」

伝八郎はかまわず色の浅黒い男のほうへ声をかけた。

「この仁はいささか短慮のようだ。いずれの御藩中か知らぬが、あなたがたはなにか重大な役目の途中のようにお見うけする。この仁をなだめて、ひとまずお引き取りになってはどうか」

「ことわる。事の善悪にかかわらず、朋友《ほうゆう》がさげすまれたのを武士として見すごしにはできん。表へ出てくれ」

耳にはいさぎよいことばだが、この男もあまり思慮のあるほうではないらしい。

「それではやむをえぬ。いま相手をするから、一足さきへ出ていてくれたまえ」

「逃げる気か、きさま」

はじめの男がすかさず浴びせかけてきた。

「自分の浅い腹をもって、みだりに人の腹を律するものではない。心ある武士は、むやみにほえたがらぬものだ。支度をしてすぐ行くから、きみたちもじゅうぶん用意をしておきなさい」

「いったな。そのことばを忘れるな」

どかどかとふたりは表へ出ていった。

「太夫はここで待っているがいい。五寸くぎなど投げちゃだめだよ」

伝八郎は床几を立って、手早く羽織をぬぎ、袴《はかま》の股立《ももだ》ちをとり、下緒《さげお》をはずしてたすきにした。

「やるの、伝さん。あたしどうしよう。相手は三人よ」

こうなるだろうとはわかっていながら、さてなってみると、おろおろと立ったりすわったり、顔色を変えずにはいられないお菊だ。

「そんなに心配しなくてもよろしい」

身支度のできた伝八郎は、刀の目くぎをしめしながらにっこりした。ゆうゆうとして迫らず、おっとりしたうちに凜然《りんぜん》たる気魄《きはく》があって、見れば見るほど男らしい貴公子である。

「あんた、そうやると、芝居のかたき討ちみたいで、ほんとうにほれぼれしちまうなあ」

うっとりと見とれて、そんな度はずれたことをいいだすのだから、この女はまったく変わっている。

鶴丸さま

表へ出ると、人通りの絶えた街道に、十五日の秋の月がからんと明るかった。この辺はもう宿《しゆく》はずれに近いから、前は畑で、そこの並木に三頭の馬がつないである。

三人もすでに身支度をして、一団となって月の中に待っていた。

「お待たせしました。拙者は関東浪人浅香伝八郎、あなたがたの姓名をうけたまわりたい」

三人の前へ進んだ伝八郎は、自分から名のりをあげた。三人はちょっと顔を見あわせたが、作法だから名のらないわけにはいかない。

「拙者は播州某藩、子細あって主名はいえぬが、高田作兵衛《さくべえ》」

これがはじめの目の鋭い男で、けんかの発頭人だ。

「おなじく田丸房五郎《たまるふさごろう》」

「篠崎久八《しのざききゅうはち》――」

三人とも真剣勝負ははじめてらしく、目をぎらぎらと引きつらせている。

「もう一度忠告するが、あなたがたは主持ちだ。そのうえ、なにか役目を持っている。ここでけんかをしてもさしつかえないのか」

伝八郎としてはなるべく無用の刀は抜きたくなかったが、この場になってそれが相手に臆《おく》したとも取れるのだろう。

「抜けっ。いまさら武士としてあとへひけるか」

短気らしい高田作兵衛が一喝《いっかつ》して、さっと抜刀《ばっとう》した。

「やむをえぬ」

いま出てきたばかりのうどん屋の軒下まですっとさがった伝八郎が抜きあわせる。あとのふたりが高田の右と左へ進んで、形だけはさっそうと抜刀した。

伝八郎は、中西忠兵衛《なかにしちゅうべえ》に師事して、小野派一刀流を学び、名門の出としてはすぐれた腕を持っていた。天稟《てんぴん》といってもいいのかもしれない。家督を弟にゆずって、自分から若隠居したのはその腕がわざわいしたので、江戸で勤番侍五人にけんかを売られ、三人まで切って、二人に重傷を負わせた。そのおり、事件を取り調べた南町奉行筒井紀伊守《つついきいのかみ》から、

「御身はそれだけすぐれた腕を持っていられるのだから、切らずにすむ工夫もあったと思うが――」

と、それとなく意見をされて赤面した。

人を切るために剣を学ぶなら学ばぬがいい。なまじ腕がなければ、事のおこるまえに避ける工夫をするだろうし、たとえ事がおこっても堪忍する気になる。物事はけっして腕力では解決しない。塚原卜伝《つかはらぼくでん》が荒馬をさけて通ったのが剣の極意だ。

そう悟ったのが去年の春のことで、家督を弟にゆずると、世を捨てて旅に出てきた伝八郎だった。

そういう経歴の伝八郎だから、いまでもできればけっして相手を切ろうとは思っていない。場合が場合でなければ、むろん、はじめから三人を相手にけんかなどはしなかったのだ。

「とうっ」

三人のうちでは発頭人の高田がいちばんがむしゃらで、腕にも自信があるらしく、だっと地をけって殺到しようとした。その出ばなを、俊敏な伝八郎は、逆に猛烈な体当たりに出る。わざの相違で、刀をふりかぶろうと高田の腰が浮きぎみになった瞬間を強襲したから、

「わあっ」

作兵衛は畑の中まですっ飛ばされてひっくりかえり、あっと狼狽《ろうばい》した右手の田丸が夢中で切りこんでくる胴へ、

「えい」

とっさに身を沈めた伝八郎の峰打ちのほうが早かった。同時に返す刀が、すでに頭上に迫った篠崎の剣を火の出るようにはねあげている。

「伝さあん――」

それは見ていたお菊が、思わず殺されるような悲鳴をあげたほど、激しい一瞬

の勝負で、月明にそこだけ白い砂ぼこりがすさまじいうずをまき、白刃が火花を散らしたと見る間に、田丸が大きくのけぞり、三人めの篠崎は飛びのきそこねて、そこへどっとしりもちをついていた。

伝八郎にもし相手を切る意志があれば、そこを踏みこんで、篠崎は当然必殺の太刀をまぬかれない。恐怖に顔をゆがめながら、ぞっと目をみはったとき、

「けんかはよそう。話せばわかることだ。仲直りをしようではないか」

伝八郎はにっこりして、一度構えた刀をひき、さっさとうどん屋のほうへ歩きだす。三人に逃げる気があればそれでもいいという腹だ。

「あら、もうよすの。そんな遠慮しなくったっていいのになあ」

軒下まで出て手に汗を握っていたお菊が、口ではそんな強いことをいったが、ほっとしたようにからだごと飛びついてくる。左の手首をひょいとつかんで、

「なんだ、太夫、やっぱり五寸くぎをつかんでいるな」

と、伝八郎はわらった。

「あたりまえだわ。あんたがやられたら、かたき討ちをやらなければならないんだもの」

昂然《こうぜん》と肩をそびやかしてみせるお菊だ。

土間へはいろうとすると、そこにたすきがけで立っていたさっきの無骨侍が、迎え入れるようにひと足さがって会釈をしながら、

「とんだ御迷惑をかけて、申しわけございませぬ」

と、心から感謝しているようだ。

「やあ、どうも事のなりゆきでねえ」

一足中へはいってみると、鶴丸さまがさっきのところへ出て腰かけ、それをまもるように左右にひかえている供侍もたすきがけになっている。

「ほう、あなたがたも切って出る気だったようですな」

「貴殿に万一のことがあっては、われわれも黙視できません」

「義理がたいことをいわれる」

しかし、その律義さに伝八郎は好感が持てた。

「失礼ながら、浅香伝八郎殿と申されましたな」

「そうです」

「てまえは早川秋作《はやかわしゅうさく》と申す者、主人鶴丸さまが貴殿にあいさつあそばされたいと申していますが、おうけくださいますでしょうか」

「そうですな」

伝八郎はちらっと鶴丸さまのほうを見た。供侍たちはじっとこっちのなりゆきに目をすえているが、鶴丸さまは両手をひざにおいて黙然とさしうつむいている。

あいさつをうければ、いずれ事件の渦中《かちゅう》にまきこまれそうだが、乗りかかった船だし、しだいによってはまた分別のしようもあると考えたので、

「よろしい、お目にかかりましょう」

伝八郎はたすきをはずして股立ちをおろした。

お菊太夫がうしろへまわって羽織をきせかけてくれながら、どすんと一つ背中をこづく。金魚なんかに気を移したら承知しないからというつもりなのだろう。振り返って微笑すると、こんどはいいと白い歯をむいてみせた。しようのないやんぱち女である。

表はひっそりとして、まだひづめの音が聞こえないところを見ると、三人でなにか相談でもしているのではあるまいか。それがあるから、早川は入り口に立って動こうとしない。

「浅香伝八郎です。お見知りおかれたい」

伝八郎は美少年の前へ進んでそう名のりながら軽く会釈をした。相手の身分は

およそ想像しているが、世を忍んでいる者に対して礼がすぎるのはかえって迷惑だろうと考えてのことだ。

「どうぞ――」

鶴丸さまは会釈をかえしながら、はじめてこっちを見て、前の床几《しょうぎ》を手ですめる。まったく輝くような美貌《びぼう》だ。

「わたくしは播州三日月――」

「いや、それはうけたまわりますまい。なにか世を忍ばれていられるようだ。ただ鶴丸さまでけっこうです」

あいさつだけで別れるなら、そのほうがいいのである。

「実は、おり入ってたのみたいことがあります」

「さあ、拙者にできることかどうか、もしお話をうかがって、できないことだと、他言しただけあなたが迷惑しませんか」

「窮鳥《きゆうちよう》がふところへはいったら、あなたはどうします」

涼しい目がじっとこっちを見つめて、そのほおへ静かに血の気がさしてきた。

いくら男になりきろうとしても、つい女性が出る、そんないじらしい感じだ。しかし、窮鳥とはうまいことをいう。

「なるほど、窮鳥は見殺しにできませんな」

「鶴丸は窮鳥です」

「追っ手に追われていますな」

「はい」

「江戸へ行くのですか」

「どうしても行かなくてはなりません。悪人とたたかって、一藩を救うために」

鶴丸さまの思い詰めた目に、さっと闘志のようなものがみなぎってくる。

「よろしい、事情をうかがいましょう。ただし、正しからざることは、窮鳥といえども意見をします。それでよろしいか」

「はい。意見は必ず聞きます。ひととおり事情を聞いてください」

ふっと、入り口に立っていた早川秋作が、顔を緊張させながらこっちへ手をあげた。

静かに油障子があいて顔を出したのは騎馬隊の高田作兵衛である。

舌　刀

「あっ、早川——」

高田はびっくりしたようだ。そして、ちらっと鶴丸さまのほうを見て、愕然《がくぜん》と棒立ちになった。

「まあこっちへはいってくれ」

秋作が決意のこもった声でうながす。

つづいてはいってきた田丸も篠崎も、事の意外に目をみはるばかりだ。

手早く後ろの障子をしめきって、退路を断つように秋作がそこへ立つ。異様な空気が一瞬しいんと緊張した。

次の瞬間、騎馬隊の三人はそこへ並んで、鶴丸さまのほうへ静かにひざまずきながら、頭を下げていた。

「きみたちはわしと仲直りにきたのかね」

伝八郎がそっちを向いて軽く声をかけた。

「そうです。われわれは敗北しました。いちおうあいさつをしていきたいと思っていました」

高田が顔をあげて、悪びれずに答えた。

「三日月藩の諸君は、みんな義理がたいんだね、さすがに武士だ。――諸君はこのかたを知っているようだな」

伝八郎は目で鶴丸さまのほうをさす。

「存じております。江戸の鶴姫さまです」

「いや、いまは鶴丸さまだ。諸君はこの鶴丸さまを追っているのだろう」

「そうです」

「追うほうが正しいのか、追われるほうが正しいのか、正直に教えてくれぬか」

三人は顔を見あわせて口をつぐんでしまった。

「諸君はあらためて鶴丸さまの味方になってくれるわけにはいかんかな」

「味方を裏切れというのですか」

作兵衛が反発するようにやりかえしてくる。

「いや、諸君の良心に訴えて、正しいほうへ味方をしてくれとたのむのだ」

「切っていただこう。われわれはどうせ敗北したんだ。このまま切りたまえ」

「そうか。では、やむをえないな。諸君はなまじわしにあいさつなどせずに、そのまま役目につけばつけたんだ。それを、わざわざあいさつにきてくれた。負け惜しみのない武士だと見たから、いちおう鶴丸さまのためにたのんでみたんだ。わしは今夜ここではじめて鶴丸さまに会ったんで、まだくわしい事情は知らん。しかし、正しいと思われる鶴丸さまに事情をよく知っているきみたちが味方できないというのは、鶴丸さまにそれだけ徳がないのだろう。よろしい、きみたちはこのまま引き取って役目につきたまえ」

「われわれを無事に帰すと、鶴丸さまは鷲沼どのの手をのがれられない。それでもいいといわれるのか」

「きみたち三人をここで切って口をふさいでも、鶴丸さまにそれだけの徳がなければとうてい江戸までは行けまい。どっちに徳があるか、われわれは人事を尽くしてただ天意を待つばかりだ。——鶴丸さま、それでいいでしょうな」

「はい」

鶴丸さまはじっとうなだれる。供侍の三人はなにかいいたそうだが、沈痛にくちびるをかみしめて、おもいおもいに天を祈っているようだ。

立てといわれると、騎馬隊の三人もさすがに急には立ちかねるらしい。

「伝さん、あたしは鶴丸さまの味方のうちへ入れといてくださいよ。どんなことがあったって、きっと江戸までお供してみせますからね。女が、いいえ、足の弱い鶴丸さまが、たった一人で、命がけで江戸へ行かなくてはならないなんて、もし、そんなめにあわせるやつがあるとすれば、事情なんかきかなくたって、その鷲沼とかいう野郎のほうが悪玉にきまっているじゃありませんか。あたしはそんな野郎に五寸くぎをたたっこんでやらなくちゃ承知できない。ようござんすね」

お菊が興奮していいきった。無知は無知だけに、追われている鶴丸さまの苦労を思うと、いちずに義憤《ぎふん》にかられてきたのだろう。

「そうか。太夫は鶴丸さまに味方をしてくれるか」

「窮鳥はおたがいっこですからね。あたしは自分がいじめられて育ったから、人のいじめられているのは見ていられないんです。得をしなければ味方にならないなんてやつは大きらいさ」

ついでにとんだ早がてんまで口走ってしまう。しかし、だれもわらう者はいない。

すっと鶴丸さまが立ち上がった。騎馬隊の三人の前へ進んで、つと土間にひざ

まずき、

「鶴にそれだけの徳がないのですから、味方になってくれよとは申しませぬ。ただ、鶴はこの身がどうなろうとも、お家のためぜひ江戸までまいらなくてはなりません。鶴の志を少しなりとふびんと思ったら、この難関だけなりと見のがしてくれるよう、頼み入ります」

と、軽く土に三つ指を突いて、心から会釈をする。思いあまったふぜいだ。

あっと両手をついて堅くなっていた三人のうち作兵衛が、うたれたように顔をあげた。

「もったいのうござります。どうぞお手をおあげくださりませ。取るに足らぬわれわれどもにそのおことば、かりそめにもお主さまに手を突かせて、ばちがあたります。作兵衛は今日かぎり命を捨てます。江戸へ、江戸へお供させてくださりませ」

「房五郎も今日かぎり鬼になります」

「篠崎久八、肝にこたえました。天地神明に誓って、仰《おお》せつけに違背《いはい》いたしませぬ」

そこは朴訥《ぼくとつ》な国侍だから、ほんとうに肝にこたえたような顔を並べる。

「そちたちの志、うれしく思います」

鶴丸さまの細い声がかすかにふるえて、すっと涙がほおへあふれた。

国侍ははっと息をのむように、自分たちも目がしらを熱くしてうなだれたが、

「鶴丸さまには、まずお席へおもどり願います」

と、作兵衛は気がついてうながした。

鶴丸さまは涙をぬぐって立ちあがり、あらためてそこにいたお菊のほうへ、

「そなたにもたのみおきます」

と、如才《じょさい》なく会釈をする。

――お姫さま、なかなか味をやるな。

この賢明さがあれば、あるいはうまく江戸へはいれるかもしれぬと、始終を見ていた伝八郎はどうやら自信が持ててくる気がした。

奇病の死

それから半刻《はんとき》（一時間）ばかりの後――。

伝八郎は鶴丸さまと馬首をならべて、月あかりの街道をゆっくりと明石のほうへ駒を進めていた。あとから少し離れて一騎つづくのは高田作兵衛で、これは鞍《くら》のうしろへお菊をのせている。

「太夫《たゆう》、馬くさくないか」

御着のうどん屋で、みんなで鶴丸さまを囲み、仲よくきつねうどんを食ってから、一同は急に打ち解けてきて、お菊は高田の馬に乗せてもらうと話がきまり、手を取って馬上へひっぱりあげた作兵衛は、もうそんな冗談口をきいていた。

「いいえ、あたしは小さいとき曲馬にいて、馬といっしょに寝たことさえあるんだもの」

「なんだ。じゃ、さっきのかたき討ちに振り落としてやろうと思ったんだが、そうはいかんな」

「あの、振り落とすんでしたら、どうぞ伝さんに聞いてからにしてくださいまし」

「わあ、こりゃすごい」

「おいおい、あてられて自分が落馬してころぶなよ」

あとにつづく徒歩《かち》の五人がにぎやかにはやしたてる。

追っ手の騎馬隊は鷲沼郷左衛門《ごうざえもん》が大将で、明石に網を張るのだとわかったから、そこまではのんきな旅なのである。

先頭の伝八郎は、馬首を並べていく鶴丸さまから、はじめていっさいの事情を聞き取っていた。ひとあしの絶えた夜の街道を馬上で聞く話だから、話すほうも聞くほうも、人の目、人の耳を恐れる心配は少しもなかった。

「鶴は男に見えましょうか」

鶴丸さまはかなりたくみに馬を進めながら、そんなことを聞いた。

「すばらしい美少年ですな。難をいえば少しきれいすぎるが、しかし、江戸へつくまでは、あくまで男だと、自分で男になりきっていることがたいせつです」

「はい。きっと稲葉《いなば》鶴丸になります」

鶴丸さまは土浦藩土屋家の息女で鶴姫といい、十一歳のとき三日月藩稲葉家へこし入れをした。当時、稲葉家の当主は綾之助《あやのすけ》さまといってまだ九つだったから、ほんとうの祝言《しゅうげん》はむろん当主が元服してからのことで、それまで江戸屋敷の別殿で育てられたのである。

稲葉家の藩政は、これも当主が元服するまで、一門の家老稲葉大膳《たいぜん》が後見役としてみてきた。

こうして当主綾之助さまは去年十五歳をむかえ、鶴姫さまも十七になった。去年は綾之助は在国で、ことしの正月でなければ出府しない。で、正月を待って元服し、同時に華燭《かしょく》の典をあげることになっていたのだが、その当主が去年の暮れから奇病にかかり、正月になっても参勤できない。

当主の奇病というのは、別にどこが悪いというのではなく、終日うつらうつらと眠ってばかりいるほうが多い。さめているときでも意識はもうろうとしているらしく、食欲がないからしだいにからだが衰弱するばかりだという、つまり一種の眠り病だというのだ。

鶴姫は年下の綾之助さまを、いってみれば弟のように非常に愛していたので、心痛のあまり国もとの医師だけではこころもとなく、一つには看病かたがた幕府へ国入り願いを出して、田原侯の典医で蘭方《らんぽう》の名医といわれる鈴木春山《しゅんざん》をたのみ、ともかくもこの三月下旬やっと国入りの許可を得ることができた。諸侯の夫人息女が国入りすることは幕府が固く禁じているので、手続きが相当むずかしい。それを押して鶴姫がたって帰国を希望したのは、ほかにも少し子細があったのだ。

それはそれとして、とにかく鶴姫が帰国してみると、心配していた綾之助さまは、きのう息を引き取ったところだという。気丈な鶴姫は、すぐに当主の遺骸《いがい》の安置してある間《ま》に通り、綾之助さまの亡骸《なきがら》に対面して、同道した鈴木春山にくわしく診察してもらった。

綾之助さまの亡骸は、多少衰弱のあとは見えるが、思ったほどやせおとろえているというのではなく、美しくやすらかな死に顔であった。むろん、毒死の疑いはどこにもない。

「先生、病気はなんでございましょう」

別室へさがって、姫君は春山に聞いてみた。

「まにあわなくて、おきのどくでした。さぞかしお力落としでしょうな」

少しも風貌《ふうぼう》を飾らず、野人で率直磊落《らいらく》な春山は、ぎろりと大きな目をむいて、まずくやみをいった。

「では、もう少し先生を早くお連れすれば死なずにすんだのでございましょうか」

「それはわかりません、いまさらにあったとしても追いつく話ではなく、人がきけば医者の負け惜しみとしか聞きませんからな」

「病気はなんでございましょう」

「極度の衰弱ですな」

「どこが悪かったのでございましょう」

「今のところわかりません。こうではないかという見当はつきますが、それはみだりに口外することではないでしょう」

「まさか、まさか毒死ではございませんでしょうね」

「むろん、世の中でいふらされているような毒死のあとはありませんな。しかし、病気を治す薬というものは、おおげさにいえばみんな毒物だ。いずれ江戸へ帰ってから、お目にかかれるおりがございましたら、愚存をくわしく申し上げましょう」

「ここでおうかがいしてはいけませんのですか」

「お話ししてもむだでしょう。わしにもまだ断定はできぬことですな。しかし、これだけは申し上げておきましょう。当地にはこの奇病がほかにあるかもしれぬ。おついでがあったら、よく調べてごらんなさい」

「人にうつる病気ですか」

「直接にはうつりません。その点は御心配なく」

春山はそういって、その日のうちに城を辞してしまった。すぐ江戸へ立つといっていたが、城下を立ったのは十日ばかりのちのことだったようである。科学者のことだから、おそらく領地の風土をさぐりながらその奇病を見つけて歩いたのかもしれぬ。

「鶴丸さまはその奇病を発見しましたか」

伝八郎は月かげに美しい若衆髷《まげ》の横顔を見ながら、念のために聞いてみた。

「病人を直接この目で見はしませんでしたが、この半年ほどの間に、およその見当はつきました」

「偉いなあ」

「偉くはございません。悲しいことでございます」

心なしか暗く寂しいものが横顔にうかんで、人目がないと安心しているせいか、顔も姿もすっかり女になってみえる。

「なるほど。それがほんとうなら、悲しい恐ろしいことになるな」

「おわかりになりますの」

びっくりしたように鶴丸さまがこっちを向く。

「いや、わかりはしません。ただなんとなく、そうだろうと想像しただけのことだ」

ちょっと疑わしそうな目をしたが、鶴丸さまはそれっきり黙ってしばらく馬をすすめる。御着から加古川《かこがわ》の宿へは三里、広々とした田畑の中を平凡な並木道がつづくが、青い月夜だから夢のように美しい。

「冷えてきましたな、寒くはありませんか」

声をかけてみたが、返事をしない、なにをすねているのか、寒紅梅のようなあでやかなくちびるをきっとかみしめて、まっすぐ前方へ目をすえているのだ。

やがて加古川の宿《しゅく》に近く、時刻はかれこれ四ツ（十時）に近いのではなかろうか。

ねらわれた名花

「鶴は、これまでずっと、大膳のために監禁されていたのも同様でした」

すねているかとも見えた鶴姫の鶴丸さまが、しばらく黙って馬をすすめてから、急におさえきれぬ鬱憤《うつぷん》をもらすように低くつぶやいた。

「大膳とは、執政の稲葉大膳のことですな」

それにしては監禁とは穏やかでないので、伝八郎は聞き直す。

「そうです。大膳は恐ろしい男です」

先君伊勢守《いせのかみ》が病死のあと、ここ十年ばかり三日月藩五万石の藩政をあずかっている稲葉大膳は、諸侯の間にも知られた手腕家であった。当時はいずれの藩でも財政が窮乏して収支つぐなわず、自然苛酷《かこく》な年貢運上《ねんぐうんじょう》を取りたてるようになるから、食に飢えた百姓一揆が頻発《ひんぱつ》する。

これを救う道は、消極的には一藩に倹約を奨励し、富裕の大町人をうまくあやつって金融をつけるか、積極的に殖産をおこし、新田開発につとめるか、各藩ともその領地に応じて、それぞれ苦労していない藩は一つもなかった。

その点、三日月藩は一山間の不利な領地を有しながら、手腕家の大膳が執政となるや、よく殖産を振興し、山野をひらいて田畑をひろげ、その労苦が報いられて、ここ数年の間に藩の金蔵に数万両をたくわえたといわれている。

「それはうわさだけではないようです。そして、大膳はそれよりももっと多くの富を、自分の蔵にも積んだようです」

鶴丸さまは忿懣《ふんまん》をこめて、そんな皮肉ない方をする。

「なるほど」

一藩の老職がひそかにそんな不当の富を積んだとすれば、それは謀反《むほん》の下心があるものと見てさしつかえないだろう。

大膳はその富を利用して、一藩の士になにがしかの恩をほどこし、ほとんど全部を自分の腹心《ふくしん》にした。腹心になることをよろこばぬ硬骨の士は、むろんなんらかの形式で処罰され、あるいは放逐《ほうちく》されてしまったことはいうまでもない。

しかも、大膳の妻は先君の姉にあたり、嫡子又一郎は、こんど綾之助さまの跡をついだ御舎弟若之助《わかのすけ》さまをのぞいては、主家にいちばん近い血統ということになる。

　そのうえ、大膳は自分の娘を老中松平周防守《すおうのかみ》の嫡子にめあわせて姻戚《いんせき》関係を結び、ちゃんと政治的な立場もかためてあるという。

「なるほど、これはたいした手腕家のようだ」

「国もとにいるときの大膳は、まるで殿さまとおなじで、ひとりとして頭の上がる者はありません」

「にらまれたが最後、命があぶないから、みんな小さくなっている」

「そうです。おきのどくなのは、こんど跡をつがれた若之助さまだと思います」

　若之助さまに万一のことがあれば、次の家督はいやでも又一郎にまわってくる。若之助さまはことし十四歳、又一郎はなくなられた綾之助さまと同年の十六歳という。

「失礼ですが、大膳だけが鶴丸さまを監禁同様にしたというのは、嫡子又一郎のお嫁さんにしようという目的からですか」

　これはありそうなことだ。鶴姫が世の常のおとなしやかなお姫さまならともかく、やがて夫たるべき綾之助さまの病状を怪しんで、江戸から名医を同道するほどのしっかり者だ。国もとの様子をどこまで見て取ったかは知らぬが、このまま江戸へ帰しては不安だ。さいわいすぐれた美貌ではあり、嫡子又一郎の妻にしておけば、いずれ三日月藩は又一郎の世になることではあり、万事好都合だとは、だれしも思いつくことにちがいない。

が、鶴丸さまは寒紅梅のような艶《えん》なくちびるをきっとむすんだまま、黙って駒をすすめている。

――はてな。

と、伝八郎は思いなおした。国もとではこわい者がひとりもなく、あたかも主君のごとく驕慢《きょうまん》にふるまっている大膳だという。ことによると、この名花を自分のものにしようとたくらんだのかもしれぬ。これもありえないことではない。

「あなたの目的は、江戸へ帰って非道な大膳を取り押さえることにあるんですな」

「そうです。大膳の罪は許せません」

「たとえば、公儀《こうぎ》へ出て対決できるような、たしかな証拠を握ってきたのでしょうね」

「握ってきました。綾之助さまはたしかに毒死です。鈴木春山が証人になってくれると思います」

「なるほど」

「鶴はこの三カ月ほど西の屋形へ監禁同様にされて、どうしても江戸へもどしてくれようとしません。実家へ三度密使を立てましたが、三人とも領地を離れぬうちに切られたようです。それからの大膳のしうちは、しだいにろこつになって、江戸からつれていった鶴の味方は、ひとりずつ遠ざけられていくのです。いつの間にかまわりの者は大膳の息のかかった者ばかりになって、大膳の出入りは夜でも自由になってきました」

鶴姫は思い出してもぞっと背筋が寒くなる。老獪《ろうかい》な大膳は、ちゃんとこっちの敵意を知っていながらけぶりにも見せず、あらゆる手段をつくして慇懃《いんぎん》に鶴姫の歓心を買おうとするのだ。西の屋形には豪華なギヤマンのふろさえ備えつけられたほどである。そして、三日に一度、四日に一度は、必ず自分でごきげんうかがいに出る。鶴姫としては、一藩の執政が礼をつくしてくるのだから、いやでも丁重にあつかわなくてはならない。もし冷淡にすれば、どんな仕返しがくるかもしれない不安が一面にあったからだ。

要するに、大膳の腹では、すでに掌中《しょうちゅう》にある玉だ、むりに愛撫しようと思えばいつでもできる。が、いくら強いようでもたかが世間知らずのお姫さまだ、手足をもいで根よく攻めていけば、そのうちには自分から進んで愛撫されたい女になるだろうと、気長に待っていたのだろう。

手段はいよいよこうじになって、夜中ふいに居間を襲い、酒肴《しゅこう》をねだるまでになった。鶴姫の味方といっては、実家からついてきた乳母と、ほんの近くに仕える腰元二人、わずかに三人しか残っていない。しかも、相手はいつでも暴力を用意している悪魔なのだから、とうていい無礼とがめなどはできない。そのころから鶴姫は毎晩腰元と臥床《ふしど》を変えて寝るようにしたほど、用心を怠らなかった。

「そうは申しましても、悲しいことに、鶴は女の身ですから、いつこの身が防ぎきれなくなるかわかりません。一日もためらっているときではないと思いまして、かねてのてはずのとおり、昨夜ひそかにひとりで屋形を忍び出ました」

「しかし、そういう悪魔のきびしい手くばりの中を、よく見つからずに屋形が脱け出せましたな」

「まさかに、鶴がたったひとりで、こんな思いきったまねをするとは、だれも考えなかったのでしょう。一つには、こうと計画をたててから、鶴はもう江戸へもどることはすっかりあきらめたように、なるべくおとなしくしていましたから、つい大膳もゆだんしたのでしょうが、それもこれもひとえに天の加護があったからだと思います」

「鶴丸さまになって脱出することも、はじめからの計画だったんですな」

「実家からついてきた用人で、森田武太夫《ぶだゆう》という者がいて、今は大膳のために山の牢《ろう》へつながれているそうですが、この者がまえから、いざというときの用意をすっかりしておいてくれました。今夜つれている三人の者も、大膳に憎まれている者のうちから、武太夫があらかじめ江戸へまいるときの供に選んでおいてくれた者たちです」

「身分の高下は問わず、いざとなればどこにも正義の士はいるもんですな、追っ手の大将鷲沼郷左衛門というのは、どういう男なんです」

伝八郎は、あの目の鋭い総髪の、傲慢《ごうまん》そうな武士を思いうかべて聞いてみた。

「大膳の末弟で番頭役《ばんがしらやく》をつとめ、直心影《じきしんかげ》流の達人だそうです」

「おおげさな追っ手ですな、もっとも、鶴丸さまが無事に江戸へついたとなると、大膳は身の浮沈にかかわる」

色恋ざただけではすまなくなる問題だから、人手と入費を惜しまず、実弟に采配《さいはい》をとらせて、必ずつかまえてこいと躍起になっているのだろう。

それだけに、どうそのきびしい追っ手の目をくぐって無事にこの名花を江戸まで送りこむか、道のりからいっても百五十里、女の足では二十日にあまる旅だ、乗りかかった船とはいえ、これはたいへんなお荷物だったと、伝八郎はいまさらのように覚悟しなおさなければならない。

「あなたにはとんだ御迷惑をかけます」

敏感にその気持ちを読んだか、鶴丸さまはちらっと白い顔を向けていう。

「いや、義を見てせざるは勇なきなりといいますからな。かりそめにも武士として、幼君を毒殺し、その夫人たるべき人を迫姦《はっかん》しようとするがごとき悪逆は傍観できぬ、戦えるところまで戦ってみましょう」

「あなたに味方になっていただいて、鶴はやっと希望が持てるようになりました」

「さあ、どこまで役にたちますかな。たいせつなのは人の和だ」

事情を知って味方を誓った者は自分を入れて八人、だれ一人にそむかれても、すぐ重大な結果を招く。人にはそれぞれ性分というものがあるから、上に立つ者は常に細心の心がけが必要なのだ。

「鶴はふつつか者です。どうか、そばからしかってください」

そういう鶴丸さまには、今のところしかるべきことは一つもない。十八の姫君としてはりっぱなものだと思う。

「伝さあん――」

急にお菊太夫がうしろから呼んで、夜ふけの野良道だと思って、ひやりとするようなはでな声を出す。振りかえると、相乗りの作兵衛の肩につかまり、

「相談があんのよう。ちょっとこっちへきてよう」

と、のびあがるようにして、おいでおいでをしている。

「おうい」

伝八郎はわかったと右手をあげてみせ、

「鶴丸さまにはしばらくひとりで先陣をお願いしよう」

そういおいて馬をとめた。

「はい」

鶴丸さまはすなおにうなずいて、そのまま駒をすすめる。

人それぞれ

高田作兵衛の馬は先頭から十二、三間おくれ、徒歩《かち》の五人はそれからまた小一

町ほどもおくれて歩いていた。

「あんた、鶴丸さまのそばにばかりいたがっちゃ、いやになっちまうな」

追いついてきたお菊は、さすがに前へは届かないほどの声で、いきなり浴びせかけてきた。

「浅香さん、おかげでわしの背中は、さっきからまっくろこげです」

高田はにやにやわらっている。

「あら、それほどでもなかったわ、なにをあんなに話しこんでいるのかしらって、たった一度いっただけじゃありませんか」

お菊太夫《たゆう》は正直である。

「太夫は高田うじとなんにも話さずに歩いていたのかね」

伝八郎は当たらずさわらずにわらいながら、高田と馬首をならべた。

「口があるんだもの、あたしたちだってずいぶんしゃべったわ」

「太夫はずいぶんとんちんかんな返事をしていた」

「そうかしら」

別に否定もしないところを見ると、心おしゃべりにはなく、前のほうばかり見てなんとなくやきもちをやいていたのは事実だろう。

「それで、相談というのは」

黙殺すべきことは黙殺することにして、伝八郎はまじめに切り出した。

「まもなく加古川宿です。今夜はそこで一泊するか、それともこのまま明石へ急行するか、もうそろそろきめておいたほうがいいと思いましてな」

それは御着の宿を出るときから、途中で相談しようということになっていたのだ。

「そうだったな、徒歩の連中の間にも、なにか意見が出ているかもしれぬ。われわれも歩きながら相談することにしよう」

伝八郎の腹はすでにきまっていたが、すべていちおう相談という形式にしたほうが穏便《おんびん》だと思ったので、すぐに馬をおりた。

「あたしも歩くの、伝さん」

お菊が聞く。

「いや、太夫にはしばらく鶴丸さまのお相手をしてもらおう」

「ふ、ふ、あたしにお相手なんかできるかしら。なんだか窮屈だな」

「そんな遠慮はいらん。江戸へつくまでは、友だちのつもりで、万事親切にしてあげることだ」

「そうね。小屋掛けの芸人のおねえちゃんが、いまさら気どったってしようがありゃしない」

お菊はぺろりと赤い舌を出してみせてわらいながら、高田のおりた馬へ横乗りのまま、さっと鶴丸さまのほうへ駆け抜けていく。曲馬にもいたことがあるというだけあって、まったくあざやかな手綱《たづな》さばきだ。

「失礼ですが、だいぶ変わっているようですな」

高田はなんとなく苦笑している。ただの仲ではないと見て、伝八郎に遠慮しているような口ぶりだ。おそらく、だれの目にもそう見えているだろうが、これはしいて訂正しないほうがいい。男装はしていても、鶴丸さまは女だ。自分への信頼が重くなればなるほど、ことによると味方の間に妙な嫉妬《しっと》心が出ないともかぎらない、そういう場合にお菊が役にたつと考えたから、

「腹の中は悪くないのだが、口が悪くてね」

と、伝八郎はあっさり答えておいた。

「どうかしましたか」

追いついてきた徒歩組のなかから、年長の早川秋作がちょっと心配した顔で聞いた。

「いや、加古川泊まりにするか、このまま明石へ急行するか、一同の意見はどうだろうな。歩きながら相談しよう」

高田はそういいながら、先に立ってさっさと歩きだした。馬をひいている伝八郎は、わざといちばんあとになる。

「そのことなら、今も話しながらきたんだが、鶴丸さまは昨夜一晩じゅう歩いている。きょうも昼間休息したとはいえ、たぶんよくお眠れにはならなかったと思う。できれば、わしは加古川泊まりにしてゆっくり休ませてあげたい」

早川の声には真実がこもっていた。

「田丸はどうだね」

「からだには無理かもしらんが、おれはできれば明石急行のほうだ。われわれ三人が裏切ったとわかればなおのこと、たとえ知らん顔をして鷲沼の手へ帰ったとしても、あしたになれば明石の警戒は厳重になるばかりだ。それより、加古川から明石までは六里、少し無理をすれば、おそくも真夜中ごろまでに明石へつける。今夜は騎馬隊の連中も朝からの強行軍だから、いやでもぐっすり寝こんでいるだろうし、見張りもわれわれがつくまでは安心だから怠りがちになるだろう、明石突破は今夜にかぎると思うな」

「篠崎はどうだ」

「おれはみんなのいいほうへ賛成する」

「矢川《やがわ》は――」

「わしも諸君しだいだ」

「香川《かがわ》は――」

「できれば田丸の説にしたいが、もし追跡された場合、鶴丸さまのからだが疲れていると、逃げきれなくなるおそれがありはしないかな」

「その心配がないではないが、しかし、あまり心配していてはきりのない話だ。もともと、多少の冒険は覚悟のうえのことだし、兵は神速《しんそく》を尊ぶということもある」

高田がそう反駁《はんばく》したところを見ると、これは田丸説だ。

要するに、騎馬隊くずれの高田作兵衛、田丸房五郎は明石急行説、はじめからの供組の早川秋作、香川東吉《とうきち》は加古川泊まり説、二対二で意見は対立したわけだ。

「浅香さんはどっちを取ります」

高田が伝八郎に決を求めてきた。

「わしも、できれば田丸説を取りたい。しかし、江戸まではまだ百五十里、二十日近い旅だからな。ここは鶴丸さまの体力を考えてあげたほうがいいと思うが、どうだろうな」

「すると、早川説ですな」

「戦いは長いのだ。今夜は穏便策を取りたい」

「よろしい。三対二で加古川泊まりときまった。そこで、明石突破の方法をうかがいたいな」

高田は案外さらりと自説をすてて、あとの意見を求めてくる。

「騎馬隊の三君には、知らん顔をしてこのまま明石の本隊へ帰ってもらう、われわれは今夜加古川でじゅうぶん休養を取り、明日暮れ六ツまでに明石へ接近する。できうれば、そのころ三君が見張りの番にあたるように心がけてもらい、こっちからひそかに連絡を取って、臨機応変の突破策を打ち合わせるということにしてはどうか」

「その辺のところは、委細、浅香さんにお任せいたすことにしたいと思います」

いつの間にか畑のそばへ立って、伝八郎を囲む形になっていたが、供組三人を代表するように、右手の早川秋作が伝八郎に律義な会釈をした。

「よし、それで万事きまった。われわれは知らん顔をして本隊へ帰るとすれば、だいぶ途中で手間取っている。ここで諸君と分かれてただちに明石へ急行したいと思う。なにかのつごうもあるから、諸君は加古川の林屋を宿《やど》ときめておいてもらいたいな」

騎馬隊組を代表する高田作兵衛は、なんでも自分がてきぱきときめてかからなくては承知できない性分らしい。

「承知した。では、明日暮れ六ツのこっちからの連絡を待っていてもらいたい」

「そううまい調子にいくかな」

田丸房五郎はまだどこか不服そうである。

「うまくいくように、われわれは努力しなければならないんだ」

高田があっさりといってのける。

「この馬は貴公のだったね。ありがとう」

伝八郎は取っていた手綱を篠崎久八にかえした。

「出発――。鶴丸さまにあいさつをしていこう」

騎馬隊組は高田を先頭にして歩きだした。こっちが立ち止まってしまったので、見とおしのきくはるか向こうに、鶴丸さまとお菊が道ばたに馬をとめて待っているのが、月にぬれて小さく見えた。時刻にして、やや五ツ半（九時）をまわったころでもあろうか。

忠言

騎馬隊の三人を明石へ先行させて、一行が加古川の宿《しゅく》へかかったのは、それからまもなくのことだった。伝八郎が早川とならんで先頭に立ち、鶴丸さまとお菊がそれにつづき、しんがりは矢川春蔵《しゅんぞう》と香川東吉の六人である。

「伝さん、鶴丸さまはあたしのお相手じゃつまらないらしいわ」

高田らの先行組が鶴丸さまにあいさつをしているとき、お菊は伝八郎をそっと道ばたへひっぱっていって、不平そうにいった。

「どうしてだね」

「あたしがなにをいっても、ちっとも話に乗ろうとしないんだもの。こっちはごきげんをとろうと思うもんだから、いいかげん口がくたびれちまったわ」

「いや、大名育ちというものは自分ではあんまりおしゃべりをしないようにしつけられている。だから、太夫もむりに口がくたびれるほど、ごきげんをとろうと思わなくてもいいんだ」

「だって、あんたとはあんなに仲よく話しこんでいたじゃありませんか」

「まあ、そうむきにならなくてもいい。聞く聞かぬはそちらさまの勝手、話す話さぬはこちらさまの気まかせ、そんなつもりで気楽につきあってごらん。そのうちには口をきくようになる」

大名育ちと大道育ちとでは、はじめからそううまく話があうはずはない。だいいち、お菊がどんな話題をひっさげてごきげんをとろうとしたかを考えると、伝八郎は微笑せずにはいられなかった。

そのお菊も、鶴丸さまと、徒歩になってからは急に疲れが出たとみえ、あまり口をきかず、今は十数間もおくれがちに歩いている。

「早川うじ、鶴丸さまをこれ以上歩かせるのは無理かな」

伝八郎は秋作に聞いてみた。

「はあ。昨夜相当御無理をなすっていますからな」

「わしは加古川へは泊まらぬほうがいいと思うんだが」

そういう伝八郎の顔を早川はちらっと見てから、

「実は、拙者《せっしゃ》も道々、そのことを考えていました」

と、すぐ気持ちは通じたらしい。

「無理はわかっているが、やむをえない。わしから鶴丸さまにお話ししよう」

「いざとなったら、鶴丸さまはわれわれ三人が交替で背負いましょう」

「それよりしようがあるまい。同志を疑うというのではなく、万全を期す気持ちで、今夜のうちに行けるところまで行っておこう」

「同感です」

「きみは旅籠《はたご》屋で握り飯を六人分用意してきてくれ。われわれは宿はずれで待っていることにする」

「承知しました」

しかし、加古川を素通りして、それから四里あまり、大久保の宿までの夜旅は実に難行であった。

伝八郎の考えでは、先行の三人が明石へ着くのは九ツ（十二時）前後と見た。かれらのうちにひとりでも裏切る者がいるとすれば、追っ手の騎馬隊は即座に立って、加古川の林屋を襲うだろう。騎馬隊が加古川へはいるのは八ツ半（三時）ごろだ。うまくいけば、途中で騎馬隊をやりすごして、その時刻にはこっちは明石へはいれる。こんど騎馬隊が明石へ引きかえしてこられるのは明け六ツごろだから、それまでにこっちはゆっくり船をつごうして大坂へ向かってしまえばいいという計画だった。

その計画には、むろんだれも異存はなかった。たとえば裏切り者がなかったとしても、今夜のうちに明石の近くまで行っておけば、あしたは暮れ六ツまでゆっくり休養が取れるのである。

が、疲れきっている鶴丸さまの足は、どうしても思うように進まなかった。そのうえ困ったことには、

「鶴丸さま、背負ってさしあげましょう」

三人が見かねてかわるがわるすすめても、ただかむりをふるだけで、うんといわない。姫君育ちだから、たとえ家来でも、男のからだへぴったりからだの触れるのがいやなのだろう。家来たちのほうでも、いやがるものをむりにともすすめきれない。

といって、鶴丸さまもつらいにはつらいらしく、一方の腕をお菊に、もう一方を早川にささえられて、びっこをひきながら、蒼白《そうはく》の額《ひたい》にあぶら汗さえうかべているのだ。自然、足を休める度数がたび重なって、いっこうに道がはかどらない。

「浅香さん、なんとかならんもんでしょうかな」

とうとうたまりかねて、またしてもひと休みのとき、早川が伝八郎のところへ相談にきた。

伝八郎は、いつ騎馬隊と行きあうかもしれないから、ひとりでずっと先頭を歩き、わざと鶴丸さまのほうは見て見ぬふりをしてきたのだ。

「やっぱり無理だったね」

伝八郎は苦い顔をしてみせた。

「いや、われわれの背中へお乗りになってくれさえすれば、なんのことはないのです」

早川は申しわけなさそうである。

「よろしい。わしが話してみるから、しばらく鶴丸さまをひとりにしておいてくれ」

「かしこまりました」

早川は鶴丸さまのそばへ帰って、それとなく一同を離れたところへ連れて去る。

道ばたの切り株にひとりぽつねんと取り残された鶴丸さまは、手をひざに行儀よくうなだれて、その精も根もつき果てた姿は、なで肩になって、もうすっかり女だ。月かげにおくれ毛さえ見せて、白々としたうなじがひどくなまめかしい。

「お疲れのようですな」

ふらりとその前へ立った伝八郎は冷淡にいった。

「申しわけありません」

鶴丸さまは顔があげられないようである。

「家来におぶわれるのは、どうしていやですか」

はっと身をかたくしたようだ。

「その御潔癖《けっぺき》は、御殿においでになるときのことだ。いま三人の家来は、あなたのために決死の覚悟で供をしている。その家来をきたならしいとあなたの心が思えば、家来たちの心もまたいつかみずくさい主人だと冷たくなる。人は心から信頼されてこそ命も惜しまないものだ」

「鶴が、鶴がまちがっていました」

「そうです、まちがいです。江戸へつくまで、あなたは鶴姫ではない。鶴丸さまの約束でした」

むちがぴしりと背中で鳴ったような、それは激しい語気だった。

「改めます。許して――」

鶴丸さまはきっと顔をあげて、みるみるその涼しい目に涙が光ってきた。

「しかったのではありません。あなたは聡明《そうめい》なかただ。気がつけばよろしいのです」

伝八郎はきびしい顔をゆるめずに、ゆっくりと鶴丸さまのそばを離れた。

「伝さん、どうして鶴丸さまを泣かせたのさ」

お菊があとを追って聞いた。

「別に泣かせはしないよ」

伝八郎は早川たちのほうへ出発の合図をして、歩きだしながら答える。

「だって、涙をふいていたもの。——あれえ、鶴丸さまが早川さんにおぶさったわ」

「そうか。そのほうが道がはかどる」

伝八郎はうしろを振り向こうともしなかった。

「あんたがなんかいったんでしょ。なんていってきたのよう」

「太夫に遠慮はいらないから、おぶさるほうがいいとすすめただけだよ」

「おかしいな。そんなことぐらいで、涙が出るかしら。ああ、わかった。ほんとうはあんたにおぶさりたかったんだな。おぶってやればよかったのに。それこそ、あたしなんかに遠慮はいらないわ」

「しかし、太夫はさすがに足がじょうぶだな。感心しているんだ」

「ふうんだ。うまく逃げるのねえ。憎らしいってありゃしない」

どすんと肩をぶつけて、お菊はこうして伝八郎といっしょに歩いていればそれで満足らしい。

裏切り者

途中で出会うだろうと思った追っ手の騎馬隊にはついに会わず、早川らがずっと交替で鶴丸さまを背負いとおして、どうやら大久保の宿へかかろうとしたのは真夜中の八ツ半（三時）近くであった。

大久保から明石へはもう一里あまりの道のりで、さすがに一同も疲れきってはいるし、裏切りのことがなかったとすれば、これ以上敵に接近するのは危険だ。

――といってこんな時刻に宿屋をたたき起こすわけにもいかない。ちょうど道ばたの林の中になにかをまつった堂が目についたので、とにかく女たちはその堂の中へ休ませ、男はぬれ縁で夜明けを待つことにした。夜があけしだい、宿屋よりむしろ近くの農家をたのんでそこへ移り、きょうは日暮れまでゆっくり休養すればいいのである。

月はすでにだいぶ西へ傾きかけてきた。

「少し考えすぎて、むだぼねをおった感がないでもないな」

伝八郎は口ではそんなことをいったが、しかし、けっしてむだぼねとは思わなかった。黙々と主人を背にして、少しもあの労を苦にしていない三人は信頼していいとわかったし、三人にしても、鶴丸さまをわが背にしてみてはじめて心から親しみを感じたのだろうと思う。

いわば、六人が六人、きのうまでは他人に等しかったものが、今夜の無理な苦労を共にしてみて心から団結することができた、これがなによりの収穫なのである。

「浅香さん、われわれはあなたに味方をしていただいて、ほんとに心じょうぶになりました」

早川は三人を代表するように、心からしみじみといった。

「われわれは、主家のことですし、一藩のためなのだから、むろん身命は惜しみません。しかし、どんなに心に誠はあっても、世間なれぬ田舎侍にはいなか侍の知恵才覚しか出ない。道中はいうまでもなく、江戸へ出てからなおさらのこと、まごつくことが多いのではないかと、それがいちばん心配でした。どうか、今後とも遠慮なくさしずをして、よろしくお願いします」

「武士は相身互いというからな、諸君が信頼してくれれば、その信頼にこたえるだけの心意気はあるつもりだ。江戸までは必ず生死を共にしよう」

いってみれば、この人たちになんの恩怨《おんえん》があるわけではなく、ただいっぺんの義によって弱きに味方するのだから、伝八郎は正直に指揮者の言を口にした。

「浅香さん、敵の夜襲がなかったところを見ると、あの三人も信用してやっていいようですね」

三人のうちではいちばん若い矢川春蔵がむじゃきに聞いた。

「うむ、それは信用すべきだな」

「正直にいうと、わしは怪《あや》しいとにらんだやつがひとりいるんですがね」

「まだわからんさ。たとえ夜襲はなくても、明石でどんな手をうっているかわからんな。わしはそのほうが心配だ」

香川東吉がぶっきらぼうにいう。これは相当疑い深いほうらしい。

「太夫、お菊太夫――」

伝八郎はそっときつね格子《ごうし》の中へ呼んでみた。返事がないところを見ると、疲れきっている女たちは、もううとうとしているらしい。

「だいぶ冷えてきたようだな。風邪をひくといかん。早川うじ、ふたりにこれを掛けてやってくれたまえ」

伝八郎は立って自分の羽織をぬぎ、早川にわたして、ふらりと街道のほうへ出てみた。鶴丸さまの世話は、なるべく家来たちの手でさせたほうがいいのである。

それにしても、いまの香川のことばは、考えておく必要があると思う。なるほど夜襲の策は取らなくても、裏切りはないと安心はしきれないのだ。敵にはいながらにして、こっちを明石へ引きつけ、袋の中のねずみにするという策もないことはない。むしろ、このほうが意地の悪いやり方だ。

――しかし、これは考えすぎのようだな。鷲沼という男の性質にもよるが、一刻も早く獲物を手にしたいのが普通の人情だ。それに、明石は他藩の城下町だから、そう思いきったことはできない。

伝八郎はやっぱり自分の説の方が正しかったように思いながら、はてなと耳を澄ました。馬蹄《ばてい》の音が聞こえる。たしかに、明石のほうだ。一騎や二騎ではないらしい。

――そうか、敵は六ツを期して加古川を急襲する腹だったんだ。

してみると、こっちの思ったとおり、裏切りは事実だったのだ。堂の三人も、たちまち近づき迫ってくるけたたましい馬蹄の響きに、ばらばらとこっちへ飛び出してきた。みんな羽織を脱いでいる。

「来た、浅香さん」

先頭の若い春蔵が、息をはずませながらいう。

「春蔵、きみは堂へ行って鶴丸さまを起こし、おちついてそこを動かないように伝えてくれ」

「はっ」

春蔵は脱兎《だっと》のごとく引きかえしていった。

「伏せろ」

伝八郎はふたりに命じて、林の中の草むらへ飛びこむ。こっちはすっかり西へ傾いた月を背にして街道を見るのだから、絶対に発見されることはない。

騎馬隊は跑《だく》を踏ませながら、堂の前へかかってきた。すさまじい月光が、かれらの横顔を照らし出していく。

先頭は金紋うった陣笠《じんがさ》の鷲沼郷左衛門で、きっと前方をにらんでいる顔になんとなく残忍な色さえあると見たのは、こっちの思いすごしか。

ひと足さがるようにして郷左衛門と馬をならべているのは、意外にも篠崎久八だ。以下二騎ずつ並んで総勢十一騎、その中に高田作兵衛と田丸房五郎の顔がない。すると、裏切り者は、あのときいちばんおとなしかった篠崎久八ということになる。

――はてな。あのときお菊とけんかした猪崎というやつと、あとから口をきいた雉子村の顔もなかったようだな。

数からいっても、追っ手は大将の鷲沼を入れて十五騎と聞いている。いま通ったのは十一騎だ。

篠崎の裏切りによって、高田と田丸は捕縛《ほばく》され、その番に猪崎と雉子村が残されたか、それとも万一に備えて四人は明石を守ることになったものか。

馬蹄の音が遠のき、白い砂ぼこりがややしずまるのを見て、伝八郎はすっと立ち上がった。

「浅香さん、裏切り者は篠崎でしたね」

意外そうにいって矢川がすぐそばへ寄ってきたところを見ると、彼が怪しいとにらんでいたのと別人だったらしい。

「人は見かけによらんというからね」

「高田と田丸がいなかった。切られたのかな」

「鷲沼というやつは、そんなに残酷な男なのかね」

「そりゃ大膳の弟ですからな」

暗い顔色のなかにも、なんとなく目に怒りが燃えてくる矢川だ。

「浅香さん、遠慮なくおさしずを願います」

そばから早川がうながした。

騎馬隊が加古川へ行って、ふたたび急遽《きゅうきょ》明石へ引きかえすのは、早ければ二刻《ふたとき》(四時間)の後だ。それまでに、こっちは明石を突破してしまわなくてはならない。

暁の月光はすでに山の端《は》に近かった。

武士の情け

明石八万石の城下の船着き場は、お茶屋橋をわたった対岸水主《かこ》町にある。橋をわたると、正面に米蔵がならび、その米蔵にそって少し東へ進むと船着き場へはいる木戸があって、わきに足軽が詰めている番小屋があった。

浅香伝八郎が一行の先頭に立ってその番小屋へかかったのは、やっと東がしらみかけた七ツ半（五時）近くで、こっちの計算に狂いがなければ、追っ手の騎馬隊はまだ目的地の加古川の宿へ到着していない時刻だ。

「卒爾《そつじ》ながらものを問いたい」

伝八郎は番小屋の前へ行って声をかけた。

「なんでござるな」

土間の火ばちで股火《またび》をしていた二人の当番足軽のうち、一人がすぐに立ってきた。

「拙者《せっしゃ》は江戸の者で浅香伝八郎と申すが、今朝たしか貴藩では大坂へ向かう御用船があるそうですな」

　橋をわたるとき、船着き場のほうにいくつかちょうちんの光が動いているのを見てきたので、伝八郎は軽くやまをかけてみた。

「はあ、明け六ツに米船が大坂へ向かうことになっていますが」

　足軽は伝八郎の身なり態度から、身分ある者と見たらしく、ていねいに答えた。

「お船奉行はなんといわれるおかたか」

「高武貞右衛門《たかたけさだえもん》どのと申されます」

「お取り込みのところ、まことにぶしつけながら、ほんのしばらく御意《ぎょい》を得たい、かようにお取り次ぎ願えまいか」

「さあ、なんと申されますか」

　足軽は木戸のそばに立っている女まじりの同行五人のほうをちらっと見ながら、用件は聞かなくても想像がつくだろうから、すぐにはうんといわない。

「いや、御多忙にて面談のひまが得られないとあれば、縁なきものとあきらめるほかはない。用件はお目にかかってお話しするが、明石御藩中の武士道にすがりたいものだと、いちおう取り次いでみてくださらんか」

押しつけがましくないように、武士道ということばを口にしたのが、ここではやはり伝八郎の人がらが役にたったらしく、

「しばらくお待ちください」

足軽は一存ではいかぬと思いかえしたのだろう。

「半助、ちょいと船着き場まで出向いてくる」

と、土間の相役にいいおいて、防風林のほうへ駆けだした。この水主町は州《す》になっていて、南に海をひかえ、北の城下町との間に海が川を作っている。その川のほうに、船着き場ができているのだ。

日の出るにはまだ間がありそうだが、あたりはもうすっかり水色に明け放たれ、すずめの声がほうぼうで耳についた。そのひえびえとする朝の大気の中に、鶴丸さまは黙然と寝不足の青い顔を伏し目がちに立っている。城下へはいるまではずっと三人の家来の背中で運ばれたのだが、しかしこれ以上もう半道も歩けまいと思われるほど疲れきった姿だ。

そのそばに付きそうように立っているお菊太夫《たゆう》も、さすがに今は口をきくのも大儀らしく、黙りこくっている。早川、矢川、香川の三人も、これはかわるがわる主人を背にして、夜道を休みなく歩き通してきたのだから、いずれもさえない

顔色だ。

——ここで船をことわられたとなると、ちょいとことだな。

五人が五人とも自分の掛け合い一つに希望をつないでいるのだと思うと、伝八郎は責任を感じないわけにはいかなかった。

「お茶をひとついかがですな」

親切な足軽が熱い番茶をいれて、一つずつくばってくれた。

「かたじけない」

昨夜から熱い湯をのどへとおすのははじめてだったので、その素朴《そぼく》なかおりは胃の腑《ふ》へしみとおるほどうれしかった。

やがて、防風林の向こうから、四十年配のがっしりとした武士が、さっきの足軽をしたがえてゆっくり歩いてくるのが目についた。

——吉と出たらしい。

伝八郎は直感した。もし掛け合いに応ずる意志がなければ、当然面談は避けたがるはずだからである。

「お待たせいたした。拙者がおたずねにあずかった高武貞右衛門です」

高武は伝八郎の前へ立って、もの静かに名のりをあげた。無骨だが誠実のある人、伝八郎はそういう印象をうけたので、こっちも正直にぶつかろうと腹をきめる。

「江戸の者で、浅香伝八郎といいます。ぜひお願いの筋があって、御多用中と知りながら、ぶしつけにもお取り次ぎをたのみました」

「当家の武士道うんぬんという御口上では、お目にかからぬわけにはいきません。まあおはいりください」

高武は先に立って番小屋へはいり、土間の火ばちの前へ床几《しょうぎ》をすすめて、自分もかけた。足軽のひとりは門口へ行って立ち、ひとりは高武に番茶をいれている。

「冷えますな。あなたがたは夜旅をかけてこられたのですか」

足軽のすすめる茶を手にしながら、高武は用件をうながすように聞いた。

「実は、子細あって、われわれは昨夜から追っ手に追われている者です」

「なるほど――」

高武はうなずいて、

「これ、しばらく席をはずしてくれ」

と、足軽にいいつけた。

打てばひびくようなあつかいと見て、これは人物だと、伝八郎はいよいよ安心

させられた。こういう武士になまじ隠しだては無用と考えたので、昨夜からのあらましをいっさい正直に打ち明け、

「できれば、主従四人、御無理とあればせめて鶴丸さまおひとりだけなりと、大坂まで船へお乗せ願えまいか。あなたの俠気《おとこぎ》におすがりいたしたく存じます」

と、心から頭をさげた。

「大役ですな」

高武はむっつりと答えて、火ばちの火をにらんでいる。お船奉行といえども、こと独断で他人を便乗させることは許されていない。といって、上司に計れば、ことに事情が事情だから、とかく事なかれ主義で、十中の八九まで断れとくるにきまっているし、また、今はそんな暇もない。途中無事に大坂へ着いてしまいさえすれば問題はないのだが、一つまちがいがあった場合に、ただではすまなくなるのだ。

「御存じでもあろうが、船は一人坊主、一人女というのをきらいましてな、海が荒れるといって恐れるのです」

「いや、鶴丸さまはあくまで男ということにしておいていただきたい」

伝八郎は押しの一手だ。

「むろん、拙者はそう計らうつもりですが、人はだませても竜神《りゅうじん》はどうでしょうな」

「しかし、神功皇后《じんぐうこうごう》さまが御渡海のおり、特に海が荒れたとも歴史に残っていないようですから」

神功皇后が、遠征の中途で崩御《ほうぎょ》された帝《みかど》にかわり、男装して三韓《さんかん》へわたられたことは史上で名高い。たぶん、一人女であったろうと思われるが、海が荒れたという記録は別にないようだ。

「あは、は、うまいことをいわれる」

高武は思わずわらいだして、さておもむろに形を改めた。

「浅香さん、お話の様子では、あなたはなんの恩怨《おんえん》もなく、ただ一片の義のために姫君の味方につかれているようだ。その志に感じて、拙者も鶴丸さまを大坂までお引き受けすることにいたそう。ひとりで腹を切るようになるのも、四人で腹を切るのも、切るとなれば腹は一つ、主従ともに引きうけます」

「感謝のほかありません」

伝八郎は心から頭をさげずにはいられなかった。

「ところで、あなたがただけはどうして陸路をとられるのですな」

「拙者は追っ手の動静をさぐっておくためです。お菊は縁もゆかりもない町の女のこと、できればこんなあぶない仕事から手をひかせてやりたいと考えています」

「貴殿としては、そうでしょうな。わしは門外漢のことだからよけいな口はきかぬことにしますが、道中せつにあなたの御自愛を祈ります」

「ありがとう」

「船出は明け六ツですから、それまで鶴丸さまにはこの小屋で待っていただきましょう。時刻にてまえのほうから迎えをよこします」

「承知しました」

「では、拙者はほかに用事も控えていますので、これで失礼いたす」

多用の高武は、てきぱきときめることだけきめて、会釈をして立ち上がったので、

「御厚情は肝に銘じて忘却しません。船中はよろしくおさしず願います」

と、伝八郎は立って、あらためて頭を下げた。明石藩に高武貞右衛門という真の武士がいた、そう思い出すだけでも一生の感激だろうと、伝八郎は心からうれしかったのだ。

しかめてやらなければならない」

「なるほど、そうでしたな」

いわれてみれば、早川もうなずくほかはなかった。

「ゆだんはできないが、たぶんあなたがたのほうは草津まではそう心配しなくてもよかろうと思う。道は草津で東海道と中仙道《なかせんどう》とにわかれる。こんど敵が関門をつくるのは草津だ。要はひと足でも早く敵より先に草津を突破してしまうことだ」

「そうです。たしかにそうだ」

「われわれは追っ手と競走で草津へ向かうようになるのだろうから、もし、あなたがたのほうがわれわれより早く石部へ着いていれば、追っ手との距離は三里ひらくことになる。その晩われわれが石部へ着けなかったら、翌十九日の朝は一番で宿を立つことだ。われわれが追いつかないかぎり、あなたがたは安心して先へ先へと出ることです。むろん、なにかあれば、なんらかの方法でこっちも連絡はとるし、あなたがたのほうも宿から宿へ動静を残していっていただこう」

「よくわかりました」

聞いているうちに、早川らもだんだん得心がいってきたようである。

「鶴丸さま、ちょっとこれへ」

伝八郎が立って、小屋の座敷になっている切り落としのほうへ鶴丸さまを誘った。

「はい」

いぶかりながら立ち上がった鶴丸さまは、いたいたしくびっこをひいて、思わず美しいまゆをひそめる。手を差し出すと、よろめくようにつかまって、その顔も姿もすっかり女だ。

「秋作うじ、小盥《こだらい》を借りて、ぬるま湯を作ってくれぬか」

伝八郎は早川にいいつけて、鶴丸さまを上がりかまちに腰かけさせた。そこまで近々とそばへ寄ると、どうしてもほのかに甘い女のにおいが鼻につく。

――これだけはなんともしようがないな。

伝八郎は内心そう思いながら、なにをするかとからだじゅうを堅くしている鶴丸さまの足もとへかがみ、手早く右足のわらじを取り、足袋《たび》をぬがせた。

一同の目がじっとこっちを見ているようだ。

「これでよろしゅうございましょうか」

早川が小盥に湯を作ってきた。手を入れてみて、伝八郎はうなずき、鶴丸さまの裸の足へそれをつけさせた。

ほこりでよごれた足をよく洗って、手ぬぐいでふき、自分のひざの上へのせると、白々とした羽二重《はぶたえ》で作ったような美しい足である。

「湯をかえておいてくれ」

いいつけておいて、伝八郎はわざとじゃけんにぐいと鶴丸さまの足の裏を手でかえしてみた。

「これはひどい」

案の定、土踏まずだけを残して、一面にまめが水を持っているのである。

「少し荒療治だから、目をつむっておいでなさい」

足を取られて、思わず両手をうしろへ突いた形の鶴丸さまは、肌《はだ》でものぞかれたように耳たぶまであかくなって、それでもおとなしく目をつむった。

伝八郎は印籠《いんろう》からあぶらぐすりを出しておき、小柄《こづか》を抜いて、すっすっと、まめをかたっぱしから切り裂いていった。その一つ一つへあぶらぐすりをよく塗りこみ、懐紙をあててひざの上へ直す。桜貝のような五つのつめがきれいに並んでいる。

が、足の甲はわらじの緒形に赤くなり、親指の股《また》はむざんにもすれて赤膚にさえなっている。これでは歩くたびにびっこをひくわけだ。そこへ薬を塗りこむときは、さすがに痛かったとみえて、あっと鶴丸さまのまゆがかわいく八の字になった。

「あは、は、こんなことぐらいで顔をしかめてはいけませんな」

「はい」

ここへは懐紙をもんであてがい、これで右足の療治はすんだ。

「しばらく足を休めてから、わらじをおはきなさい」

その足をそっとわらじの上へ置いてやって、次は左の足だ。左のまめもおなじことである。親指の股の緒ずれもひどかったが、こんどはその荒療治に声はたてず、じっと寒紅梅のくちびるをかみしめていた。

「さあ、すんだ。これでいくぶん楽になります」

「はい」

鶴丸さまは姿勢を直しながら、感謝にみちたまなざしをあげた。

「香川、矢川の両君。迎えがくるまで鶴丸さまのふくらはぎを軽くもみほぐしてあげるがいい」

「いいえ、あの――」

いそいでなにかいおうとするのへ、

「鶴丸さま、では拙者はひと足さきに出かけますが、まだこれからが長い道中です。からだをいたわって、船ではじゅうぶん休憩をとらなければいけません」

と、追っかぶせるようにいって、目でたしなめた。男にからだをさわられることを極端にきらうその潔癖は、せっかくよかれといっしょうけんめいになっている家来たちの心づかいを無にするおそれがあるのだ。自分が思いきった足の療治を実行したあとだけに、よけい好悪《こうお》ができておもしろくない。

「あの、あなたには石部で、きっとお目にかかれますね」

急に心細さがおおいきれない鶴丸さまだ。

「必ず追いつきます」

伝八郎はきっぱりと誓って、

「諸君、では、あとをたのむ」

と、早川らにあいさつをして、お菊を目で招きながら、さっと番小屋を出た。

木戸にさっきの足軽たちが六尺棒を持って立っている。

「いろいろお世話をかけて、ありがとう」

会釈をして、ゆっくり橋のほうへ歩いていく。まもなく、お菊太夫があとから小走りに追いかけてきた。やがて日の出に間もない。

お茶屋橋をわたりながら見ると、船着き場へ横づけになっている千石船が、どっしりとした船影を明るい水にうかべ、その上で荷役人足や水夫《かこ》たちがまだ忙しく立ち働いているのが、ありのように見えた。

「あんた、鶴丸さまだけにはとても御親切なんだから、いやんなっちまう」

橋を渡りきって、寺町の道へ出ると、むっつり肩を並べてきたお菊が、いきなりその肩をどすんと一つ伝八郎にぶつけてきた。

「やいているのか、太夫」

「あたしだってまめがいっぱいできているんですからね。あとで療治してもらいますよ」

「よろしい。すっかりそぎとってやる」

「なによう、人に足をあずけておきながら、ああ痛いだなんて、おおげさに顔をしかめて、甘ったれてるんだわ」

お菊太夫はなかなか鬱憤《うっぷん》がおさまらないようだ。

「まあ、そうおこるな」

「おこるわ、なにもあんた、いくらお姫さまだって、女の足まで洗ってやること

騎馬隊の昨夜の宿は東樽屋町《ひがしたるや》の山本というわき本陣だというから、だいぶあともどりをしなければならない。

「太夫《たゆう》、わしはこれからわき本陣へ行って高田らの様子をさぐってくるが、きみはどこかで朝飯でもとって、ゆっくり足を休めていてはどうかね」

お菊はきのうからほとんど歩きどおしなのだろうから、顔色もさえないし、伝八郎はいちおうすすめてみた。

「いいわ、いっしょに行くわ」

「そうか。太夫はまったく達者だな」

「お姫さまとはちっとばかしできが違うのよ」

「たしかにそうらしいな。足にまめなんかこしらえるような太夫じゃない。わしは感心しているんだ」

「なにいってんのよう。そんなことをいうと、びっこをひいてやるから」

「いや、わざとびっこなんかひかなくてもいい」

「だめだめ、あんたがなんていったって、あたし、足の療治だけはしてもらいますからね」

山本屋の前までくると、ちょうど中年の番頭が門口まで一組みの客を送り出したところだった。

「ちょっとものをたずねたいが――」

伝八郎は気軽に番頭のそばへ寄っていった。

「へえ」

ふさわしからぬ女芸人づれのりっぱな旅の侍なので、番頭は思わず伝八郎の顔をながめている。

「ここはたしか、昨夜、三日月藩の鷲沼《わしぬま》どのが騎馬隊の士をつれて泊まったところだな」

「さようでございます」

ぎくりとしたらしい。

「鷲沼どのが真夜中ここを立ったのは存じているが、四人あとへ残った者がいるはずだ」

「へえ」

「そのうちの高田作兵衛《たかださくべえ》か、田丸房五郎《たまるふさごろう》かをここへ呼んでもらえまいか。どっちも、ゆうべあとから三騎でおくれて着いた者だ」

「あなたさまはどなたさまでございましょう。三日月藩の御藩中でしょうか」

「いや、藩中の者ではないが、両人にゆかりのある者だ。そのきみの顔色で見ると、両人になにかまちがいがあったようだな」

伝八郎はずばりとずぼしをさす。

「へえ」

「わしはけっして怪《あや》しい者ではない。江戸の浪人で浅香伝八郎といい、高田、田丸には旅先で少し世話になったことのある人間だ。なにかあったのなら、隠さず打ち明けてくれぬか」

「こんなこと申し上げていいかどうか。そのお二人なら、昨夜、おきのどくなことをなさいました」

「切られたか」

「はい。子細はよくはわかりませんが、真夜中にふいにお立ちになることになりまして、御一同さまがあの門内の表玄関前へ勢ぞろいをなすったとき、『裏切り者っ』と鷲沼さまが一人のかたのうしろから突然袈裟《けさ》がけになさり、もう一人のほうは藩士のかたが、それといっしょに、それもうしろから一太刀で切り伏せましてな、いや、驚きましたのなんの。それから、鷲沼さまが一同に、この二人はたいせつな藩命をおびていながらわれわれを裏切った不届き者だから切った、今後とも命令にそむいた者は、必ずこの両人と同じ運命になるものと覚悟するがよいとおいいきかせになって、御一同どこかへ出発なさいました」

「二人の死骸《しがい》は――」

「あとかたづけにお二人残りまして、雉子村《きじむら》さまと猪崎《いのさき》さまとおっしゃるかたでしたが、年上のほうの雉子村さまというのがひとりを手にかけたかたで、死骸は人足をたのみまして棺に入れ、夜のあけないうちにこの裏の竜谷寺《りゅうこくじ》という寺へ埋めさせ、ついさっき一同のあとを追ってお立ちになりました」

「そうか。よく打ち明けてくれた。ちょっとその現場を見せてくれぬか」

伝八郎は番頭に表玄関前へ案内させ、ここと、ここだという場所は、もうすっかり血のあとを消して、塩できよめているが、両方へ合掌《がっしょう》して、口の中で心ばかりの称名をとなえてやった。

雉子村と猪崎が立ってしまったのなら、騎馬隊がふたたび明石へ引きかえすのは、どう早くても、五ツ半（九時）だ。そうあわてることはない。ついでにここでゆっくり朝飯をとることにして、兵庫《ひょうご》まで五里の道のりは駕籠を雇ってもらうことにした。

「かわいそうになあ。高田さんと田丸さん、さぞくやしかったでしょうねえ」

座敷へおちつくと、お菊はさすがに横ずわりになった足をさすりながら、しみじみといった。高田とはしばらくでもゆうべ一つ馬に乗って、その腰につかまっていたお菊だけに、人情が移るのだろう。

「侍なんて、はかないものなのだな」

あるいはこんなことではないかとは思っていたが、伝八郎は妙に腹の虫がおさまらない。悪人が自分の悪をまもるために、裏切り者という名を借りて無慈悲にも人の命を奪う。しかも、有無をいわせぬ切り方がいかにも残忍だ。もう許せぬという怒りが、火のように胸へうずをまいてくる。

「篠崎久八ってやつが、ひとりでいい子になろうとしたのね。憎らしいったらありゃしない。こんど見つけしだい、目玉へ五寸くぎをたたきこんでやるからいい」

「いや、いちばん悪いのは、私欲のためにこんな騒動を巻きおこしている稲葉大膳という悪家老なんだ。篠崎などを相手にしてもしようがない」

「なら、あんたはその大膳というやつを相手にしなさいよ。あたしは篠崎のやつをきっと盲にしてやる」

すぐ意地になりたがるお菊だ。

「太夫、騎馬隊はきょう途中で必ずわれわれに追いつくだろう。鷲沼というやつは、一度敵にまわすと、たとえ女でもどんなめにあわせるかわからない残酷な男のようだ。太夫の身にもしものことがあってからではまにあわない。あんまり深入りしないうちに、この辺でこの騒動から手をひいてはどうだろうな」

ちょうどいいおりだと思ったので、伝八郎はそれを持ち出してみた。

「あんた、きょう、騎馬隊の中へ切りこむつもりなの」

「いや、そんなばかなまねはしない」

「どうかな。あんたは案外正直そうだから、あたしがついていてやらないと、どんなまねをするかわかりゃしない」

お菊は人の忠告など耳へも入れようとしない。そして、たのんでおいた駕籠がきたと知らせてきたので、座を立つとき、

「あら、うっかりしちまった。あたし、足の療治してもらうのを忘れてたわ。つまりゃしない」

と、人のせいのように、どすんと伝八郎の背中へからだをぶつけていた。

松山の中

伝八郎の駕籠が先で、明石を立った二人は、昨夜一晩じゅうほとんど眠っていないのだから、二人ともすぐにうつらうつらとしだした。ことに、お菊はきのうも一日じゅう歩いていたのだ。

——だれがあんな人形みたいなお姫さまなんかに、あたしの伝さんをとられてたまるもんか。

半分はやきもちをやきながら、伝八郎がさっきいっていた、鶴丸さまはふたりの仲をただではないと見ているということばを、お姫さまのそぶりに照らしあわせて、あれこれと吟味しているうちに、いつかぐっすりと眠りこんでしまった。ほどよくゆれていく駕籠が、旅なれているお菊には、まるで揺りかごのように気持ちがいい。どのくらい眠ったころか、やがてその駕籠がとんと地におりたので、さすがにはっと目がさめた。それでもまだ夢ごこちの耳へ、小鳥のさえずる声が甘くたのしい。

「じゃ、約束のあと金、十両、たしかにわたすよ」

「ありがとうござんす、けど、親方、このしろものは十両じゃちょっと安うござんすね」

「文句があるかね」

どこかで聞いたような声だ。おやと、お菊ははじめてはっきりと正気にかえってきた。

「えへへ、文句なんかありやせんがね、ずいぶんおたのしみでということなんで」

「大きなお世話だ、用がすんだら、さっさと消えてなくなってもらいたいね」

「承知しやした。じゃ、ぐっすりいい気持ちに寝こんでいるところをかわいそうだが、しろものを起こしやすかね」

お菊にはもうだいたい様子がのみこめたので、すばやく帯の間の五寸くぎを四、五本抜きとって、左の手に持ちかえる。

「待った」

低く駕籠屋をとめた声は、たしかにてんぐ小僧の市松にちがいない。と思ったとたん、ぱっとたれがはねあげられて、胸もとへ脇差《わきざし》のきっさきが、ぴかりと吸いつくように光った。

「お菊、おとなしくするんだ。変な小細工をすると、このままずぶりといくぜ」

ぎろりとのぞきこんだ市松の目は、察するに、これも昨夜一晩じゅう寝ずに、お菊と伝八郎をつけねらっていたのだろう。赤く充血して、気違いじみた色をしている。

これではお菊もどうわざのほどこしようもない。

「なあんだ、ねずみてんぐか。変なところへ出てきたんだねえ」

「いいから、黙って駕籠をおりろ」

どうやらここは街道からだいぶ深くはいりこんだ松山の中らしい。ぐっすり眠っているうちに、こんなところへかつぎこまれてしまったのだ。

——伝さんはどうしたろう。

これも昨夜からの疲れで眠りこんでいて、あたしの駕籠がわき道へそれたのを知らなかったにちがいない。その凛《りん》とした面ざしが、急に恋しくなつかしく、お菊は子どものように泣きたくさえなってきた。

「おい、なにを考えこんでいるんだ。早くおりねえか。駕籠屋が待ちかねてらあ」

「その雲助をちょいとここへ呼んでおくれ」

「文句があるなら、おりてからいったらいいだろう」

「よけいなお世話をおやきでない。あたしはこれでもちゃんとした駕籠賃を払って乗っているお客さまなんだからね。——おい、駕籠屋さん」

お菊はひとことといってやらなければ気がすまないのだ。

「へえ、とんだなりゆきになっちまいまして、ねえさん、すんません」

駕籠屋ふたりが市松のうしろへかくれるようにして、頭をかいている。

「ふうんだ。とんだなりゆきって、どんななりゆきさ」

「すんませんでござんす」

「おまえさんたち、前の駕籠をどこでまいてきたんだえ」

悪党に白刃を胸もとへ突きつけられていながら、平気で啖呵《たんか》をきっているのだから、駕籠屋もちょっと気をのまれた形だ。

「すんません。たぶん、須磨《すま》を少しばかり出はずれたところでござんして。——なあ、相棒、そうだったな」

「うむ、そんなとこだった」

「前の駕籠は、黙ってどんどん行っちまいやした」

「まさか、前の駕籠はこんなことになるんじゃないだろうね」

「そりゃもう、けっしてそんなことはござんせん。御安心なすって」

「なにをぬかしやがる。おい、おまえたちは明石のお城下で、ちゃんと問屋場へお届けが出ている駕籠屋だろう。いつ雲助になりさがったのさ。はした金に目がくらみやがって、よくもねずみてんぐなんかの片棒をかついだね。あたしにもしものことがあったら、お化けになってでも、今夜のうちに明石の問屋場へ押しかけていって、わき本陣の山本屋を証人に、おまえたちの首二つをきっと三尺高いところへ並べてみせるから、よく覚えておきな。青くなりやがった、ざまあ見やがれ、獄門野郎め」

駕籠かきふたりは思わず顔を見合わせている。

「お菊、ひかれ者の小唄《こうた》か」

市松が野太くせせらわらった。

「ねずみてんぐは黙っておいで。なんでえ、偉そうに女に刃物を突きつけやがって、それでも男づらをしているんだから、ちゃんちゃらおかしいや」

「そうか。おかしかったらいくらでもわらいな。さあ、いいかげんに駕籠を出たらどうだ」

いけしゃあしゃあとして、つらにくいあごをしゃくってみせる市松だ。

　駕籠をおりなければ、駕籠屋は駕籠をかついで行ってしまう。こんな人里離れた松山の中で、執念のてんぐ小僧とふたりっきりにならなければならない。あたしはこのからだが守りきれるだろうかと、さすがに不安にはなったが、さんざ威勢のいい啖呵をきってしまったてまえ、いつまで駕籠の中へすわりこんでいると見られるのも業腹《ごうはら》だ。

――よし、すきを見て勝負してやろう。伝さんにやるからだなんだもの、こんなやつにいたずらされてたまるもんか。

お菊は腹をきめて、おどきといいながら、すっと駕籠を出て立った。

てんぐ小僧の市松は、ゆうべの失敗があるから、離れてはあぶないと見たのだろう、いきなり左手でお菊の右腕をわしづかみにして、右手の道中差しのきっさきを帯のあたりへ突きつけ、

「駕籠屋、さっさと消えろ」

といいつけた。

こうなっては身動きひとつ思うにまかせないお菊である。

意外な横取り

「お菊、こうなっちゃもうじたばた騒いだってしようがねえ。おとなしくおれのいうことを聞くんだな」

駕籠《かご》屋の姿が松山の向こうへ見えなくなるのを待って、てんぐ小僧の市松はひどいがらっぽい声でせせらわらった。執念の獲物をまったく人里離れた松山へつれこんで、もうこっちのものだと、半分野獣になりかかっているのだろう。

「ふうんだ。いうことを聞けって、どうするのさ」

右腕をわしづかみにされて、道中差しのきっさきがぴたりと帯のあたりへ吸いついている。うっかり身うごきひとつできないお菊だが、向かいあっている男の濁った目を見すえながら、さもけいべつしきったような顔をした。

「知れたことよ、一度ねらったおまえのからだを、いまここでもらってやるから、おとなしくしろというんだ」

市松はつかんだ腕に力を入れて、おくめんもなくお菊のみずみずしいからだじゅうをにらみまわす。

が、その女のからだを自由にするには、右手の道中差しを捨てなければならない。敵が武器さえ捨てれば、こっちは五寸くぎをつかんでいるから、なんとかたたかえる、そうお安くおまえなんかのおもちゃにされてたまるもんかと、全身に闘志をみなぎらせているお菊太夫《たゆう》だ。

「なんてうすぎたないつらなんだろう」

「なにをっ」

「鏡を見てごらんよ。それで赤い舌をだらりと吐き出していれば、まるでさかりのついた野良犬さ。いやらしいってありゃしない」

まともにまゆをひそめてやると、悪党には悪党のみえがあるから、さすがにちょいと男の胸へこたえたらしい。それを反発するように、

「なにをぬかしやがる。かわいがられてからしっぽを振って、くんくん鼻を鳴らすなよ」

と、わざとげびて出る。

「あたしはこう見えても人間さまさ。こんな野っ原のおてんとうさまのあかるい

下で、犬のまねなんかまっぴらだ。うすみっともない」

「大きく出やがる。たかが小屋掛け芸人のくせに、金びょうぶをめぐらした中でいろごとをするがらかよ。わらわせるない」

「市松、おまえ男なら、金びょうぶをめぐらした絹布のふとんの中で、あたしをくどいてごらん。ぬすっとのくせに銭惜しみをして、ただの野天で女をくどこうなんて、そんなしみったれた了見じゃ、子守っ子だってほれやしないよ」

「ぬかしたな。じゃ、てめえ、金びょうぶをめぐらした中なら、おとなしくおれのいうことをきくか」

「ふんだ、いい年をして、おまえはじめて女をくどくのかえ。ほれるほれないは女の勝手、ほれさせるほれさせないは男の腕。一度好きとなったら、女なんて地獄までついていきたがるやつさ」

ふんと鼻の先でわらってみせて、お菊は伝八郎のたくましい肩幅が食いついてやりたいほど恋しくなる。

「てめえ、人をそんな口車にのせて、途中であのさんぴんのところへ逃げ出そうっていうんだろう。腹はちゃんと読めてらあ」

「すきがあれば逃げるさ。逃がさないように連れていって、ものにしてごらんよ」

半分はやけのやんぱちで、お菊はあけっぱなしだ。

「てめえもおかしな女だな。ゆうべあんなに振られどおしによくも振りぬいた野郎のところへ、まだしっぽを振っていきてえのか」

こんどは市松がけいべつしきったような顔をする。

「おまえ、ゆうべ一晩じゅうあたしたちのあとをつけていたのかえ」

「あたりめえよ。男の意地じゃねえか」

「ものはいいようさ。おまえだって、あたしに振られて、あきらめきれないで、野良犬みたいに夜どおしあたしのしりを追ってきたんじゃないか」

「うぬぼれてやがる」

「てれなくたっていいじゃないか。ほれたならほれたと、男らしく正直にそこへ土下座をしてごらんよ」

「お菊、あのさんぴんだけはあきらめろ。いくらおまえが金びょうぶをおごったって、あの野郎は脈はねえ」

「大きなお世話じゃないか」

「そうじゃねえ。金びょうぶは鶴丸さまのほうがお手のものなんだ」

これはお菊の急所だった。

「ばか、そんなことがあるもんか」

思わずかっと逆上しかけたが、さすがに気がついて、

「市松、おまえ鶴丸さまを、鶴丸さまが、なんだってこと、知ってるのかえ」

と、目を光らせる。

「血のめぐりの悪いことをいうねえ。てめえの口からいわせりゃ、おれはゆうべ一晩じゅうだれかのしりを追いまわす野良犬だったんだ。たいてい小耳にはさんだ話の切れっぱしでも、こいつ臭いとにらんじゃいたが、あの真夜中、大久保の庚申堂《こうしんどう》で、おめえが鶴丸さまのお供をして、なにしに林の奥へはいっていったかまで、ちゃんと見とどけてあるのよ」

にやりとわらってみせる市松だ。

「いやなやつ――。そんなことおくめんもなく女の前で口にするおっちょこちょいだから、おまえなんか大きらいなんだ」

「どうせ好かれているとは思っちゃいねえや」

「それでも、よくあのとき、騎馬隊のやつらにあたしたちのいることを教えなかったんだね」

考えてみると、まったくあぶないせとぎわだったのだ。

「冗談いうねえ。おれだっててんぐ小僧だ、他人の力を借りて女をものにするほどけちな了見は持たねえ。腕一本できっとものにして見せるんだ」

ほれた弱みとでもいうか、どこかで女に好かれたいといういろけだけは捨てかねるらしい。

「いくらか感心してやってもいいな」

「おだてるねえ。さあ、歩け」

「野良犬はやめるのかえ」

「金びょうぶをおごってやらあ。そのかわり、途中で逃げやがると、こんどは騎馬隊のやつらをけしかけて、鶴丸さまもくそもあるもんか、伝八郎もろとも、みな殺しにさせてやるから、そのつもりでいろ」

市松は市松で、この女をここでむりに手ごめにしようとすると、死にもの狂いになって、こっちは抜き身を突きつけているてまえ、ついには殺さなくてはすまなくなる。それより、こっちには騎馬隊を使うという責め道具があるのだ。いちおうはお菊のいうなりになっておいて、すきを見て押さえつけてやろうという気になった。

「けっ、うまく弱いしりをつかまれちまったなあ」

お菊はふてくされたようにいったが、内心はほっとして、街道筋へ出たら逃げ出す腹でいる。たとえ市松が騎馬隊に密告して、鶴丸さまがどうなろうと、そんなことはかまっていられない。お菊が恋しいのは、伝八郎ただひとりなのだ。

そして、その機会は案外早く、妙なところに待っていたようである。

「お菊、逃げると承知しねえぞ」

やがて、松山を二つほど越えて、街道筋が近くなったとき、市松はもう一度念を押した。

「ばかいってらあ。あたしの腕を力いっぱいつかんでいるのはおまえじゃないか。しっかりおしよ」

「そういやあそんなもんだが、てめえはヅマ師だから、いつ抜けるかゆだんができねえ」

「あたしはねえ、寝首をかくのがいちばんおはこなんだから、気をつけたほうがいいよ」

「その心配はいらねえ。寝首をかかれるまえに、こっちはちゃんと生き肝を抜いておかあ」

口げんかをしながら街道筋へ出たとたん、ひづめの音が松山にこだましながら、急にそこの山はなをまわってきた。三騎である。

おや、ゆうべの騎馬隊らしいと、道ばたに立って見ているうちに、たちまち近づいてきて、先頭がこっちを見つけながら、うしろへ手をあげた。

――あっ、裏切り者の篠崎久八がいる。

しんがりはたしかにそれで、そういえばいま手をあげた先頭はゆうべお菊の首実検をした雉子村剛助、二騎めは猪崎佐久馬だ。

――ただではすまない。

とっさにお菊は直感したが、市松にきき腕をつかまれているから逃げられない。いや、市松の手からのがれるには、一時騎馬隊を利用したほうがいいかもしれないと、そんなずるい胸算用をしているうちに、前へ止まった三騎から三人、馬を飛びおりてばらばらとふたりをかこんできた。

「お菊、神妙にしろ」

目を血走らせて、いきなりおどりかかってきたのは裏切り者の久八である。裏切って一度はいい子になったが、みごとに伝八郎に出しぬかれて面目をつぶし、ここでなにかてがらをたてなければ自分の首があぶなくなっているのだろう。

「だんな、なにをなさるんだ。こいつはあっしのかかあで――」

いそいで市松が言いわけをしようとするが、

「黙れっ。じゃまだてするとたたっ切るぞ」

夫婦でないことは猪崎にもわかりきっているから、さっと抜刀《ばっとう》した。

「あっ、あぶねえ」

さすがにお菊を放して、ひらりと市松は飛びのく。乱暴にも相手はほんとうに切る気の殺気をみなぎらせているから、市松はどうしようもない。逃げ腰のままぽかんと見ているうちに、お菊はさげ緒でうしろ手に縛《しば》られ、

「歩け」

久八に引き立てられて、もう馬上にいる雉子村のそばへつれていかれた。上から雉子村がお菊の両腕をつかんで鞍《くら》の前へ引きあげ、馬腹に角《かく》を入れて、そのまま走りだす。

つづいて二騎があとを追い、あっという間に砂煙をまいて走り去るのだ。

とんびに油揚げをさらわれた形で、あっけにとられていた市松は、はっと我にかえり、

「うぬっ、てめえたちにお菊を、――ちくしょう、こんちくしょう、どうするか

見ていろ」

血相を変えて猛然と三騎のあとを追いだした。

てんぐの悪態

およそ兵庫までは安心と見て、駕籠の中でうつらうつらしていた浅香伝八郎は、地鳴りのような馬蹄《ばてい》のひびきに、そこは心得のある武士だから、はっきりと目をさました。

「駕籠屋、騎馬がくるな」

「へえ、馬でござんす」

駕籠はもう松並木のわきへ道をよけて、息づえを入れている。

「まもなく兵庫か」

「あと半分道ぐらいでござんす」

騎馬隊が追いつくくらいだから、もうその辺へきているはずだ。すると、時刻はすでに昼に近い。

「駕籠屋、騎馬は何騎くるか数えておいてくれぬか」

あからさまに自分が顔を出してはめんどうだと思ったので、伝八郎は駕籠屋にもたのみ、たれのすきから様子をうかがうことにする。

騎馬隊は例によって、総髪の鷲沼郷左衛門《ごうざえもん》を先頭に、跑《だく》を踏ませながら砂ぼこりをまいて兵庫のほうへ駆け抜けていく。数は十騎と見た。

「わあ、ひどいほこりだ。だんな、頭数は十のようです」

「そうらしいな」

あとから雉子村と猪崎が加わったはずだから、三騎足りないことになる。おそらく、その三騎は、いちおう明石を洗ってくるように命じられているのだろう。船着き場の門番足軽にも、わき本陣の番頭にも、念のために口どめをしてきてあるから、このほうは心配はない。

「あとの駕籠はどうした」

口数の多いお菊太夫のことだから、こんなとき黙っているはずはないのだがと、ひょいとたれから顔を出して振りかえってみると、お菊の駕籠はどこにも見えない。まだうすぼこりのしずまらぬ長い松並木を、そでで鼻口を押さえながらくる旅人がちらほらと目につくばかりだ。

「駕籠屋、連れはどうした」

「へえ、さっきお連れさんが用たしだといっていやしたから、まもなく追いつくでござんしょう。なあ、相棒」

「うむ、もうみえる時分だ」

おかしいと伝八郎は思った。問屋場で雇った駕籠だからまちがいはなかろうとは思うが、連れは若い女だ、ひとことの断りもなく、その女の駕籠を置いて先にくるという法はないし、また自分に黙って駕籠をとめるようなおとなしいお菊ではない。

「だんな、そろそろ出かけていやす」

「いや、あとの駕籠がくるまで待ってみろ」

「そうでござんすか。もうくる時分なんだがなあ」

しかし、しばらく待ってみても、お菊の駕籠は追いつくけはいもない。

「おかしいなあ、相棒」

「どうしやがったんだろう」

なんとなく駕籠屋はそわそわとおちつかない様子だ。

近いところでお菊の駕籠を置いてきたのなら、たとえまちがいがあっても、もうだれかなんとか知らせにくるはずだ。それがもしずっと遠くでお菊が用たしにおりたとすれば、いつまでも追いつかないあとの駕籠に、当然、駕籠屋のほうがとっくに疑心を起こしていなければならない。さてはぐるでなにかたくらんだとみえる。伝八郎はそう見てとったから、黙ってすっと駕籠を出て立ち上がった。

「駕籠屋、それへ並べ」

「へえ」

一度ははっと逃げ腰になったが、背を見せたとたんにばっさりやられる抜き打ちのほうがこわい。ふたりともそこへ並んで、へなへなとひざをついてしまった。

「おまえたちは問屋場の人足《にんそく》だな」

「へえ」

「正直に白状すれば許してつかわすが、このうえ隠しだてをするようなら、縛って問屋場へ突き出すほかはない。どうだ」

刀の柄《つか》に手をかけて、頭から高飛車に出ると、根はまじめに妻子を養っている人足どもだから、もう一も二もなかった。

「申しわけありません。だから、おれたちはいやだといったんですが、あとの駕籠のやつらが、てめえたちは黙っていりゃいいんだと、むりに一両ずつ押しつけられちまったんで、つい――」

「その金を出したのは、どんなやつだ」

「三十がらみの、きりっとしたすごみのきくやつで、どうせ堅気じゃねえんでしょう。おれの女房をさんぴんが、――ごめんなさい、野郎がそういうんで、――腕ずくじゃとてもかなわねえ、かかあのほうだって刀がこわいからいやいやついているんだ、十両出すから助けてくれって、半分は泣き落としにくどかれちまったんです」

どうやら、犯人はてんぐ小僧らしい。

「われわれが駕籠に乗るまえにたのまれたんだな」

「へえ」

「あとの駕籠とは、どの辺で別々になったんだ」

「東須磨へかかろうとするあたりで。なんでも、やつら、松山へ駕籠をかつぎこんでいったようです。まったくおれたちの知らない間に、やつらがかってにやっちまったことなんで、申しわけござんせん。このとおりでござんす」

まったく知らない間とは虫のいい言いぶんで、いまさらいくら土下座をしても、一両に目がくらんで仲間の悪事を黙認すれば、こいつらもむろん同罪だ。が、ここでそれを責めてみたところで始まらぬ。東須磨といえばここから一里あまり、いま引き返してはたしてまにあうかどうか、ともかく捨ててはおけないのだ。

「駕籠屋、約束だから、こんどだけはきさまたちの不心得は見のがしてつかわす。そのかわり、あとの駕籠がはいっていった松山まで、いそいで駕籠を飛ばしてくれ。いいな」

「ありがとうござんす。すぐお乗んなすって、――なあ、相棒」

「合点だ。だんな、思いきり駆けだしやす」

良心の重荷がおりたか、勢いこんで立ち上がった駕籠屋ふたりは、おやというように須磨のほうを振りかえった。

秋空にひびくあわただしいひづめの音といっしょに、松並木の向こうに砂煙をあげながら疾走してくる騎馬がある。三騎のようだ。往来のものがびっくりして、街道の両側へ逃げこむ間に、たちまちぐんぐん近づいてくる。

――明石調査の三騎だな。

顔を見られてはまずいから、伝八郎はなんとなくそっちへ背を向けた。

「あれえ、前のへ女が乗ってるな」

「おやあ、ありゃだんなのお連れさんじゃねえか、相棒」

「違いねえ。だんな、だんな」

伝八郎が思わず振りかえると、すぐそこへ迫った先頭の一騎に、たしかにお菊が乗っている。いや、髪が半分こわれて、両手の見えないぎこちないかっこうは、自分で乗っているのではなく、うしろ手に縛られて鞍の前へ乗せられているのだ。乗せて、手綱《たづな》をあやつっているのは雉子村剛助と見る間に、もう目の前を走りぬけ、

「伝さあん、助けてえ」

こっちを見つけたお菊の金切《かなき》り声が、必死の青い顔が、目に残り、耳に突き刺さって消えた。二騎めは猪崎、三騎め篠崎、――さすがに久八は、いそいで目を逃げていた。

思いもかけない不意のことで、そのときだけは伝八郎もおどり出る決断が一瞬おくれ、はっと気がついたときにはすでに機会を逸して、砂ぼこりだけがうずをまくようにからだをつつんでいる。

――しまった。

子細はわからぬが、お菊はてんぐ小僧の手から騎馬隊の手に落ちた。篠崎がお

菊を見かければそうなるのは当然で、お菊は鷲沼の前へ引き出されて、必ず拷問《ごうもん》はまぬかれまい。

お菊の口から鶴丸さまの行動がもれると、大坂の船着き場へ先まわりされて、こんどこそ十中の八九、鶴丸さまはのがれる道がない。

「駕籠屋、兵庫まで精かぎり走れ。駄賃《だちん》は倍にしてつかわす」

「合点だ、だんな」

伝八郎は火のようにあせる胸をあやうく自制しながら、駕籠に身を託した。

「いいか、相棒」

「そらよ」

駕籠は騎馬に及ばぬながらも、目標があるからいっさんに騎馬のあとを追いだす。もどかしいから、伝八郎はたれをあげっぱなしだ。

――あせってもしようがない。時刻から見て、鷲沼らは兵庫で必ず中食《ちゅうじき》をとっている。うまくいけば、じゅうぶんまにあうはずだ。

お菊はそうやすやすと拷問に負けるような女ではない。いや、わしが行くまで、どうか負けてくれるな。伝八郎は何度かそう胸の中で念じながら、まぶたにうかんでくるのは、拷問に苦しみもがいているお菊の姿ではなく、残忍な鷲沼の手で、男装をはがれていく鶴丸さまのいたいたしい姿だ。

あの端麗な目が、早く救ってくれと、世にも悲しげに訴えすがってくる。あらわにされた玉の肌が、豊かな胸乳《むなぢ》までまぶたにはっきりとちらつきだして、――伝八郎はわれながらぎょっとした。

――なんでわしはこんな空想をほしいままにするのか。

――それは、おまえの心が、鶴丸さまの玉の肌を望んでいるからだ。

――ばかなことをいえ。わしはただ義のために、あのひとを江戸まで送ってやるだけだ。そんなみだらな野心はみじんも持たぬ。

――言いわけなどはしなくてもよい。おまえの目は、いつも鶴丸さまの肌を追っているのではないか。自分でもそれがこわいから、なるべく鶴丸さまのそばへ寄らないように逃げているんだ。

伝八郎は自問自答して、じっとり冷や汗を感じてくる。

――おまえが鶴丸さまを恋している証拠は、お菊が市松の手に落ちてもあまり驚かなかったくせに、鷲沼の手に移ると見てから、急にあせりだしたのでもわかる。おまえは、拷問にかかるお菊の苦痛は、それほど気にしてはいないではないか。

一言もない伝八郎だ。わずかに、お菊だけはどうしても鷲沼の手から救わねばならぬと思い直す。そして、どんなことがあっても、鶴丸さまを女として見てはならないのだと、堅くおのれにいい聞かせて、苦いあと味を感じるのだ。

「やい、さんぴん」

ふいに、駕籠わきへきてのぞきこんだやつがある。

「あっ、だんな――」

あと棒がびっくりして叫んだ。

「うるせいやい」

駕籠と足なみを合わせて歩いているのはてんぐ小僧の市松で、その目が大胆にも伝八郎をにらんでいる。

「やあ、てんぐうじか」

「なにをぬかしてやがる。てめえは、お菊が騎馬隊にさらわれていくのを、たしかに見ていたはずだぞ。なんだって助けてやらなかったんだ。そんなに騎馬隊がこわいのか、いくじなしめ、ざまあみやがれ」

たたきつけるように浴びせたかと思うと、急にたったたと駕籠を追い抜いていく。走るでもなく、歩くでもなく、まったくふしぎな早足だ。

「速いなあ。もうあんなところへ行っちまいやがった。なんて足の達者な野郎なんだろう」

駕籠屋が驚嘆しながら、これもいっしょうけんめい駆けつづけているのだ。

無法なむち

伝八郎の想像どおり、鷲沼郷左衛門は、兵庫の竹屋久兵衛という旅籠屋で中食をとることにして、まず宿屋の前へつながせた乗馬に、それぞれ水と飼い葉をあてがわせていた。

ひと足さきにただ一人、裏庭から案内させて、わらじはとかず、座敷の縁先で休息していた郷左衛門は、昨夜からのことを考えるとなんともにがにがしい。

篠崎久八の再度の寝返りで、やっと鶴姫の手がかりをつかんだまではよかったが、あせってこっちから加古川まで出向いたのはまったく失敗だった。むしろ斥候《せっこう》を放っておき、ゆっくり明石へ引きよせたほうが、労せずして確実に獲物をつかみえたかもしれないのだ。

それにしても、鶴姫が男装をして、早川秋作、香川東吉、矢川春蔵の三人を供にしているとはちょっと意外だった。意外でも、そうとわかってしまえば、供の三人はたかが軽輩に近い者どもだから、腕まえからいっても、才知から見ても、それほど恐れるには足りない。問題なのは、浅香伝八郎と名のる浪人者だ。これは偶然にも、昨夜、連れの女を誰何《すいか》させて、その人物を見ているが、腕も度胸も相当な男のようだ。ことによると公儀《こうぎ》の隠密《おんみつ》かもしれないというおそれさえじゅうぶんある。

――いい年をして、兄が鶴姫などの色香に迷うからいかんのだ。

それを思うと、郷左衛門は妙に腹がたってくる。長兄大膳は無骨いっぺんの自分などと違って、見識といい、手腕といい、三日月藩の今日をなしとげた天下周知の器量人なのだ。嫡子又一郎を当主にしたいという野心も、血統からいってけっして遠慮することはない。藩内に多少の不平不満があるとしても、そんな口先だけの正義論など、実力で押さえつけてしまえば問題にはならない。大膳はそれだけの功績と実行力を持っているりっぱな男なのだ。

郷左衛門は長兄に敬服しているだけに、こんどのことだけは腹がたつのである。

「執政、鶴姫を甘く見ると、とんだ苦杯をなめさせられますぞ」

鶴姫に国入りの希望があると聞いたときも、郷左衛門は絶対に反対した。万一、藩内の特別な事情をさぐり出されると、二度と江戸表へ帰せなくなるのは、火を見るよりあきらかなことなのだ。

「なあに、お姫さま育ちになにができるものか。なまじ入国をとめると、女などというものはかえって意地になるものだ」

大膳は甘く見て、気にもとめなかったようだ。というより、長兄は去年出府して、すでに鶴姫の美貌に心をひかれていたのかもしれぬ。

その鶴姫は、はたして鈴木春山という医学者をつれて入国したほどのしっかり者だった。しかし、当主綾之助君の死は、春山といえども看破《かんぱ》できるようなそんな簡単なものではないから、その点は恐れるに足りなかったが、鶴姫だけは江戸へ帰すわけにはいかぬ。手段としては又一郎の夫人に直してしまうのがいちばん名目がたっていいのだが、大膳は自分のものにしたい野心があるようだ。それならそれでいいから、

「執政、鶴は早くきき羽根を切って放ち飼いにできるようにしておかぬと、金網だけでは安心できませんぞ」

と、そのときもたびたび忠告しておいた。

表面は先侯夫人としていくらでもたいせつにもてなしておくがいい。それには一日も早く、有無をいわせず閨房《けいぼう》を奪って江戸へ飛び立てぬ策をほどこしておかなくては、必ず寸善尺魔《すんぜんしゃくま》のわざわいがおこる。

ほかのことは強引果断な大膳も、鶴姫にだけはそれができなかったらしい。あの美貌には、心から参っていたのだろう、なまじ歓心を買おうと手をつくしているうちに、こんなことになってしまったのだ。

「兄上、あなたは鶴姫を甘く見すぎているのだ。あれは強引に手に入れてしまわなくては、なかなか心を移してくるような、そんな情の弱い娘ではない。こんどわしがつかまえたら、むしろ一服盛ってしまいましょう。大事のまえの小事ということがありますからな」

追っ手の役をいいつけられたとき、郷左衛門は長兄に断然そういいきった。

「そりゃいかん。あれだけはなるべくいけどりにしてこい。へたなまねをすると、土屋家が承知しなくなるぞ」

大膳は苦い顔をしていたが、土屋家がこわいのではなく、逃げられてもまだ鶴姫に未練を残しているのだ。

——困った兄貴だ。女は魔物だということを百も承知していながら、あれだけはまだ思いきれないとみえる。

しかし、鶴姫に公儀の隠密がついた今となっては、とうていけどりのまま連れてもどるというわけにはいくまい。かわいそうだが、思いきって口をふさいでしまうほうがいちばん早いのだ。

それも大坂へはいられてしまってからでは、いよいよ事がめんどうになる。なんとしても、今日中に網を張ってしまわなくてはならない。

郷左衛門の計算では、敵はゆうべ終夜歩きつづけている。明石へ行ったのは今朝だ。そこで便船を求めずにずっと歩きつづけているとしても、兵庫より先へは出ていない。女の体力という点を考慮に入れれば、明石と兵庫の間のどこかで必ず休息をとっていると見てまちがいないだろう。

——たぶん、雉子村らがなにか手がかりをつかんでくる。

それを心待ちにしている郷左衛門なのだ。

はたして、その三騎は、藩士一同が乗馬の手入れをして、縁ばたで中食をすませ、一服つけているところへ、思いがけない獲物を手に入れてさっそうと追いついてきた。

「鶩沼さま、この女が東須磨のあたりをうろついていましたので、とりこにしてきました」

雉子村はお菊をそこへ引きすえて、郷左衛門に報告する。

「この女は、たしかに昨夜、浅香伝八郎という者といっしょに落人《おちうど》どもに味方した者だな」

郷左衛門はいちおう篠崎のほうへ聞いた。

「はい、お菊という女です。浅香伝八郎というやつも、ここから半道ほどのあたりに駕籠を止めているのを見かけました」

久八がせかせかと答える。

「はあ、途中これはと思うところは残らず調べてきましたが、それらしい手がかりはまったく得られませんでした」

「船のほうは――」

「明石藩の新米船がけさ大坂へ向かっただけで、回船問屋のほうは一隻も動いておりません。藩船のほうは、むろん一般の者は絶対に便乗を許さないそうです。明石の問屋場も調べてみましたが、今朝は駕籠二丁兵庫までの約束で出たほかは、馬も駕籠も客はなかったそうです」

雉子村はさすがによく調べてきている。

「一丁は浅香の駕籠、もう一丁は」

「この女に出会うまえに、もどり駕籠を一丁見かけています」

「この女はひとりで歩いていたのか」

「いや、三十がらみの町人、どこかやくざっぽいところのある男といっしょでした」

「ふうむ」

郷左衛門は鋭い目でじっとお菊を見ていた。うしろ手に縛られているお菊は、しようがないといったように横ずわりになって、おとなしくうなだれている。がっくりと髷の根が落ちて、こわれかかっている髪がひどくなまめかしい。いっしょに出たはずの二人が、別々に歩き、しかも鶴姫たちの姿はどこにもない。これをどう判断していいのか、郷左衛門にはちょっと見当がつかないので、

「女を調べてみろ」

むっつりと雉子村に命じた。

「お菊、あれにおられるのは稲葉家の御重役、鷲沼郷左衛門さまだ。おまえがすなおに返事をしてくれさえすれば、必ずほうびを願ってつかわす。強情を張ると、

やむをえず痛い思いをさせなくてはならない。わかるだろうな」

雉子村はお菊の前に立って、まずさとすようにいいきかせた。

「いいお天気ですね、雉子村さん」

お菊がふいになじるように青い顔をあげた。

「いいお天気だなあ」

雉子村はさからわずに苦笑する。

あたりを取り巻いている連中は、こりゃたいへんな女だといいたげな顔つきだ。

「こんなにいいお天気なのに、なんの罪もない女がいきなりうしろ手に縛られて、馬につまれてこんなところへ運ばれてきて、まるで罪人あつかいにされるなんて、どういうわけなんでしょうね。なにかあたしがそんなに悪いことでもしたんですか」

「いや、別におまえが悪いことをしたというわけではないが、まあ、もうしばらくしんぼうしてくれ。話さえわかればなわは解くし、われわれの乱暴は必ずわびもする。どうだろうな、お菊、鶴丸さまとはどこで別れたか、正直に教えてくれぬか」

ことばはやわらかいが、いうことははなはだ手前勝手で虫のいい雉子村だ。

「そんなわけにはいきませんね。あたしにだって五分の魂はあるんです。人を縛っておいてものを聞こうなんて、たいへん失礼じゃありませんか」

「雉子村、かわろう」

手ぬるいと見た猪崎が、じりじりしながら、びゅっと寒竹のむちを一つ鳴らして、前へ出てきた。

郷左衛門のほうをうかがうと、むっつりと冷たい顔をしている。黙っているのはかわってもいいという腹だと見たから、雉子村は会釈をして後ろへさがった。

「女――」

短慮がむしゃらな猪崎は、頭からお菊など虫けらあつかいだ。

「なんだえ、やっこ」

お菊も負けてはいない。

「無礼なことをいうな、鶴丸さまは今どこにいるか、白状しろ」

「いやなこった」

「なにっ」

「物知らずの田吾作《たごさく》侍なんかと口をきくのもむしずが走らあ」

「うぬっ」

びしっと火の出るようなむちが、力いっぱいお菊の背中で鳴る。

「あっ」

骨まで突き刺さるような激痛が全身へ走って、お菊はのけぞるように身もがきしながら、くやしいが気遠くなりそうになる。

「いえ——。いわぬか」

「ちくしょうっ。い、いまに五寸くぎを、きさまの目玉へ打ちこんでやるからおぼえてろ」

「ばかっ。まだ痛いめにあいたいか」

第二のむちが皮膚も裂けよと飛ぶ。

「ううっ」

こんどはうつぶせにのめりそうになって、思わずくちびるをかみ切っている。

「もう一度聞く。鶴丸さまはどこにいるんだ」

「い、いるところにいらあ。ざまあ見やがれ、おたんちん」

「うぬっ」

第三のむちだ。お菊はひいっと悲鳴をあげながら、ついに前へのめってのたうつ。さすがに見ていた者が顔をそむける。

「申し上げます」

交替で宿の表に詰めている当番のひとりがあわてて走りこんできた。

「なにごとか」

郷左衛門は冷静そのものである。

「ただいま、浅香伝八郎というやつが、お目にかかりたいと申しまして」

「いや、遠慮なくもう通りました」

つかつか裏庭へはいってきた伝八郎は、すわと殺気だつ一同をしりめにかけて、まっすぐ倒れているお菊のそばへ寄った。

「どうした、太夫《たゆう》。しっかりしろ」

ぐいと抱きおこして、すばやく小柄《こづか》を抜き、うしろ手のいましめをぶつりと切りほどいている。

「伝さん、くやしい」

ひしとひざへしがみついてくるお菊だ。

「まあ、いいから立て。立てるか」

「おい、だれに断って女のなわを切ったんだ」

と、むちを持った猪崎がたちまちかみついてきた。

「きみはだれに断ってこの女を縛ったのか」

すかさず伝八郎が逆襲する。

「なにっ」

「女を縛って、馬のむちで打ちたたくと、三日月藩では勇士といってほめてくれるのか」

「うぬっ、許さん」

猪崎はいきなり伝八郎にむちを投げつけておいて、刀の柄《つか》に手をかけた。

馬を追う

「待て――」

伝八郎は飛んできたむちをかわしながら、すかさず一喝《いっかつ》した。むろん、敵の抜き打ちに備えてちゃんとそれだけの距離を計っているうえに、それでも猪崎が踏んごんでくるようなら、いつでも切って捨てる体勢をとって、寸分のすきも見せない。

「うぬっ、ひきょうなことをいうな」

抜き打ちの気合いをはずされた猪崎は、柄に手をかけたままじりじりと強情に詰めよってくる。

「たわけめ、この宿は代官の支配下だぞ。騒動を起こせば、宿の出入り口をふさいで、ただちに役人が出張する。取り調べをうけて当惑するのはどっちなのか」

「むだ口をたたくな。抜け」

いのしし武士はそんな利害など少しも耳に入れようとしない。相手を切ってさえしまえばそれまでだと簡単に考えているのだろう。そのくせ、いまだに抜刀《ばっとう》できずにいるのは、伝八郎に乗ずべきすきがないからだ。

「頭の悪いやつだな。戦いは江戸までの勝負だ。ここでそんなに死に急ぎをしなくてもよかろう。もっとも、罪もない女を縛って、拷問にかける能しかないやからだ、好んで宿じゅうに騒動を巻きおこし、落人の影さえつかめぬうちに、三日月藩の醜名を天下にさらしたければ、遠慮なく刀を抜け。浅香伝八郎、相手になろう」

猪崎にいったのではない、まだ縁先に腰をおろしたまま、傲然とこっちをにらんでいる大将鷲沼郷左衛門に聞かせることばである。できれば伝八郎も、お菊さえ無事に助ければ、ここで刀を抜きたくはなかった。

騎馬隊の一味はこの大胆きわまる伝八郎の出現になかば気をのまれた形で、それぞれの位置で息をのみながら、鷲沼の号令を待っている。

「おのれ、無礼な悪口雑言《ぞうごん》――」

面罵《めんば》された当面の猪崎は、眼中もう憎むべき伝八郎しかなかったのだろう。

「くたばれっ」

と、まなじりを裂きながらついに抜刀した。

とたんに、さっきから伝八郎の背にかばわれて、まだむちのあとがからだじゅう火のついたように痛いお菊は、くやしくって、どうしてくれようと歯がみをしていたところだから、

「こんちくしょうっ」

猪崎が抜刀したのと、手にしていた五寸くぎを敵の顔目がけてはっしとたたきつけたのと同時、

「あっ」

一度はあやうく首を曲げてかわしたが、そのかわしたほうへ第二の五寸くぎが

間髪を入れずに飛ぶ。距離からいってもちょうどころ合いだし、剣投げの曲芸で仕上げている神技はへたな武術より正確で、みごと右の目へたたきこまれた猪崎は、

「わあっ、うぬっ」

急所の痛手にひとたまりもなく、大きくのけぞりながらぶっ倒れていった。

「ざまあ見やがれ。さあ、お次はだれの番さ」

こわれた髪を振り乱しながら、お菊は目を血走らせて、こうなればもうこわいものなしのさっそうたる女豹《めひょう》ぶりだ。

「やった」

「それ、ゆだんするな」

さすがに敵は血相を変えて一度に立ち上がったが、お菊の手にはまだぶきみな五寸くぎが残っているので、我から切って出ようとする者はひとりもない。

「太夫、ちょっと待て」

乱闘にしてしまっては多勢に無勢で、いくらお菊が勇ましくてもこっちが不利だ。伝八郎はお菊をとめておいて、

「鷲沼さん、どうするね。このままわれわれを無事に帰すか、それともここで三

日月藩の墓穴を掘るか」

と、郷左衛門に声をかけた。

「小僧、おまえの目的はなんだ。どうしてつまらぬ節介をするんだな。金が目あてか」

「いや、金はあいにく小判というものをたくさん持っている」

鷲沼はわざとおちつき払って、そんないやがらせを口にする。

にっこりわらってみせる伝八郎だ。

「そうか。若いから人の前では本音を吐きにくいんだな。よし、金がほしかったらいつでもたずねてこい。おまえのほしいだけつかわそう」

「ありがとう。では、この女をもらって帰ってもいいんだな」

「うむ。勝負は江戸までだ。まだ先が長い。命が惜しかったら、遠慮なく金のほうにするがいい。ころばないように帰れ」

鷲沼もここで戦ってはあとがめんどうと見ているのだろう。

「ううむ、ちくしょう、あまめ、切れ切れ」

その間じゅう猪崎は、五寸くぎだけはどうやら自分で抜いた目を押さえ、血だらけになってうめきわめきながら、その辺をのたうちまわっている。

「お菊、お許しが出た。さあ、出かけよう」

「なあんだ、これだけで帰るの、伝さん。あたしはもう二、三匹、どうしても盲にしてやりたいやつがいるんだけどなあ」

お菊はぷっとふくれて、猪崎のそばにいる雉子村と篠崎のほうをにらみつけた。ひとりは仲間を裏切ったやつ、ひとりは鷲沼といっしょに仲間ふたりを手討ちにしたやつだから、恨みが深い。

「まあ、きょうはがまんしろ、江戸までは先の長い旅だ」

「それもそうね、あたしをむちでひっぱたいた憎らしい鬼だけは片目にしてやったから、じゃ、きょうはこれでがまんしておこう」

「先を歩くがいい」

「そうお。――伝さんは親切だから大好きだわ。それでは、みなさん、まっぴらごめんくださいまし」

ちゃかすようなおじぎをして、ふふんと鼻の先でわらいながら、お菊はわざと気どって歩きだす。むちのあとが痛いだろうに、負け惜しみの強い女だと、伝八郎は苦笑しながらあとにつづいた。

二足、三足、ふっと背後へ忍び寄る殺気を感じて振りかえったとたん、

「えいっ」

鋭く拝みうちに切りかかってきたやつがある。

が、振りかえったときには、伝八郎、すでに刀の柄に手がかかっていて、身を沈めたのと、抜き打ちに後ろを払ったのと同時、

「わあっ」

敵は刀をふりおろす途中で胸をしたたか横なぎにされ、がくんともろひざ突きになって、そのままたわいなく前へつんのめってしまった。抜けがけの功名をあせったのは篠崎久八だ。

ほかの連中は、あっけにとられて、ただぼうぜんとこっちをながめている。

「あっ、どうしたのよう、伝さん」

「まあいい。ちょいと余興がはいっただけだ」

「だって、ひきょうだわ、うしろからふいに切りかからせるなんて」

気の強いお菊は承知しない。さいわい鷲沼は知らん顔をしてそっぽを向いているので、

「いや、別に鷲沼さんのさしずではないようだ。行こう、太夫」

伝八郎は刀をぬぐって鞘《さや》におさめ、いそいでお菊の手を取った。ほっておくと

どんな悪態を口にするかしれない。このうえ、その悪態におどり出すようなお先っ走りに出られては、事めんどうと見てとったからだ。

「背中が痛いんだから、もっとやさしくしてよ。ほんとうはおぶってくれるといいんだけどな」

敵が見えなくなると、お菊は甘ったれて、そんなだだをこねだした。

「よしよし、表へ出たら馬を見つけてやるから、もう少しのしんぼうだ」

騎馬隊の馬が表に十三頭つないである。伝八郎はそれを借りて大坂へ走るつもりだ。

が、表へ出てみると、その十三頭の馬はほとんど手綱《たづな》を解かれ、往来をぶらぶらしている。せっせと手綱を解いているのは、てんぐ小僧の市松だ。馬当番が二人ついていたはずだが、一人は伝八郎を裏庭へ取り次ぎ、残る一人も騒動に気をとられてあとを追ったのだろう。

――そうか、市松は馬を追い散らす気だな。

早くも見て取った伝八郎は、手近のくりげのくつわをつかみ、

「太夫、あとにつづけ」

わざとお菊にはかまわず、ひらりとそれに飛びのった。

執念の市松が目の前にいるから、今はお菊も甘ったれてぐすぐずはしていられない。たちまち一頭をつかまえて、あざやかに馬上の人となる。

市松はじろりと振りかえったが、口はきかず、最後の一頭の手綱を解いて、鼻づらを須磨のほうへ向けると、

「そうれ――」

大声に叱咤《しった》しながら、そのしりっぺたを平手で力いっぱいひっぱたいた。馬はびっくりして、ひひいんとはねあがりながら、いっさんに走りだす。その辺に遊んでいたのが、みんなそれにつられて駆けだした。

同時に、伝八郎は馬首を尼ケ崎《あまがさき》のほうへ向けて、馬腹に角を入れていた。お菊の馬がそれにつづいたから、おびただしいひづめの音が一度に騒然と宿じゅうにひろがっていく。

「あっ、おのれ、なにをする」

あわてて飛び出してきた馬当番のふたりが、ぎょうてんして顔色を変えたときには、市松もまた一頭をわがものにして、にやりと冷笑を残しながら、たちまち二騎の砂煙のあとを追いだす。まったくあっという間の、てっとり早い仕事だった。

草津の宿

鶴丸さまの一行は、予定どおり三日めの夕がた近く、東海道へ踏み出して草津の宿《しゅく》へかかっていた。

明石から大坂までの船の旅は、さいわい海がおだやかだったのと、大坂へ着くまではもう敵に追われる心配がなかったのとで、主従四人安心して前夜来の疲れを休めることができた。

「親船に乗った気持ちというのは、このことでございましょうな」

篤実《とくじつ》な早川秋作が珍しくそんな冗談を口にして、

「とにかく、われわれは浅香さんに感謝すべきだ」

と、心からつけ足すことを忘れなかった。

「あの人は関東浪人と名のっていたが、どうもただの浪人じゃなさそうだな」

若い矢川春蔵もすっかり伝八郎には心服してしまったようだ。

「正直にいうと、わしはふっと気がついたことがあるんだ」

そういいだしたのは香川東吉である。

「浅香さんのことでかね」

「うむ。あれほどすぐれた腕と才覚を持っている人物が、浪人しているというのは変じゃないかね。だいいち、浪人者があんなふうに女づれで、のんきな遊山旅などしていられるはずはなかろう。こんなことを口にするのはまだ早すぎるかもしれないが、ことによるとあれは公儀の隠密、なにかそんな秘密を持っている男じゃないかと思うんだ」

「なるほど」

三日月藩は公儀から隠密を向けられる内情をじゅうぶん持っているだけに、早川も矢川もむげにこの説を否定することはできなかった。

黙ってすわっている鶴丸さまの白い顔が、ちらっと曇ったようである。

「しかし、たとえ公儀の隠密としても、鶴丸さまの味方と見ることはさしつかえないと思うな」

一本気の春蔵は、できるだけ善意に解釈しようとする。

「むろん、人間としては鶴丸さまの敵ではない。が、隠密という役目からいえば、稲葉家にとって味方だとは簡単にいいきれないことになる」

敬遠したほうがいいといいたげな香川の口ぶりだ。

「いや、まだたしかに隠密ときまったわけじゃないのだから――」

年長の早川は、ふたりを制して、暗い顔をした。その力量を知らないうちならともかく、ここで伝八郎を失うことは、これからの困難な道中に相当な痛手となりそうだからだ。

しかし、この伝八郎にかかった隠密の疑いは、さいわいまもなく意外な方面から一時立ち消えの形になった。

船が大坂湾へはいってから、船奉行高武貞右衛門がはじめて船房の鶴丸さまをおとずれ、

「失礼ですが、あなたさまはたのもしい道づれを得られておしあわせでございました」

と、ひととおりあいさつのあとで、なにげなく切り出したのである。

「お恥ずかしゅうござるが、われわれはゆうべ浅香さんと道づれになったばかりで、御当人は関東浪人と名のっていましたが、くわしいことはまだなにも聞いていません。御存じでしたらお聞かせ願えないでしょうか」

早川が鶴丸さまにかわって、さっそく聞いてみた。

「そうでしょうな。浅香さんは今朝てまえにも江戸の者だとだけ名のっていました。先方は拙者《せっしゃ》を知らないが、わしのほうでは浅香さんをよく知っている。もっとも、浅香さんの人がらをよく知っているから、そのことばを信用してあなたがたを船をお乗せしたので、こういうとちょっとふしぎにお思いでしょうが、なに、話せば簡単なことだ。わしは若いころ、江戸の中西の道場へ通っていましてな」

この春、出府したついでに、久しぶりで旧師のところへあいさつに出かけた。そのおり、道場で門弟たちにけいこをつけている青年の太刀さばきが、目だってあざやかなものがある。旧師に聞いてみると、あれは直参一千石取りの名門浅香伝八郎という者だが、あの剣はまず天才というのだろう。人物もしっかりしているし、名門の子弟にしては珍しい名器だと、旧師が目を細くしていた。

「それからまもなく、あの人は向島《むこうじま》へ花見に行って、勤番者五人にけんかを売られたそうで、多少酒の勢いもあったんでしょうな、三人即死させて、二人は逃げたという騒動がおこりました。まったくみごとな太刀さばきだったそうで、江戸じゅうの大評判でした。ところが、奉行所へ呼び出されて、お奉行さまから一言、それだけの腕があるのだから、切らずにすませることもできたろうにといわれた。

御当人すっかり赤面してしまって、さっそく家名を弟さんにゆずり、自分は世を捨ててしまった。まあ、ざっとそういう経歴の人で、当代としては珍しい人物でしょうな」

高武は伝八郎にほれこんでいるような話しぶりだった。

「あのつれている婦人は何者でしょう」

あんまり毛色が変わっているので、香川はつい口に出たらしい。

「さあ、何者でしょうな、縁もゆかりもない女だから、なるべくあぶない仕事から手を引かせたいといっていましたから、これもどこかで道づれになったのでしょう」

高武はそう答えてわらっていた。

その高武はまた、鶴丸さまのことについては、一言もなにか聞き出そうなどとはしなかった。伝八郎にたのまれたから、大坂まではあなたがたをあずかるという態度で、あくまでも武士の一諾《いちだく》を重んじ、船がその夜大坂へ着いていよいよ別れるとき、

「道中の御無事をせつにお祈り申し上げます」

と、心からあいさつをしていた。

――奥ゆかしい武夫《もののふ》。

鶴丸さまは黙って会釈をかえしながら、深い感銘をうけずにはいられなかった。

そして、きのうは大坂から駕籠《かご》を乗りついで京へはいり、きょうは京からの駕籠を大津で乗りかえ、いま草津の宿へかかろうとしている。

明石の門番小屋で伝八郎に荒療治をしてもらった足は、もうすっかり楽になっていた。無事に石部の宿へ着けば、今夜はその伝八郎とも落ち合えるはずである。

そう考えただけでも、鶴丸さまは心じょうぶである。

はじめは早川たち三人を供に、いや、たとえ一人でも江戸へ下って里方土屋家の力にすがり、稲葉大膳の憎むべき悪謀を取りひしいでやらなくてはと、激しい怒りに燃えていたが、いざ旅へ踏み出してみて、鶴丸さまは女の身の弱さをしみじみと悟らせられてしまった。もし、あの晩伝八郎という男に会っていなかったら、とうてい追っ手の手をのがれることができず、大坂の地をさえ踏めずに、地獄のような三日月へつれもどされていたろう。生きてつれもどされれば、いやでも大膳に肌身《はだみ》をけがされなければならない。自害するほかはなかったのだ。

――恐ろしい。

鶴丸さまは考えても身ぶるいが出る。どうしても江戸までは伝八郎の力をたのまなくてはならない。早川たち三人に誠実はあっても、追っ手の手をのがれる策にさえ乏《とぼ》しいようだ。

そういえば、困ったことには、東吉はまだ伝八郎の隠密説をすてきれずにいる。

「名門の出だから隠密にならないとは保証できません。ゆだんは禁物でございます」

なにかいこじにでもなったように言い張るのだ。

「それは伝八郎を遠ざけようということか」

鶴丸さまは思わずむっとした顔を表へ出してしまった。

「いや、故意に遠ざけては、かえってあだとなるおそれがありましょう。つかず離れず、人が悪いようではございますが、毒を薬にするのたとえで、利用できるだけは利用することにいたしましょう」

そのようなひきょうなことはきらいですと口まで出かかったのをあやうく思いとまって、鶴丸さまは目を伏せた。東吉に悪意のないことはわかっているのに、妙に腹がたつ。そのこざかしげな顔を見るのもいやな気がする。

なぜこんなに腹がたつのだろうと反省させられて、鶴丸さまはひそかに冷や汗を感ぜずにはいられなかった。たとえ三人を失っても、伝八郎だけは失いたくないと、いつの間にか考えるようになっていた。伝八郎を思い出すときは、いつもすぐお菊の顔を思い出して、なにかあきたらぬうとましさがあったのに、今はそのお菊の顔がすっかり消えている。それは船中で高武の話を聞いてからのことで、鶴丸さまは伝八郎のたのもしさを、それ以来安心してわが身ひとりのものにしていたのだ。

――慎《つつし》まなくては。伝八郎ひとりをたのみにしているなどと、それがもし少しでもそぶりに出るようでは、必ず三人の心が離れていくでしょう。

早くそこに気がついてよかったと、鶴丸さまは思った。

そのくせ、こうして駕籠にゆられていても、つい思い出しているのは、ときどき気むずかしく見えることもある伝八郎の男らしい顔なのである。

「あっ」

ふいに駕籠がとまって、ふた足み足後ろへさがりながら、どすんと地におりた。

「東吉、おれにかまわずお供しろ」

とたんに、駕籠わきについていた秋作が口早にそういいおいて、すっと前へ進んでいったようだ。

血闘の辻《つじ》

ちょうど草津追分《おいわけ》へかかって、右へ曲がれば木曽路《きそじ》、まっすぐ行けば東海道、その札の辻のかげから、深編み笠《ふかあみがさ》をかぶった旅の侍が三人おどり出してきて、右へ曲がろうとする駕籠の前へいきなり立ちふさがったのである。

「何者だ。なんで往来のじゃまをする」

早川秋作は三人の前へ進み出ながら、かぶっていた菅笠《すげがさ》をぬぎすてて大喝《だいかつ》した。むろん追っ手の一味と見て、場合によっては切り死にする覚悟だからすさまじい気魄《きはく》だ。

「早川、われわれだ。はやまってはならん」

静かにいって深編み笠をぬいだのは、雉子村剛助である。つづいて野上八百吉《やがみやおきち》、石坂四郎兵衛《いしざかしろべえ》の二人で、この二人は軽輩あがりのうえに、兵庫で馬を盗まれたときの馬当番だった。ここでてがらをたてないと命がないことになっているのだから、もう顔色が変わっている。

「やあ、雉子村さんですな。はやまるなとはどういう意味です」

藩では雉子村のほうが格が上なので、誠実な早川はついことばがていねいになる。

「お駕籠の中は鶴丸さまだな」

「そうです」

その鶴丸さまは、いま駕籠を出て、東吉と春蔵にまもられながら、すらりと道ばたの夕日の中へ立ったところだ。その端麗な若衆姿に、道をせかれて立ち止まった旅人たちの不審の目がいっせいに集まってきた。

「正直にいうと、わしは鷲沼どののいいつけで、さっきからここに待っていたんだが、あの人は高田、田丸、それに篠崎まで有無をいわせず首をはねた。冷酷きわまる。二人とも相談して、鶴丸さまにお味方する気になった。貴公から取り次いでくれるか」

「ほんとうですか」

口では答えたが、うっかり真《ま》にうけて引きかえせば、そのうしろを向いたところをばっさり袈裟がけにやられる。敵は三対二の勢力にしたいのだ。それが野上と石坂の気ちがいじみた目の色でもはっきりわかる。

「ほんとうだ、金打《きんちょう》してもいい。なあ、両人」

ちらっと目がふたりのほうへ動いたすき、

「えいっ」

早川は抜き打ちに一刀を横なぎに払った。

が、わずかに踏み込みが足りなかったのと、さすがに雉子村はゆだんのない男だけに、

「わっ」

飛びのきざまでどすんとしりもちはついたが、切っ先が右のそでを切り裂いたにすぎなかった。

「やった」

「それっ」

同時にうしろのふたりが抜刀《ばっとう》して、左右から死にもの狂いに切りこんでくる。

そうくることは抜いたときから覚悟のまえだ。とっさに身を沈めながら、二の太刀を左へかえして、これは左からくる野上の高股《たかもも》へ切りこんだが、右へかえした三の太刀は一瞬間にあわず、石坂の切っ先を右の肩から背へかけて一太刀かす

られたようである。

「くそっ」

背にひやりとしたものは感じたが、死ぬ気だからものともせず、一刀を振りかぶって猛然と、いま起きあがろうとする雉子村のほうへ切って出た。

「うぬっ」

雉子村はあやうく抜きあわせて引っ払いながら、またしても横へ飛んだ。

「とうっ」

背後から石坂の剣が追い打ちにくる。

「くそっ」

左の肩へうけながら、力いっぱいうしろざまに払った。

「わあっ」

敵の絶叫を聞きながら、こっちはまだ戦えるぞと思った。目の前に残忍な雉子村の目がぎらぎらと光って、いまにもおどりこんできそうである。

――くるなら来い、よけるものか。こっちは突きの一手だ。

肩にはずんでくる呼吸を、歯を食いしばって必死にこらえた。

――鶴丸さまはもう落ちてくれたろうか。

この男さえここで食いとめて、とてものことに相打ちにまでこぎつけられれば、それで本望だと思う。

ずいぶん苦しい長い時間のようだった。もう雉子村の顔しか見えない。

「えいっ」

ついに相打ちのときがきた。こっちはまっしぐらに突いて出て、たしかに手ごたえがあったと感じたとたん、右肩に大きな衝撃をうけて、目の前がまっくらになった。いや、かっと目の中で火花がうずを巻きだし、そのうずの中から鶴丸さまの端麗な顔がじいっと悲しげなまなざしで自分を見つめている。

「どうか、御無事で——」

わらってその顔へ永別を告げたつもりだったが、声にはならず、早川秋作は札の辻の前にうつぶせになったまま、傷口からおびただしい血を流して、意識を失っていった。

切った雉子村剛助も、左肩を突きでかすられて、衣類が切り裂け、そこから血を流したまま、しばらく蒼白《そうはく》になって自失したもののごとく突っ立っている。

いま沈もうとする落日の色までが血潮に染まったかとばかりすさまじく、黒山のような遠巻きの人だかりもまだ息をのんだまま動けない。

その群集の中に、てんぐ小僧の市松もまじっていた。

――ちくしょう、どうしやがる気だろう。

市松は切り合いがはじまる少し前にここへきあわせて、東吉と春蔵がむりに鶴丸さまをつれ去るところまで、すぐそのそばで目撃していた。

「東吉――春蔵」

切り合いがはじまると、鶴丸さまは声は低かったが、激しく二人の名を呼んだ。早川を死なすというのだろう。明眸《めいぼう》が火のような怒りに燃え、さっと紅潮したほおが、女性だとわかっているだけに、市松の目には緋《ひ》ぼたんのように美しく見えた。

「なりません、まいりましょう」

東吉が悲壮な顔をして左から詰めよる。

「約束です、鶴丸さま、――ごめん」

春蔵は必死の顔で右から鶴丸さまの腕をとった。

鶴丸さまは力いっぱいかむりを振って身もがきする。

「敵は近いのです。命にはかえられません」

しかるようにいって、左腕をとった東吉は、わがからだで押すようにして、ぐいぐい切り合いのうしろを通りぬけていった。

その歯をくいしばっていた鶴丸さまの顔が、いまでも市松の目にはっきりと残っている。

──いまごろ、どこまで落ちたか。

切り合いはずいぶん長いような気がしたが、実はまだものの四半刻《しはんとき》（三十分）もたっちゃいないのだ。

三人に一人、早川はまったくよく戦った。

──りっぱでしたぜ、早川さん。

深い縁があるというわけじゃないが、ひょんなことからよく事情を知っているうえに、雉子村には恨みがあるから、できれば石の一つもぶつけてやりたい。

「おや」

急に雉子村は刀をぬぐって鞘におさめたと見る間に、やや遠くに落ちていた深編み笠を拾いとって、すたすたと東海道口の人垣《ひとがき》の中へ歩きだした。

だれもただ見ているだけで、呼びとめようとする者はいない。

──いけねえ。そっちは鶴丸さまの落ちたほうだ。

と見ているうちに、だれからともなく人垣がくずれだし、三つころがっている死骸《しがい》をよけて、もうこわごわ歩きだす者があるなかに、深編み笠をかぶった旅の侍三人、いま雉子村が去っていった東海道のほうへゆうゆうと曲がるのが目についた。

——はあてな。

市松はすぐ頭へぴんときたものがある。もうじっとしてはいられない。

宵闇

草津から石部の宿《しゅく》へ二里二十五町、目川へかかったころはすでにたそがれてきたが、市松は根気よく深編み笠のあとをつけていた。三人の深編み笠は、草津の宿を出るとまもなく、雉子村の深編み笠に追いついていっしょになったから、むろん鷲沼郷左衛門の一味とにらんだ市松の目に狂いはなかった。いや、雉子村と並んで話していく深い編み笠が、どうやら郷左衛門ではないかとさえ思える。

察するに、兵庫で馬を失った郷左衛門は、大坂まで伝八郎に一歩先んじられたが、即座に次の関門は草津ときめて、この二日の間に昼夜兼行という思いきった手を打ったにちがいない。雉子村たちはその第一番隊だったのだ。

——きのどくだが、鶴丸さまはこんどこそあぶねえな。

人ごとながら、市松は気が気ではない。

市松が草津へいそいだのは、なにもこんなおせっかいをするのが目的ではなく、実はお菊をつかまえるためだった。

一昨日、敵の馬で市松が伝八郎とお菊のあとを追い、いっしょに大坂へかかろうとしたのはたそがれまえで、なんと思ったか伝八郎はそこで馬をおりてしまった。

街道ばたの百姓家へ寄って、お菊と自分の馬に水をのませ、飼い葉をあてがっている。市松もなるほどと思い、それにならった。

すると、伝八郎はやがてその百姓のおやじに向かい、

「御苦労だが、あとでこの馬を街道から見えるところへつないでおいて、三日月藩の者だと名のって取りにきたら、わたしてやってくれ。もしだれも取りにこないようだったら、大坂の三日月藩の蔵屋敷へとどけてもらいたいのだ。駄賃《だちん》をつかわしておく」

といおいて、なにがしかの金をわたし、さっさと表へ出ていく。

「だんなは義理がかたいねえ」

することがあんまりきれいすぎるから、市松は外へ出てから、わざとからかってやった。兵庫を出てから口をきいたのは、それがはじめてである。

伝八郎はにっとわらっただけだったが、

「市松、おまえどこまでついてくる気なのさ、もういいかげんにどこかへ消えちまっておくれよ」

と、お菊がたちまちかみついてきた。

「冗談いうねえ、おれはおまえに金びょうぶをおごってやる約束じゃねえか。おれもこれで約束はなかなかかたいほうなんだ」

市松はあっさりうけ流して、腹ではどこまでも二人についていってやる意地をきめてしまった。すると、伝八郎が思いがけなく、

「まあ、二人とも、そうけんかをするな、呉越同舟《ごえつどうしゅう》ということもある。今夜は仲よく一つ旅籠《はたご》へつくことにしよう」

と、さばけて出た。

「ふうんだ。あんたはあたしにくどかれるのがこわいんでしょ。いいわ、今夜は

うんとお酒をのんであばれてやるから」

お菊はそんなやんぱちをいっていたが、さすがに酒は一滴も口にしなかったかわりに、背中のむちのあとが痛いから療治してくれといって、酒席でもろはだぬぎになった背を伝八郎のほうへ向けていた。

――見せびらかしてやがる。

女のやけなのにかかってはかなわない。見るのは業腹《ごうはら》だし、見ないのはいくじがないようだし、市松はちょいと目のやり場がない。

それでもその年増盛りのすばらしい肌が、いま思い出してもちゃんとまぶたに焼きついているほどだから、見ないふりをしてやっぱり見とれていたのだろう。

もっとも、お菊はあながち、みせびらかしや、いやがらせばかりでそんなまねをしたのではなく、事実むちのあとが相当痛んだらしい。

「こりゃひどい――」

それは伝八郎も思わずまゆをひそめていたほどで、市松がのぞいてみると、白い背中へ太いみみずばれが三本、血をにじませて紫色にうきあがっているのだ。

「痛いか――、がまんしろ」

伝八郎はその一つ一つへたんねんに傷薬を塗りこんでやる。

「痛いなあ。もっとやさしくしてよ」

お菊は悲鳴をあげて、なかなかじっとしていない。

「こら、おとなしくしないか、太夫《たゆう》はわがままでいかん」

「鶴丸さまだってわがままだったわ、わざとまゆなんかしかめて」

「しかし、太夫のように声は出さなかった」

「なにさ、あんな足のまめぐらい」

お菊のはあきらかにやきもちがてつだっているわがままだが、伝八郎は少しもじっとしていないお菊の肩を左手で押さえつけて、いやな顔ひとつしなかった。

なるほどなあと、市松はひそかに感心せずにはいられなかった。

その晩はおたがいに疲れきっているから、市松もぐっすり寝こんでしまったし、まくらをならべている伝八郎も、寝返りひとつうたなかったようだ。ふすま一重のお菊のへやからも、物音ひとつしない。

が、朝になって目をさましてみると、お菊はいつの間にやら、部屋から姿を消していた。女中に聞いてみると、夜が明けるとすぐ、膳《ぜん》もとらずに、ひと足さきに京へ行くからといいおいて出かけたという。

「気まぐれな女だから、勝手にさせておくがいい」

伝八郎はそういってわらっていた。

——二人で落ち合うところをきめておいて、おれを出しぬく気かな。市松はそうも疑ってみたが、伝八郎がお菊に対して色恋の気持ちを少しも持っていないことは、昨夜でよくわかっている。するど、伝八郎とふたりきりになりたいお菊が、市松の目をくらますためにこんな芝居をしたとしか取れなくなる。

——よし、ちょうどいいや。こっちも二人きりは望むところだ。

市松はどこかで伝八郎をまいて、ひと足さきにお菊のあとを追う気になったが、さいわい伝八郎は明石の蔵屋敷へ顔を出してあとから追いつくからと自分のほうからいい出し、

「てんぐうじ、あんまりお菊をいじめちゃいかんぜ」

と、さとすようにいって別れていった。

——だれがいじめるもんか。かわいがってやるだけの話さ。

それが昨日の朝のことで、途中ゆだんなく京まであとを追ってみたが、ついにお菊には会えなかった。やっぱりぐるだったのかなと、またしても疑ってみたり、いや、ひとりでくるにしても、今日はたしかに草津泊まりと見当をつけ、草津の

宿へはいるなり思いがけない鶴丸さまの災難を目撃してしまったというわけなのだ。

――それにしても、浅香さんほどの男が、どうして今日まで鶴丸さまをひとりでほっておいたんだろう。

市松はすこぶる不満だ。万一、鶴丸さまがあの冷酷な鷲沼の手におちたら、いったいどういうことになるのか、お菊の例があるから、思っただけでもぞっとする。しかも、深編み笠の足は相当速い。この分では、刻一刻鶴丸さまとの距離は縮んできているのではないか。あたりはしだいに暮れてきて、十八日だから今夜はあいにく月の出さえおそい。

石部《いしべ》の宿

その夜、鶴丸主従三人は、宵をすぎようとするころ、やっと石部の宿の上旅籠大黒屋彦十《だいこくやひこじゅう》方へたどりついた。

「当家に浅香伝八郎という武士が着いているはずだが――」

香川東吉が出迎えた番頭に聞いてみると、

「いいえ、まだお着きではございません」

という返事だ。

「そうか。では、あとから着くのかもしれぬ。とにかく、なるべく上等の座敷へ案内してくれ」

「かしこまりました」

鶴丸さまのすぐれた高雅《こうが》さは、だれの目にも身分ある公卿《くげ》か旗本の若殿が、子細あっての忍びの道中としか見えなかったのだろう。番頭はさっそく、母屋とはかぎ形になった廊下へつづく奥の離れのいちばんいい座敷へ案内してくれた。

まもなく、おなじ大黒屋の店へ、深編み笠をかぶった四人づれの武士が着いて、

「番頭、いましがた当家へ若衆づれの主従が泊まったはずだが――」

と、なかのひとりが声を低くするようにして聞く。

「はい。お連れさまでございますか」

さっきの番頭は、浅香という連れが着いたのだと思ったから、心得顔に聞いてみた。

「うむ、われわれは陰供をいいつけられている者だが、子細あってなるべく顔を見られたくない。あとからまだ五人着くはずだから、そのつもりでしかるべき座敷へ案内してくれ」

「承知いたしました」

「くれぐれも若様のほうへは内密にたのむぞ。そうだ、あとの連れの目じるしに、この編み笠を店先へかけておいてやってくれ」

「失礼でございますが、浅香さまとおっしゃるかたではございませんので」

「ああ、浅香か。浅香はあとの組だ」

「さようでございましたか。どうぞお上がりくださいまし」

四人のうちに四十年配のりっぱな武士がいて、これがいちばん上役らしいので、番頭は深く疑いもせず、裏二階の広間へ案内した。

そのあとへふらりとはいってきたのは、いかにも旅なれた商人ふうの男で、

「ねえさん、一晩世話になりますよ」

と、如才《じよさい》なく店にいあわせた女中に声をかけて、これは下座敷の一間へ案内されていく。

宿では夕がた着いた早い客たちがちょうど夜の膳《ぜん》を終えたところで、女中たち

はそれをさげたところから順に寝床のしたくにかかるいちばん忙しいときであった。

「お客さん、お膳をさげさせてもらいます」

表二階の一間へ声をかけて女中がはいっていくと、ぞろっぺいに寝そべって食後の一服をたのしんでいたあだっぽい女客が、そのままのかっこうできせるをおもちゃにしながら、

「おばさん、お行儀が悪くってごめんなさいね」

と、にっこりいたずらそうにわらってみせる。南蛮手品のお菊太夫だった。

「いいえ、お疲れさんでしょう。いますぐお床をとりますよ」

おばさんと呼ぶにふさわしい中年のいかにも人のよさそうな女中は、いたわるようにいって、

「あの、お客さんが待っていなさるお連れさんは、浅香といいなさいましたね」

と、思い出したように聞く。

「そうよ。着いたの、その人――」

お菊は思わずむくりと起き直る。大坂の旅籠で伝八郎と市松を置き去りしたのは、執念深い市松につきまとわれていてはとても伝八郎とふたりきりにはしてく

れそうもない。それどころか、ひょっとすると伝八郎の目を盗んで、どんなまねでもやりかねない鉄面皮《てつめんぴ》な市松なのだ。とてもあぶなくて、五分のゆだんもできない。どうせ落ち合う先は石部の宿の大黒屋ときまっているのだから、いっそひと足さきへ行って待っていることにしよう。あたしさえいなくなれば、市松だってきっと伝八郎から離れるだろうと、お菊は自分だけの胸算用《むなざんよう》をして先まわりしてきたのだ。

だから、ここへ着くと、すぐこの人のよさそうなおばさん女中に祝儀《しゅうぎ》をつかませて、浅香伝八郎という男が着いたら、さっそくそっと知らせてくれるようにと、くれぐれもたのんでおいたのである。

「いいえ、浅香さんてかたはまだお着きになりませんけど、お連れの人たちがたったいま着いたようですから、おっつけ浅香さんもお着きになると思いますよ」

お菊の意気ごみは、文字どおり飛びたつといったかっこうなので、おばさん女中はきのどくそうにあわてていい直す。

「そのお連れって、どんな人なの」

もしや市松ではないかと、お菊はうんざりしかけたが、事実はそれよりももっと悪かった。

「はじめに三人づれでお着きになった若衆さまの御家来が、浅香さんはまだ着いていないかと番頭さんに聞いていましたが、そのすぐあとから四人づれのお侍さんが着いて、若衆さまの陰供だといいますんで、では浅香さんでございますかって番頭さんがおうかがいすると、いや、浅香はあとの組だ、あとから五人でくるはずだと申していました」

「四人づれでねえ。どんな人たちかしら」

「さあ、どういったらいいか、そのなかに四十がらみの総髪にしたいかめしいかたがいて、たぶんその人が上役なんでしょうね、裏二階の広間ですから、ごらんになるんならそっと御案内しましょうか」

見なくても、あとの四人づれというのは鷲沼郷左衛門とその一味の追っ手で、そして、その前の若衆さま主従というのは鶴丸さまの一行にちがいない。

「若衆さまはその陰供の着いたことを知っているの」

「いいえ、それはないしょにしておくようにと、陰供のかたたちが口止めしていたようです」

「若衆さまのお部屋はどこ――」

「いちばん奥の離れの十畳で、八畳の控えの間がついているお座敷です」

「ありがとう。あたしのことは、おばさん、どっちへもないしょにしておいてくださいね。それから、もし浅香さんが着いたら、いちばん先に知らせてくださいよ」

「かしこまりました」

女中が膳をさげていってしまうと、お菊はどうにも居ても立ってもいられない気持ちである。

鶴丸さま主従が着くことはむろんはじめからわかってはいたが、たぶんそれよりも伝八郎のほうがひと足早いだろうと、お菊は自分で勝手にきめて、それをたのしみに待っていたのである。正直にいえば、あの足の弱い鶴丸さまのことだから、ことによると一日ぐらいおくれるのではないかと、むしろそれを祈っていたのだ。

が、鷲沼のほうがこんなに早く追いつこうとは、まったく番狂わせである。ただ番狂わせではすまされない。追っ手はあとからまだ五人着くはずだというし、鶴丸さまはすでに袋の中のねずみも同然なのだ。

――どうしよう。いったい、伝さんはどこでまごまごしているんだろうな。

ここで鶴丸さまが鷲沼の手につかまるようなことがあっては、それこそ伝八郎の面目はまるつぶれになってしまうだけに、お菊はもう色恋どころではない。いや、ほれきっている男だからこそ、その伝八郎に一歩もひけはとらせたくないお菊なのだ。

――ちくしょう、もうこうしちゃいられない。

お菊は急に立ち上がって、宿のどてらをかなぐりすて、手早く身じたくにかかった。鷲沼一味に見つかったら最後、兵庫での一件があるからとても無事にはすまないからだだが、こんなところで黙って見すごしては、それこそあとであの人に薄情な女だとあいそをつかされそうで、それがなによりもつらいお菊なのだ。

とらわれびと

そのころ――。

離れの鶴丸さまはまだ旅装も解かず、十畳の間にきちんとすわっていた。決死の早川秋作を無慈悲にもただ一人残してきたことがなんとしても胸にこたえ、なにをする気にもなれないのである。

——秋作、どうか無事で追いついてくれるように。

しかし、三人に一人、とてもそれはおぼつかないのではあるが、はじめからの約束とはいえ、みすみす見殺しにしてきたことがどうにも心苦しい。

「鶴丸さま、少しおくつろぎになってはいかがでしょう」

香川東吉はさっきから再三すすめていた。鶴丸さまにいつまでも浮かぬ顔をされていたのでは、供の二人も気になって次の間へさがることさえできないのだ。

「鶴にかまわず、そなたたちはさがって休んでください」

「そうはまいりません。あなたさまにいつまでもそうして沈んだお顔をされていますと、いかにもわれわれが責められているような気がしてつらくなります。万一の場合は、たとえ三人のうちのだれが犠牲になっても、けっしてそれにはかまわず、一歩でも先へ進むことにしましょうと、はじめからわれわれは約束もし、覚悟もしてかかった仕事なんです。どうか、早川のことは運を天にまかせて、もうお忘れになってください」

東吉はつい不満をもらさずにはいられなかった。敵の中へ切りこんでいく者より、むしろ生き残って明日の戦いに備えなくてはならない者のほうがどんなに責任が重いか、鶴丸さまはその苦労を少しも考えてくれようとしない。やっぱり女はだめだなあと、腹がたってくるのだ。

鶴丸さまはじっとうなだれている。

「香川、わしが迎えに出てみよう」

気まずい空気をとりなすように、矢川春蔵がいだした。

「そうだなあ」

むだなことだと東吉は思う。追いついてこられるものなら、わざわざ迎えに行かなくても、ひとりで帰ってくるはずだ。

「鶴丸さま、てまえが途中まで行って様子を見てまいります。ともかく、夜食をとって、じゅうぶんおからだを休めておいていただきます」

「行ってくれますか、春蔵」

「まいります」

「御苦労さまですね」

ちらっと感謝にみちた目を見せる鶴丸さまだ。

春蔵はおじぎをして、すぐに廊下へ出ていった。

——気休めにしかすぎない。春蔵だって疲れているだろうに。

東吉は妙ににがにがしい。

鶴丸さまは石のように黙っている。

——もし、こういうとき伝八郎がいてくれたらどうしてくれたでしょう。さっきからしきりにそれを考えているのだ。東吉のいうこともけっしてまちがってはいない。しかし、伝八郎さえいてくれたら、あのときとっと秋作を見殺しにはしなかったろう。それは伝八郎が強いからで、東吉たちにはその力がないからどうしようもなかった。東吉たちを責めてはいけない。

しかし、力がないということは、なんというみじめなことだろう。もし、伝八郎とここで落ち合えなかったら、これからの道中はどうなるか、それを思うと鶴丸さまはしみじみと心細くなってくる。

その寂しさをかりたてるように、庭にも床下にもこおろぎがひえびえと鳴きしきっていた。

ふっと廊下に人のけはいがしたので、伝八郎かしらと、鶴丸さまは待ちこがれているから、我にもなく目を輝かせる。が、それにしては障子のあけかたが荒々しすぎたようだ。

「あっ」

つかつかと踏みこんできたのは、思いがけない鷲沼郷左衛門なのだ。廊下に雉子村たち三人の追っ手がちゃんと出口をかためて立つ。

「うぬっ」

まっさおになって東吉が一刀をつかむなり片ひざ立ちになったが、

「控えろ、東吉」

郷左衛門に一喝されて、こっちは一人だから、はっと気をのまれてしまったようである。

「郷左衛門、そなたこそ断りもなく、無礼でしょう」

鶴丸さまにはさすがに主人という誇りがあるから、とっさにおちつきを取りもどして、きびしく鷲沼をにらみすえた。

「そのごあいさつはただいまいたします」

傲岸な郷左衛門は立ったままあしらって、

「おい」

と、廊下の雉子村に目くばせをする。

「香川、われわれといっしょに行け」

心得て、雉子村は東吉のほうへいいつける。

「なりません、東吉は鶴の供です」

鶴丸さまがしかりつけたが、雉子村はわざと聞こえぬふりをして、

「おい、さっさと立たぬか」

と、ずぶとい態度である。

「貴公、早川は、秋作をどうした」

はっと気がついて、口にしてしまってから、東吉はしまったと思った。あのときの雉子村がこうして無事にここへあらわれるからには、早川の運命は知れきっている。しかし、野上と石坂の姿がないのは、早川もまたふたりまでは倒しているのだろう。

「頭の悪いことをいうな、早くしろ。未練だぞ。それとも、きさま、この場におよんで腰が抜けたのか」

「よし、どこへでも行ってやる。つれていけ」

敵の憎まれ口にのせられて、東吉はすっかり捨てばちになってしまったようだ。

「東吉、行ってはなりません」

鶴丸さまがたしなめたが、

「いや、早川のかたき討ちです。負けはしません」

と、目をぎらぎら引きつらせながら、もう自分のことしか考えていない。

東吉がどかどかと自分から廊下へ出ていくと、雉子村らは鷲沼のほうへ会釈をして後ろの障子をしめ、潮のひくように離れを去っていった。

鷲沼ははじめて下座《しもざ》へさがって、ゆうゆうと座につく。会釈ひとつしようとしない横柄《おうへい》さだ。

「郷左衛門。東吉をつれてまいってどうするのです」

「藩命にそむいたやつですから、成敗《せいばい》します」

「なりません。あれは鶴が供を申しつけた者です。早く留めておいでなさい」

「あなたさまはおとなしく国もとへおもどりになりますか」

「もどりません。鶴は江戸へまいるのです」

「だれがそのようなことを許しましたか」

「無礼でしょう。鶴は稲葉綾之助の妻です。それが主人に向かって申すことばですか」

「主人といえどもわがままは許されませぬ。あなたさまは藩の秘密を知ってしまわれたのだ。江戸へおもどしすることはなりませぬ」

郷左衛門の口ぶりは、すでに鶴丸さまを主人とはみとめていないのだ。不遜《ふそん》にも、たかが無力の女と見て侮《あなど》りきっている。

「そなたは、鶴を、主人を国もとへ監禁しようというのですね」

「それはあなたさまのお心がけひとつできまることです」

「心がけとは、大膳のめかけになれということか」

鶴丸さまは激しい怒りにわなわなと身内がふるえてきた。

「ともかくも、それは国もとへもどってからの話です」

この不敵な無作法者は、鶴丸さまのからだじゅうを見まわしながら、にっと口もとへぶきみな薄わらいをうかべる。

「無礼な。鶴はもどりませぬ」

「いや、おもどりならなければいけません」

「死んでももどりませぬ」

「そんな強情を張ってはいけません」

どうわめきもがいても、もうこっちのものだ。しいていうことをきかなければ、縛ってつれていけばいいのだし、事情やむをえなければ命を断つまでのことだと、郷左衛門はそこまで冷酷に腹をきめているのだ。鶴丸さまのいうことなど、まったくからかい半分に応対しながら、若い女が若衆姿になったのも、女のときには見られないなまめかしさが出るもんだなと、なんとなく柔軟な姿態《したい》に目をたのしませている。

それにしても、怒りに燃えてはつらつとほおを紅潮させ、しかもあくまでも気品を失わない美貌をまのあたりに見て、なるほどこれは天下の名花だ、大膳が一藩の浮沈をかけてまで手に入れたがるのも無理はないと、郷左衛門ははじめてその美しさを見せつけられたような気がするのだ。

そういう男のぶしつけな目でまじまじとからだじゅうを見まわされ、頭から侮られているくやしさ無念さに、鶴丸さまはついに座に耐えきれなくなってきたのだろう。くちびるをかみしめながら、ついと立ち上がった。

「どこへおいでなされます」

「東吉を見てやるのです」

「いけません。おすわりなさい」

「無礼な。そなたのさしずはうけません」

見向きもせず、足早に障子ぎわへ進んだとたん、

「わがままな――」

郷左衛門が豹のようなすばやさで、さっと背後からおどりかかるなり、肩を抱

きすくめて引きもどした。

「けがらわしい。放せ、——放して」

「静かになさらんと縛ります」

「無礼者、主に対して、な、なにをする」

必死に身もがきをする鶴丸さまを押さえつけながら、郷左衛門の手は思わずむっちりと厚みのある胸乳に触れて、はっとさせられた。女という実体をはじめてまざまざと手のひらに意識させられたからである。とたんに、抱きすくめているからだじゅうが、案外肉づき豊かにぴちぴちと若さをみなぎらせているのを肉体に感じ、うれたような甘い肌のにおいがむらがってくる。郷左衛門はむらむらと中年男の本能を刺激されて、一度は避けた乳ぶさの手を、こんどはわれからつかみにいって、かっと激しい欲望にかりたてられた。

「放して、——けがらわしい」

「静かになさい」

「いうな——な、なにをする」

敏感な鶴丸さまは、たちまち郷左衛門の心を読みとって、ぞっと身をすくませたが、育ちが育ちだからさすがに恥じてはしたない声はたてえない。みるみる恐

ろしいけだものの力にじりじりとねじ伏せられていきながら、

——伝八郎、助けて。

と、しだいに絶望の淵へ追いつめられていくのだった。

ほえる市松

——ちくしょうめ、見ていろ。

暗い庭の植え込みにしゃがんでさっきから目の前の離れをにらんでいたお菊は、障子にありありと鶴丸さまの影法師がうつったと見る間に、総髪の影がおどりかかってもつれ、たちまち引きもどされていく。

けがらわしい、なにをするという鶴丸さまの低くはあるが必死の声が耳についたとたん、おなじ女の身だから、その男のけがらわしさを痛いほどわが肌に感じて、もうがまんができなかった。左手に五寸くぎを四、五本わしづかみにして、おどりこんでやろうと立ち上がったとき、うしろからその肩をぐいと押さえたやつがある。

「待った、お菊」

ぎょっとなって振りかえると、意外にもてんぐ小僧の市松だ。

「けっ、いやんなっちまうな。またおまえ追っかけてきたのかえ」

「因果だと思ってあきらめな。だが、金びょうぶはあとまわしだ。おめえ、あの座敷へ飛びこむ気か」

「飛びこむよ。鶴丸さまがかわいそうだもの。金びょうぶをけたおしてやるんだ」

「あいかわらず勇ましいんだなあ」

「市松、おまえは男のくせに高見の見物かえ」

一人より二人のほうが心じょうぶだから、お菊はわざとけいべつしてみせる。

「なあに、実はおれも鷲沼のじゃまをしてやろうと思ってきたんだが、おめえがここへ先にきているのを見て、ちょいとてれちまったのさ。てめえは平気で野良犬になりやがるくせに、人の野良犬は見ちゃいられない、あんまり手前勝手すぎるかなあ」

さすがに苦笑している市松だ。

「ふ、ふ、そうだったねえ」

考えるとお菊も急におかしくなってくる。が、わらってばかりはいられない場合だ。

「でも、おまえは金びょうぶのほうへ宗旨がえをしたんだから、鷲野良犬よりましさ。あの野郎はしかもお主さまを手ごめにしようというのだもの、黙って見ちゃいられない。てれなくてもいいから、おまえ罪ほろぼしにてつだっておくれよ」

「よし。じゃ、ひとつかみついてやるかな」

「しっかりしないと、鷲野良犬は強いよ」

「その心配はいらねえ、おれのはただほえるだけだ。いいか、お菊、おれが飛び出していって、大きな声でほえたてると、鷲野良犬はきっと追いかけてくる。その間に、おめえ、鶴丸さまをひっさらって、宿はずれへ逃げちまうがいい。あとからおれも行ってやるから」

「わかったよ、市野良犬、うしっうしっ」

「なにをぬかしやがる」

「あっ、行燈《あんどん》を消した」

ふっと離れのあかりが消えたのである。

「よしきた」

市松はするりと植え込みを抜け出して、さすがに足音ひとつたてず、ねこのように廊下へ忍びよった。中の様子へ耳を澄ましながら、がらりと障子を引きあけ、

「火事だあ、火事だぞう」

大声にわめきたてながらいそいで庭へ飛びおり、そこへ立ち止まって、こんどは、

「どろぼうっ。強盗だあ、みんなきてくれ。離れだぞう。強盗だあ」

と、火のつくようにがなりたてる。二階も下も急にほうぼうで、雨戸、障子のあく音、どかどかと人の走り出る音がする。

「黙れっ、何者だ」

はたして、いささか度を失った鷲沼が、一刀をひっさげて憤然と廊下へおどり出してきた。

「そら出た。強盗が出たぞう」

夜目のきく市松は、障子をあけたとき、すでに鶴丸さまがなわをかけられ、手ぬぐいでさるぐつわまでされているのを見て取っているから気が強い。

「黙れ、黙れ、無礼者め」

「強盗だあ」

「うぬっ」

たまりかねて、郷左衛門は庭へ飛びおりざま、抜き打ちにだっと切って出た。

「人殺しいっ」

市松はひらりと植え込みのほうへ逃げながら鷲沼が立ち止まると、くるりとそっちを振りかえって、

「強盗だあ、人殺しだあ」

と浴びせかける。

「うぬっ、まだほざくか」

郷左衛門はまたしても市松を追った。

宿では、番頭、女中、客たちまで、みんな廊下や庭へ集まってきたが、ともかくもひとりが抜き身をふりまわしているので、だれもあぶながって近づいてこようとする者はない。

「ちょうちんだ、ちょうちんを持ってこい」

「早く問屋場へ行ってお役人に知らせろ」

「お客さまがたは出ないでくださいましよ。けがをするといけません」

宿屋じゅうがごったがえしている間に、お菊はすばやく暗い離れの座敷へ忍びこんでいった。

そのころ――。

早川を迎えに出た矢川春蔵は、途中で運よく伝八郎に出会い、いっしょに石部の宿のほうへ足をいそがせていた。

「どうせ気休めだと東吉はいうんですが、あんまり鶴丸さまが沈んでいられるので、黙って見ていられなくなったんです」

若い春蔵は伝八郎の顔を見て、心からほっとしているようである。

「出てきたのはいいが、宿にどんな人間が泊まりあわせているか、ひととおり調べてきたんだろうね」

伝八郎はなによりもそれが気になる。

けさ伝八郎は京を立ってから、五人づれの深編み笠の一行を見かけ、鷲沼の一味と見たから、大津までそのあとをつけた。

大津でかれらが昼食をとっている間に、ひと足さきへ追い抜いて、たぶんかれらが追っ手の先発隊だろうと見ていたから、もうだいじょうぶと安心して夕がた草津の宿へはいった。

追っ手は今夜草津泊まりで、追分へ網を張る。その間にこっちは石部でひと休みして、鶴丸さまのほうが先に着いていれば夜旅をかけてやろうという腹だったのだ。

が、その追分に人だかりがして、いま切り合いがあったばかりだという。死骸が三つ、まだそのままになっていて、二人は見おぼえのある敵方、ひとりは早川秋作だ。見ていた者の話では、相手が三人だったというから、二人まで倒して、自分も切り死にをしたにちがいない。

すると、生き残った一人は、たしかに鶴丸さまのあとを追っているのだ。数からいえば、あとからくる追っ手は五人、ここへ先まわりをしていたのが三人、追っ手は鷲沼を入れて少なくとも十一人のはずだから、残る三人がはたして前かうしろか、これが問題になってくる。

いずれにしても、敵は案外早くすでに鶴丸さまの身近に迫っているのだ。切り死にした秋作にはきのどくだが、死体を葬ってやる暇はない。心からその悲壮な最期に合掌《がっしょう》してやって、ひたすら先をいそいできた伝八郎なのだ。

「ついうっかりしていました。申しわけありません。なにか追っ手がもっと先へ出るような様子があるんですか」

「とにかく、生き残ったひとりはすぐ鶴丸さまを追っている。わしのあとからくるのは五人だから、総勢十二人として、三人だけが先行しているか、もっとあとになるか不明なのだ」

「いそぎましょう、浅香さん。宿を調べてみることさえうっかりしているわしらはだめだなあ」

春蔵は、自嘲《じちよう》するように嘆息しながら、走るように足を速めだした。

乱刃

もうとっくに宵はすぎているから、街道はほとんど往来がとだえていたが、宿場のあかりがちらちらとしだいに近くなって、並木道の宿はずれへかかってくると、珍しく三、四人の人影がかさなりあいながら黙々とこっちへ歩いてくるようだ。

向こうでもこっちに気をつけていたらしく、たがいに間近まできて、思わずぎょっと立ち止まる。

「香川、――東吉じゃないか」

「おお、春蔵、浅香さんもか」

両方からふたりにはさまれていた東吉が、ぱっとこっちへ走り、それを追うように、

「えいっ」

うしろからついてきたひとりが抜き打ちをかけたが、これはわずかに走る東吉のほうが早かったようである。

「あっ、雉子村だぞ」

春蔵が夢中で抜刀《ばっとう》したので、雉子村も二の太刀までは踏みこみえず、

「切れっ、切れっ」

と絶叫しながら、味方のほうへ身をひいた。

「くそっ」

三対三になったうえ、伝八郎の手練は敵も味方もよく知っている。蘇生《そせい》の思いの東吉は、急に今まで屈服させられていた敵への怒りがこみあげてきて、立ち直

るなり抜刀する。と見て、敵の二人もあわてて抜きあわせたので、道幅いっぱいに相対峙《あいたいじ》した五本の白刃からすさまじい殺気がやみへひろがっていく。

「東吉、鶴丸さまは――」

まだ抜いていない伝八郎は、敵から目を放さず冷静に聞いた。

「鷲沼が、――宿で郷左衛門に」

「そうか」

やっぱり不明だった。三人は先行していて、しかもそのうちに鷲沼がいたのだ。そして、鶴丸さまはすでにその鷲沼の手に落ちたのである。

――切りぬけるほかはない。

なるべく無益の殺生《せっしょう》は好まぬ伝八郎だが、ぐずぐずしてはあとの五人が追いつく。一刻を争う場合だから、全身に闘志をみなぎらせながら、抜刀するなりぐいと大きく踏み出していった。

その断固たる気魄《きはく》に、敵の三人は我にもなく圧倒されてじりじりとしりごみする。

今だと伝八郎が思ったとき、

「えいっ」

右側にいた東吉が狂ったように切って出た。

「おうっ」

ねらわれたのは雉子村で、東吉はそうこわい敵とは思わないが、そばにいる伝八郎が恐ろしいから、必死に引っ払いながらぱっと飛びのく。

同時に、伝八郎と春蔵が当面の敵を目ざして、えい、とうっと、一度に踏みこんでいったので、敵はおじけだってがむしゃらに刀をふりまわし、一瞬白刃が火花を散らしたと見る間に、だれからともなくばたばたと逃げだした。

「くそっ、逃げるか」

「切れっ、切れっ、逃がすな」

勝ちにのった東吉と春蔵は、このときとばかり勢いこんであとを追う。冷静な伝八郎は、ひと足あとに走りながら、絶えずうしろのけはいに耳を澄ますことを忘れない。

宿じゅうもうひっそりと大戸がおりて、ところどころ掛け行燈が黄ばんだ光をやみににじませているのは旅籠屋や小料理屋くらいのものだ。

大黒屋の前まで追い詰められた三人は、そこでくるりとこっちへ立ち直った。鷲沼のひざもとへきたのだから、これ以上は逃げられない。というより、もうだいじょうぶと度胸がすわったのだろう。

「来い」

「うぬっ」

東吉と春蔵はふいをつかれた形で、あっと飛びのきざまに構え直した。

「主をそそのかして駆け落ちをする不忠者め」

雉子村はすかさず舌刀を使ってくる。

「うぬっ、うぬっ」

「脱藩は重罪だぞ、成敗してくれる」

「いうな。――くそっ」

東吉も春蔵もとっさにはいいかえすことばが出ないらしい。ただ歯がみをしている。

伝八郎はわざとふたりの剣陣には加わらなかった。できればここはふたりにまかせて、一刻も早く鶴丸さまの安否をさぐらねばならぬ。

が、三人に二人では、やっぱり無理のようだ。それに、気持ちのうえでも悪態がつけるほどに立ち直っている敵に対して、味方はまだ伝八郎にたよっているふうが見える。捨て身になりきれていない。

「東吉、春蔵、死ね、敵は主家を横領しようとする大悪人の手先だ、負けるやつがあるか」

伝八郎はたまりかねて一喝した。

「くそっ」

「おのれっ」

敵味方ともかっと殺気だって、いまにも切って出ようとしたとき、がらがらと大黒屋の油障子があいて、

「わあっ」

がらっ、ぴしゃっとぎょうてんしながら締めきる。目の前でぴかりと光った五本の白刃にどぎもをぬかれたのだろう。そういえば、

「強盗だあ、――人殺しい」

そんな声がどこからかして、大黒屋は妙に騒然としているようである。

ちょうどそのとき、お菊は鶴丸さまの手を取って、裏口の路地から大黒屋を忍び出てきた。

――お姫さまなんて、しようがないんだな。

お菊が鶴丸さまの座敷へ忍びこんだとき、鶴丸さまはもううしろ手に縛られ、

さるぐつわまでされていた。そうされるまでに声ひとつたてていないのである。あんまりいくじがなさすぎるとあきれ、それだけに今ひしと自分の手にすがりきっている鶴丸さまが、妹のようにいじらしくもある。

「しっかりするんですよ。あたしがついていれば、もうだいじょうぶなんだから」

「はい」

鶴丸さまはもうすっかり男だということを忘れている。

「さあ、しゃっきりとしなくちゃ。あんたは鶴丸さまなんでしょ」

お菊はお菊の地金まる出しで、遠慮なくそうたしなめながら、暗い路地口を出ようとしながらぎくりと棒立ちになってしまった。その路地口をふさぐように、雉子村たち三人が目を引きつらせて抜刀を構えているのだ。

相手はと見ると、香川、矢川の二人で、うしろに思いがけない伝八郎がさっそうと立っている。

――あっ伝さんだ。

お菊が目を輝かしたとたん、鶴丸さまがばたばたと切りあいのうしろをまわって、そっちへ走りだしたのである。

「あぶない」

むてっぽうにもほどがある。いちばんねらわれているのは自分だのに、お菊はまったくあきれてしまった。

「伝八郎――」

鶴丸さまはもうなんにもほかのものは目にはいらなかった。まっすぐ伝八郎の前へ行って立つ。

「おお」

伝八郎は一瞬わが目を疑ったようである。

「お菊に、お菊に助けて――」

鶴丸さまの目がうるんだようだったが、

「あぶない」

伝八郎は鶴丸さまの腕をつかむなり、ぐいと背にかばった。雉子村たち三人が、火のようになって一度に切り出たのである。

「わあっ」

必死の剣風がうずをまいて、敵味方が入り乱れる。

伝八郎は背で鶴丸さまを押しながら、じりじりと道ばたへさがりながら、

「しまった」

と思った。

「おうい、いま行くぞう」

口々に叫びながら、やっと追いついたあとの五人がいっさんにこっちへ駆け出してくるようだ。

雌　犬

鶴丸さまを背にかばった伝八郎が下がってきたところは、大黒屋の庭の板塀《いたべい》のはずれだった。

「だんな、やっとまにあいやしたね」

その暗いかどからひょいと市松が立ち上がって声をかけたので、あっと鶴丸さまはおびえたように伝八郎の背へすがりついた。

「やあ、てんぐうじか」

なるほど、お菊がここへ着いているくらいだから、市松がきているのに不思議がないと、伝八郎は苦笑しながら、とっさに思案がきまった。

「てんぐうじ、鶴丸さまをたのむ」

「どうしろっていうんです」

「かまわず、東《あずま》へ下ってくれ。わしもあとから追いつく」

あとのことばは鶴丸さまにいって、市松のほうへ押しやろうとすると、必死な顔をして鶴丸さまはいやいやをするのだ。

「なりません」

生きるか死ぬかのどたん場だから、伝八郎はきびしくにらみつける。

鶴丸さまは悲しそうにしょんぼりとうなだれてしまった。

「たのんだぞ、てんぐうじ」

「合点だ」

その声をうしろに聞いて、伝八郎はもうつかつかと乱陣の中へ進んでいた。

目の前で春蔵がふたりの敵に切り立てられながら、すでに乱髪になり、激しい呼吸が肩に波うっている。

「春蔵、死ね」

凜然《りんぜん》と大喝《だいかつ》しながら、はっとうろたえる敵のひとりへ火の出るように切りこんだ。

「わあっ」

そやつが大きくのけぞったのと、かえす一刀でもうひとりの敵の胴を横なぎにしたのとがまったく同時で、

「やった、浅香さん」

あまりの峻烈《しゅんれつ》さに、春蔵は一瞬ぽかんと棒立ちになったようだ。

「来たぞ。春蔵、わしのそばを離れるな」

少し離れたところで東吉が雉子村を相手に火花を散らしていたが、これは助太刀《すけだち》に行ってやる暇がなかった。あとの五人が風をまいて殺到しながら、

「浅香だ、ゆだんするな」

「切れ、切れ」

口々にわめいて抜刀したからである。

が、伝八郎のてなみはよく知っているから、われこそと切って出るような度胸の持ち主はないらしく、五本の剣陣を作ってただひしめきたっているだけだ。

「待て。諸君はわたしになんの遺恨《いこん》があるのか」

　それと見た伝八郎は、じりじりと後ろへさがりながら、すかさず舌刀を飛ばした。こっちは鶴丸さまが無事にのがれるだけの時をかせげばいいので、なるべく無益の殺傷は好まないのだ。

「うぬっ、むだ口をたたくな」

「乱暴をいっちゃいかん、遺恨があるなら名を名のれ。それとも、貴公らは夜盗追いはぎのたぐいか」

「黙れっ。われらは三日月藩の追っ手の者だ。きさまがよけいなじゃまをするから切ってすてるのだ」

　五人のなかから正直に答えたやつがある。

「それなら聞こう。諸君は三日月藩のだれを追っているのか」

　そう聞かれるとさすがにとっさには返事ができない。

「貴公らは主家を横領しようとする謀反《むほん》人、稲葉《いなば》大膳《たいぜん》の走狗《そうく》となって主人を追いかけ、あわよくばこれを殺そうとしている。武士ならば恥を知れ」

　この罵倒《ばとう》は胸にこたえたらしい。すっとたじろいだ弱気のやつと、

「くそっ」

　かっと逆上して切って出た強情なやつと、切って出たのは二人、それまであと

へあとへと下がっていた伝八郎が、

「とうっ」

逆にひと足踏んごむように片ひざついて、おどりこんでくるやつの胴をなぎ、つづく敵の追いうちの一刀を激しく下から払いあげて、さっとうしろへ飛びのきながら、三の太刀が敵の籠手《こて》を引き切りにうち落としていた。

「わあっ」

「ううっ」

切って出た二人が二人とも、一瞬にして地にはっている。

このときがらりと大黒屋の油障子があいて、じゅうぶん身支度をした鷲沼郷左衛門がつかつかと表へ出てきた。

「見苦しいぞ。たかが素浪人一人、わしが後見してやる。三人いっしょにかかれ」

背後から憤然と叱咤《しった》されて、一度はたじろいだ三人も今は絶体絶命だ。ここでひきょうなまねをするとあとで鷲沼の制裁のほうがこわいので、死にもの狂いの形相《ぎょうそう》になったとき、

「伝さん、しっかり」

ばたばたと路地口からお菊が走り出てきて、あっという暇もなかった。

「さあ、どいつもこいつもお菊太夫《たゆう》が盲にしてやるから、遠慮なくかかっておいで」

およそ殺伐な気分とは縁の遠いはあっという舞台なれたあでやかな掛け声といっしょに、恐るべき手練の五寸くぎが五、六本、手裏剣のごとく光り飛ぶ。

「わっ、おのれ」

まったく思いもかけない不意打ちだったので、たちまち目をねらわれてがくんとそこへ両ひざを突く者、ほおから血を流してあわててうしろへ飛びのく者、さすがに不敵な鷲沼さえ、ぎょっと顔色をかえて、一度はいそいで距離の外まで身をひいた。

「逃げるのかえ。鷲野良犬。おまえこそ見苦しいぞ」

勢いこんで手練のきく距離へ踏み出そうとする女豹のようなお菊を、

「太夫、もういい」

と、伝八郎はとっさに腕をつかんで押さえた。

ずにのって深入りすると逆襲される。五寸くぎが確実にきくのはせいぜい九尺から二間どまりで、それをかわされて手もとへおどりこまれると、ほかの武器もわざもないお菊だから、どうしようもなくなるのだ。

「どうするのさ、伝さん」

「ひとまず引きあげよう」

「引きあげるって、逃げ出すの」

「東吉、春蔵、引きあげろ」

伝八郎はお菊の腕をつかんだまま、急に水口《みなくち》のほうへ歩きだした。

敵のうちでまだ戦えるのは、無傷の鷲沼と、軽傷の三、四人ぐらいの者だ。しかも、鷲沼は別として、あとの者はほとんど闘志を失っているようだから、追いかけてくるだけの気力はあるまいと伝八郎は見てとったのである。

東吉は春蔵の加勢を得て、もう一息というところで惜しい雉子村を逸したときだったので、

「浅香さん、ここはもうひと押し勢いに乗るところじゃなかったかな」

と、しぶしぶあとについてきながら、つい不満が口に出る。

「いや、敵を切るのがきみたちの目的じゃない。鶴丸さまには市松という男をつけて、ひと足さきへ落としてある。わしが万一のしんがりをつとめるから、きみたちはいそいで追いつきたまえ」

伝八郎はきっぱりとさしずしながら、刀をぬぐって鞘におさめた。

「たしかにそうでした。行こう、香川」

「うむ」

ふたりもはっと気がついたらしく、ごめんとあいさつをして、さすがにいっさんに駆けぬけていく。

「伝さん、そういえば早川さんはどうしたんだろう」

星あかりの道をぐんぐん宿はずれのほうへ歩きながら、お菊が思い出したように聞いた。

「秋作は草津の宿で、きょうの夕がた切り死にをしていた。敵を二人倒してね」

「まあ、ほんとう――」

びっくりしたようにたもとをつかんで、

「かわいそうにねえ。だから、鷲沼のやつ、今夜たたき切ってしまえばよかったのにさ」

と、お菊はまだ興奮がおさまらないようだ。

「切るのは今夜にかぎらないだろう」

「あんたはなんにも知らないから、そんなのんきなことをいってるんだわ」

「知らないとは――」

「鶴丸さまは今夜、鷲沼のやつにもう少しのところで手ごめにされるところだったんです」

「ふうむ」

なるほど、雉子村らが東吉を切りに連れ出してしまえば、あとはふたりきりになる。相手が鶴丸さまでは、鷲沼もつい四十男の煩悩《ぼんのう》をおこしたかもしれぬ。

「お姫さま育ちなんて、たわいがないもんなんですねえ。あたしが飛びこんでいったときは、もう手足を縛られて、さるぐつわまでされていたのに、その間じゅう助けてくれと声ひとつたてられないんです。いくら離れだって、助けを呼べば旅籠屋なんだもの、だれだって飛んできてくれるじゃありませんか」

「困ったおかたさまだな。しかし、太夫さんはよく思いきって飛びこんでいったねえ」

「それがおかしいんです。あたしがなんとかしてあげなけりゃならないと思って、先へ離れの庭へ忍んでいると、市松のやつもあとからきて、あたしの顔を見るなり急にてれちまって、自分が野良犬のくせに、人の野良犬のじゃまをしたがるのは少し手前勝手すぎるかなってしりごみをするんです」

「なるほど」

伝八郎も思わず苦笑してしまった。

「だから、あたし、いってやったんです。そこへ気がつけばりっぱなもんだから、恥ずかしがらずにしっかりおやりよって。それで、市松が、強盗だあ、人殺しだあと、大声にわめきたてて、鷲野良犬を庭へおびき出した間に、あたしが離れへ忍びこんで鶴丸さまを助け出してきたんです。どうお、伝さん、そうと聞いたら、鷲沼のやつをたたっ切りたくなりゃしない」

お菊はどすんと一つ肩を伝八郎にぶつけておいて、

「けど、あたしはがっかりしちまった。せっかく人が命がけで助け出してやったのに、鶴丸さまときたら伝さんの顔を見ると、もうでれっとなってしまって、雌犬みたいにさっさと伝さんのほうへ行っちまうんだもの、憎らしいってありゃしない」

と、思い出したように憤慨する。

「心配するな。わしは野良犬にはならんからだいじょうぶだ」

伝八郎は当たらずさわらずにあっさり答えておく。

「うまくいっているわ。あんただってほんとうは鶴丸さまが好きなくせに。——

伝さん」

急にお菊が立ち止まるなり、伝八郎の胸倉《むなぐら》をつかんできた。

「あたしはあんたが好きで好きでたまらない。あたしのほうが先なんだもの、鶴丸さまにあんたを取られるくらいなら、あたしはあんたを殺しちまう。それがいやなら、ここであたしを、あたしを切っちまいなさいよ。さあ、お切りなさいってば」

かっと燃え狂ってくる恋の炎に身を焼かれて、お菊はもう前後の思慮もなく、火のようなからだを男の胸へたたきつけながら、まったく理性を失ってしまったようである。

「太夫、お星さまにわらわれるぞ」

「勝手にわらわしとけばいいわ、どうしてくれるのよう、伝さん」

「そう雌犬になっちゃいかんな」

「知らない。あんたが、あんたがこんなにしたんじゃありませんか」

「まあ、待て、そんな約束じゃなかった」

伝八郎はお菊の肩を両の手でつかんで、静かに胸から押し放し、

「わしは色恋のためにこんなあぶない道中をしているのではない。きのどくな鶴

丸さまを、なんとか江戸まで無事に送ってあげるのは武士としてのつとめだと考えたから、命にかけて同行を誓ったのだ。万一、この誓言《せいごん》に一点の偽りでもあったら、わしはたちどころに神罰をうけよう。今日、草津の宿で、義のためにいさぎよく切り死にをした早川に対しても恥ずかしいことだ。江戸へはいるまでは、二度と色の恋のということは口にしてはいかん。わかるかね」

と、かんで含めるようにいい聞かせてみた。

「じゃ、胸ん中で、心の中で思っていろっていうの」

強情なお菊は、くやしそうにそんな負け惜しみをいいだす。

「いや、むりに思っておる必要もないんだ」

「だって、思ってしまうものはしようがないじゃありませんか。あんたときたら、人の気も知らないで、無理ばっかしいうんだもの」

伝八郎は黙って歩きだしながら、これはどこまで行ってもまったくやっかいな道中だと、しみじみ自戒せずにはいられなかった。

八つ当たり

それから数日は無事な道中がつづいた。

むろん、鷲沼郷左衛門が追跡を断念したとは思われない。石部の宿《しゅく》の思いがけないことに、乱闘で、追っ手はほとんど戦闘力を失ったようだから、おそらく国もとから至急加勢の人数を呼び寄せているのだろう。それがどの辺で追いついてくるか、それまでにこっちはできるだけ江戸のほうへ近づいておかなくてはならない。こんどの新手は相当強力なものと見なければならないからだ。

道中は鶴丸さまにお菊をつけ、東吉と春蔵がこれを守って先行する。小半道ほどあとから伝八郎と市松が追っ手に備えて歩くという陣立てで毎日進んだ。石部の宿以来なんとはつかず一行に加わってしまった市松は、なるべくお菊と離しておいたほうがよさそうだし、自分もまたできるだけ鶴丸さまには近寄らないほうが無事だと伝八郎は考えたからだ。宿へ着いても、女たち二人はむろん別室にして、食事もいっしょにとらせないようにした。

「だんなは思ったより意地が悪いねえ」

ある日、あいかわらず後ろ備えをつとめながら、肩を並べている市松がいいだした。

「どうしてだね」

「こうだんなに毎日用心されていたんじゃ、いくらてんぐ小僧でも手も足も出せねえ」

「手や足はなるべく出さんほうがいい」

「あっさりおっしゃるぜ。なあに、そういうだんなの裏をかくのがぬすっとの腕でね、かえってたのしみなもんだが、そのことより、だんなはなぜこのごろ鶴丸さまにちっともやさしいことばをかけてやらねえんです。罪ですぜ」

市松はむしろそれがいいたかったらしい。

「やさしいことばなどをよろこぶ鶴丸さまではあるまい。命がけの道中だからな」

「それがそうはいかねえんだから、世の中ってやつは理屈どおりにいかないもんでさ。鶴丸さまがだんなを見るときの目をごらんなせえ、まるっきり女だ」

「てんぐうじ、江戸へ着くまではあの人を女だと思っちゃいかん」

伝八郎はきびしくたしなめた。

「あっしが女だと思うんじゃない、鶴丸さまの目が自然にそうなっちゃうんだ。いわぬはいうにいやまさるでね、あのひとはだんなにほれきっているんだからしようがありません」

「と、てんぐうじがただそう考えるだけのことだ」

「おんや、おつにからんできやしたね、だんな。それじゃ語って聞かせやしょう。そもそも、石部の宿であのひとのお供をしたとき、あっしはあのひとが何様だかは知らないが、足がおそくってしようがねえ。おんぶしようというと、いやだとおっしゃる。冗談じゃねえ、男が一度引きうけたと約束しといて、もし追っ手につかまるようなはめになった日にゃ、市松は二度とだんなにあわせる顔がなくなる。そこでちょいとおどしてみた。そんなわがままをいうんなら、あっしはだんなにいいつけてやるとね。ひとことでころりとまいってね、おぶさりますとおいでなすった。ついおもしろくなっちまって、だんなのことをさんざんほめちぎってね、うっとり聞いているようだから、おまえさんはだんなにほれていなさるなと、ふいに突っこんでみた。物好きな話でさ」

「しようがない男だな」

伝八郎は苦笑しているほかはない。

「さすがに育ちが違うから、そんなげすなことには御返事がない。こっちは鳴かせてみようほととぎすでね。こりゃ悪いことを申し上げやした、いいえ、おきらいならおきらいでよろしいんで、あっしはなにもむりにだんなが好きになるようにと押しつけるんじゃござんせん。だんなにもこれからはあんまりおせっかいをしないように、あっしからよく伝えておきやすと、わざと底意地の悪い声を出しやすとね、違います、鶴は伝八郎をたのみに思っていますと、声は蚊の鳴くようだが、からだじゅうが火のついたようになってね」

「苦労の多いおかたをあまりいじめてはいかん」

「おっと、おことばだが、だんなは知らねえな。あっしのはたいくつまぎれの、ほんのからかい半分だが、お菊のやつのほうがもっと罪が深い。毎日ちくりちくりと鶴丸さまをいじめてやがる。いまに見ていなせえ、江戸へ着くまでに、鶴丸さまはお菊にいじめ殺されてしまうから。ほんとうの話ですぜ」

市松が真顔で妙なことをいいだす。

「どういじめているんだね」

「そんなことあっしに聞くより、だんなが自分で鶴丸さまにぶつかってみたほうが早い。だいたい、このごろの鶴丸さまの顔色を見れば、すぐに気がつくはずなんだがな」

事実とすれば聞き捨てならない話だが、相手がてんぐ小僧の市松では、うっかり乗ることも考えもののような気がする。悪くとれば、お菊を手に入れんがための市松の反間苦肉《はんかんくにく》の策ととれないこともないからだ。

が、事実、鶴丸さまの顔色がこの二、三日、ひどくさえないのもうそではない。これは毎日少し無理をして十里ずつの旅を強行しているのだから、旅疲れと見るべきだろうか。

あれを思い、これを考えているうちに、伝八郎はふっと思いあたることがあった。

「てんぐうじ、女たちのことはあまり気にしないがいい。身に大望のある鶴丸さまが、そんなことぐらいでいじめ殺されるような弱いことでは、せっかくわれわれがこんなに苦労をしても、けっきょくはむだに終わる。それまでの運だとあきらめるほかはあるまい」

「気が強いんだねえ、だんなは」

「鬼にならなければ敵には勝てぬ。そのために命を捨てている者さえあるのに、好きのきらいのといろごとに迷うなど、もしそれがほんとうなら、わしはただけいべつするだけの話だ」

きっぱりと頭から出ると、

「そんなもんでござんすかねえ」

と、市松はむっとしたようにいって、それっきり黙りこんでしまった。

その日は石部の宿を立ってから五日めで、新居《あらい》の宿泊まりであった。鷲沼が新手をひきいて追いついてくるとすれば、日取りからいってこれから二、三日の間がちょうどあぶない計算になる。そのことも注意しておきたかったし、かたがた昼間の市松の話もあるので、その夜の夕食ははじめて一つ座敷でとってみることにした。

正面に鶴丸さまの膳とお菊とをならべ、右に伝八郎と市松、左に東吉と春蔵とがならぶ。いつものとおり男たちにはかまわず疲れ休めの酒を一本ずつつけさせ、女たちには先へ食事をすすめることにした。

「珍しいんですねえ。今夜はなにかあるの、伝さん」

おかまいなしのお菊は、座につくなりそんなことをいったが、鶴丸さまは例によって行儀よく無口だし、東吉と春蔵は鶴丸さまに遠慮があるらしく、市松は市松で昼間伝八郎と妙なぐあいになっているから、一座の空気は少しもほぐれず、なんとなく重苦しい。

――烏合《うごう》の衆なのだから、はじめから一つにしようというのがまちがいかもしれぬ。

伝八郎もわざと口数をきかずにいると、

「伝さん、あたし困ってるんですけどねえ」

と、先に食事を終わったお菊が、これは至極気軽に話しかけてくる。

「なにが困るんだね」

「このごろ鶴丸さまのごきげんが悪くて、ちっともあたしと口をきいてくれないんです。少ししかってあげてくださいよ」

意外なことばだが、それは冗談のようでもあり、伝八郎には悪意があるとはとれなかった。

「太夫、そいつはおまえのほうが悪いんじゃねえのか」

市松がわきからむっつりと口を出す。

「おや、どうしてあたしが悪いのさ」

「おれはおまえが鶴丸さまをいじめているんじゃねえかと見ているんだ。そうでござんしょう、鶴丸さま」

「市松、あたしがどう鶴丸さまをいじめているっていうの、いってごらんよ。承知しないから」

お菊の顔色はさっと変わってきた。

「そいつは自分の胸に聞いてみるこった。おれは鶴丸さまがおきのどくでたまらないな」

「だから、どうあたしが鶴丸さまをいじめているっていうのさ。こんなにいっしょうけんめいお相手をしているのに、あたしは承知できない。男ならここでそのわけをはっきりいってみろ」

「二人ともやめろ。見苦しい」

ふいに東吉がにがりきった顔つきでしかりつけた。

「へえ、なにが見苦しいんです、香川さん」

その頭からしかりつけられたのも、お菊は気に入らなかったらしい。

「あたしはあんたのおかみさんになったおぼえはないんですからね、そんな頭からしかりつけられるはずはないと思うわ」

「浅香さん――」

東吉はぐいと伝八郎のほうを向いた。

「わしは、太夫も、その男も、鶴丸さまに対してあまりなれなれしすぎると思う」

「東吉、お控えなさい」

鶴丸さまがきっと顔をあげてたしなめた。

「はっ。――しかし」

なにかいおうとしたが、鶴丸さまはもう見向こうともせず、つと座ぶとんをすべるようにして、

「菊、ゆるしてください。鶴は口が重いうえに、あれこれと胸につかえることが多いものですから、ついふきげんに見えたのでしょう。これからはじゅうぶん気をつけます」

と、両手をひざにおいて心から会釈をする。

「とんでもない。菊にはそんなことよくわかっているんです。いまのはほんの冗談のつもりだったのに、市松がわきから変なことをいうもんだから、――市松、鶴丸さまにあやまんなさいよ」

お菊は当惑したように市松をにらみつける。

「市松、菊を誤解しないでください。鶴はそなたたち一同の親切を毎日心からありがたく思っています」

「すみません。このとおりでござんす。太夫、つまらねえことをいって、すまなかったな。市松はちょっとばかりやきがまわったのかもしれねえ。かんべんしてくんな」

市松がすなおに両手をついたので、その場は事なくすんだ。が、すまないのは、鶴丸さまにしかられてそれきり立ち消えにはなったが、そのとき新たにわかった東吉の、お菊と市松に対する妙な反感である。

小田原《おだわら》の宿

「だんな、面目ねえ」

翌日、新居を立って、いつものとおりしんがりの二人きりになると、市松は伝八郎にいって頭をかいた。

「鶴丸さまがいやに沈みこんでいたものだから、こいつてっきりお菊がいじめているなと、げす根性で勘ぐってしまったのだが、とんだまちがいだったんです」

「きのうのことならもう水に流すがいい」

伝八郎は軽くわらって受け流そうとした。この男のもけっして反間苦肉の策というのではなく、鶴丸さまに同情しすぎているからだとわかったからである。

「ところが、だんなは、なんだくだらない、まだ好きのきらいのというろごとかとけいべつするかしれねえが、鶴丸さまはどうしてもだんながあきらめきれないんですぜ。ゆうべおれたちの前へ清く両手をついたのは、おれたちに見せたんじゃなくて、だんなに見せたんだ。くよくよだんなのことを考えすぎていたから、こんなことになった。申しわけありませんと白状したようなもんさ。そうだとすると、お菊のやつは、自分じゃそのつもりはなくても、ことばのはしばしで鶴丸さまをいじめていることになる。あいつはがらっぱちだから、のべつ幕なしにだんなののろけをいってるだろうからね」

この男の負け惜しみも相当なものだと、伝八郎はあきれずにはいられない。

「しゃくにさわるのは香川の野郎さ。てめえばかり忠義ぶりたがって、ことによるとあいつ鶴丸さまにほれているんだな。そうにちがいねえ。だから、おれたちが鶴丸さまになれなれしくできても、自分にはそれができねえんで、やきもきしているんだ。ようし、こうなったらあっしは意地でも鶴丸さまを江戸まで送っていきやすからね。そのつもりでいてくださいよ、だんな」

「お菊太夫のほうは忘れるんかね」

伝八郎はちょいとからかってみたくなる。

「そいつはだんなの知ったことじゃない。だんなはおいろごとをけいべつしていりゃいいんでさ」

どうもゆだんのできない仲間ばかりのようだ。その日は見付《みつけ》の宿泊まり、また女たちは別室にして、翌日は金谷《かなや》泊まり、その翌日は大井川をわたって府中《ふちゅう》泊まり、気になる鷲沼の追っ手はまだ影さえ見せなかった。

こうして一行が箱根八里を無事に越えたのは石部の宿を立ってから十日めの九月二十八日で、その夜は小田原泊まりであった。ここまでくれば、江戸まではもう二十里、男の足なら二日の旅である。

箱根を無事に越えた夜は、山祝いをする吉例になっている。武家の旅なら家来や人足に祝儀《しゅうぎ》が出、酒をふるまうのだ。伝八郎もその夜は久しぶりに鶴丸さまをかこみ、一同いっしょにゆっくり祝いの膳につくことにした。新居の宿以来のことである。

「浅香さん、とうとう鷲沼のやつは追いつきませんでしたね」

今夜は春蔵も口が軽く、心からほっとしているようだ。

「いや、まだそう安心してしまうわけにはいかないね」

「伝さん、若い人がせっかくよろこんでいるんだから、そんな意地の悪いことをいうもんじゃないわ。ねえ、春蔵さん」

お菊も春蔵とはすっかり打ちとけて、なにかというと弟のようにすぐひいきをする。

「いや、そうじゃねえ。おれは浅香のだんなのいうほうがほんとうだと思うな。寸善尺魔《すんぜんしゃくま》ってことがあらあな」

市松がわざと渋い顔をしてみせる。

「なにさ、その寸善のしゃぐまってのは。かもじのことかえ」

「わらわせちゃいけねえ、一寸いいことあれば、一尺悪いことが待っているっていうお経の文句なんだ」

「縁起でもない。今夜はお通夜じゃないんですからね。どうして市松はそう場所知らずなんだろうね」

「太夫はたいそう場所しりでおいでなさる。おみごとなおしりだねえ」

「いいかげんにしないか、聞き苦しい」

東吉が苦い顔をして、吐き出すようにいった。

性のあわない相手だから、市松が負けずになにかやりかえそうと目をぎらつかせたとき、さらりとふすまがあいて、

「こちらに浅香伝八郎さまというおかたがおいででございましょうか」

と、女中がひざまずいて聞いた。

「浅香はわしだ」

「お手紙でございます」

「よしきた」

市松が気軽に立っていって受けとる。

「なんでございますか、返事はいらないとかで、使いの者はすぐ帰ったそうでございます」

「ありがとう」

礼をいって女中はさがらせたが、何者の手紙か伝八郎は不審のまゆをよせずに

はいられない。だいいち、自分が今夜ここへ泊まったことを知っている者はほとんどいないはずだ。

「はい、だんな。——どこからでござんす」

市松が封書を手わたしながら、これもふしぎそうな顔である。

「さあ、わしにも見当がつかない」

あて名は浅香伝八郎殿と達筆にしたためてあるが、裏は月日だけで署名がない。

封を切ってみると、左封じだ。

「さっそくながら一筆啓上つかまつり候。われら儀は去年の春江戸表にて貴殿のために討ち果たされ候岡崎藩国詰めの士三名の身内の者どもにて、昨春以来貴殿を敵として行くえを相尋ねおり候ところ、今日計らずも当地において相見かけ候を幸い、宿年の存念をここに相果たしたく、武士道の名にかけて今夜四ツ（十時）までに当城下はずれ酒匂河原《さかわがわら》までご出張相成りたく、当方は左記三名にてきっと相待ち申しおり候。敬白」

そういう文面で、ここには斎藤達次郎《さいとうたつじろう》、新居亀之助《あらいかめのすけ》、西村半兵衛《にしむらはんべえ》の連名がしるされている。時も時、まったく思いもかけない果たし状なのだ。

「左封じだね、だんな」

伝八郎が黙って手紙を巻いてふところへしまうのを見ながら、市松が待ちかねるように聞いた。一同の目が不安そうに、じっと伝八郎の顔を見まもっている。

「うむ、見ていたのかね」

「そりゃ目がありやすからね。左封じは、だんな、けんか状か果たし状、そうでござんしょう」

「まあ、そうだな」

「おちついていちゃいけやせん。いったい、何者からそんな物騒なものが舞いこんだんです」

「そうあわてんでもいい」

「そら、ごらんな。おまえがお経だのお通夜だのと縁起でもないことばかりかつぎ出すから、こんなことになるんじゃないか」

お菊が金切《かなき》り声をあげて市松をしかりつけ、

「伝さん、こっちをお向きなさいってば」

と、血相を変えていざり寄ってきた。人形のようにすわって、じっとうなだれている鶴丸さまの顔からも、どうやら血の気がひいているようである。

果たし状の裏

「今の手紙、どこのだれからきたんです、伝さん」

お菊は伝八郎のひざをつかまんばかりだ。いいかげんな返事をしたぐらいでは、きかない気の女だから承知しそうもない。

「まあ、おちつけ、太夫、飯がすんでからゆっくり相談するつもりだったが、みんなも気がかりの様子だから、すぐ話すことにしよう。——てんぐうじ」

伝八郎は隣の市松に目くばせをした。

次の間が控えの間になっていて、出入り口はそっちになっている。そこのふすまをあけ放しておけば、立ち聞きされる心配はない。

「合点だ」

市松は心得てすぐにふすまをあけ放し、自分は出入り口の見えるふすまぎわへぴたりとすわった。

「わしは、去年の春、若気のいたりで、まことに面目ない話だが、向島《むこうじま》土手で某藩の勤番侍五人にけんかを売られ、二人に手傷を負わせたことがある。なんとも自責の念にたえないので、こうして浪人して旅に出たんだが、今の書状はその即死した三人の身寄りの者からきた果たし状で、今夜四ツ（十時）までに酒匂河原まで出向いてくれといってきたんだ」

「なんですって――」

声に出したのはお菊だけだったが、はっと一同は息をのみ、ことに鶴丸さまの顔からは痛々しいほど血の気がひいていた。

「それで、それであんた、今夜出かける気なの、そんなとこへ」

「まあ、待て。――わしはこの果たし状に不審な点があると思う」

「といいますと――」

思わず市松がひざを乗り出す。

「諸君も知ってのとおり、わしはこうして諸君と毎日旅をつづけている。三人の者が、どうして今日この旅籠《はたご》を突きとめたかということだ。たとえ途中でわしを見かけたとしても、三人はわしの顔を知らぬはずだし、またなにかのことで知っているとしても、それならこんな果たし状をつけるまでもなく、見かけしだいその場で名のりかけるのが人情のように思われる。だいいち、身寄りの者三人だけというのがおかしい。わしを恨むとなれば、あのとき生き残った二人は当然助太刀に立つのが武士道だ。この果たし状にはその二人の署名がない」

「たしかにそうです。それに、あのときのけんかは、だれにいわせても先方に非があったと、われわれは明石藩の高武さんから聞いています。あだ討ちだの遺恨《いこん》だのということは成立しません」

若い春蔵《しゅんぞう》が目を輝かしながらいう。

「それで、どうだっていうのさ、伝さん」

「おそらく、この果たし状は鷲沼郷左衛門の小細工じゃないかとわしは気がついたんだ」

「えっ」

あまりにも意外なことばだったのだろう、五人が五人とも、一瞬ぽかんとしたように、伝八郎の顔を見つめた。

「当然新手をつれて追いかけてくるはずの鷲沼が、今日までついに影さえ見せなかったのは、どこかでわれわれを追い抜いて江戸へ先行したのだ。町奉行所へ行って調べれば、わしのけんかのことはすぐわかる。たぶん、江戸屋敷へ出入りの町方の者（町奉行所づき与力同心）が、浅香という名を聞いて、わしの素性《すじよう》が知れたんだろう。そこで、鷲沼は箱根から東へじゅうぶんに手くばりをして、まず今夜この果たし状でじゃまなわしを酒匂河原へおびき出し、血祭りにする策をたてたんだろう」

「ほんとうかしら。――どうする、伝さん」

　それが事実だとすると、せっかくここまできて江戸を目の前にしながら、こんどこそ鷲沼もじゅうぶん手をつくしているだろうと考えられるだけに、青くなったのはお菊ばかりではなかった。

「浅香さん、われわれはいつでも死にます。さしずしてください」

　まっさきに伝八郎のことばを信じて決死を覚悟したのも春蔵だ。

「けど、だんな、これがにせ状とわかれば、なにも敵の手に乗って今夜だんなは酒匂河原へおびき出されることはないんでござんしょう」

　市松はまずそれを心配する。

「いや、わしは敵の手に乗ってみようと思うのだ。万一、これがほんとうの果たし状だとすると、行かなくてはひきょうになるし、いずれにせよ、ここは敵の手に乗って運命を決するよりほか手段はなさそうな気がする」

「それはそうですな。はたしてこれが鷲沼の小細工かどうか、実際にぶつかってみなければわからん話ですからな」

東吉はまだ半信半疑のようである。むしろ、あまりにも伝八郎がはっきりと鷲沼をかつぎ出して、自分の頭のよさをひけらかそうとするのがおもしろくないといったふうにも見える。

そういう東吉を、敏感なお菊は、お黙りというようにじろりとにらみながら、

「あんたが行っちまったら、あたしたちはどうするのよう」

と、今は東吉どころではないから、伝八郎にくってかかる。

「いや、御苦労でも、今夜てんぐうじにわしのあとをそっとつけてもらうことにして、この果たし状がにせ状かどうか、わかりしだいこっちへ報告してもらおう。さいわいわし個人のものだったら、鶴丸さまは明日予定どおり江戸へお立ちになるがよろしい。もし、これが鷲沼の手段だった場合は、諸君の力だけで突破するのはちょっとむずかしいと思わなければなるまい。よく相談のうえ、小田原藩の力にすがるのがいちばん賢明な策だと思う」

「じゃ、伝さんはもうここへは帰ってこないつもりなの」

「命があれば、むろん帰ってくる。しかし、これがわしだけの果たし合いにせよ、

鷲沼の策略にせよ、まずわしの命はあてにならぬと見ておくほうがいい。その覚悟で今夜は諸君に善処してもらいたいんだ」

そうきっぱりといいわたされると、さすがに一同はしいんとしてしまった。鶴丸さまは石のようにすわったまま、もう顔をあげようともせぬ。

「浅香さん、もしもの場合われわれがいちばん注意しなくてはならんことを、今のうちに教えておいてください」

春蔵がすがるように聞いた。

「てんぐうじの知らせがあるまでは、絶対にここを動かぬことだ。よく事情がわかったら、きみたちのうちどっちかひとりが小田原の城内へ出向くがよい。肝心なことは、鷲沼はたぶんこんど江戸から藩士のほかに相当腕ききの浪人剣客を多数雇ってきているのではないかと思われることだ。江戸の近くで三日月藩の名が出ては、万事に不利だからね。浪人どもといえども、まさかに城下町の旅籠へ押しこむ乱暴はできまいが、一歩外へ出るとなにをやるかわからん。要するに、諸君は鶴丸さまを無事に江戸へお送りすればいいんだから、そのつもりで、軽挙《けいきょ》妄動《もうどう》は必ず慎んでくれたまえ」

「念のために聞いておきたいんですが――」

と、東吉がひざをすすめた。

「かりに浅香さんが無事に帰ってきたとしても、われわれは小田原藩へすがるほかに手段はありませんか。むろん、今夜のことは鷲沼の策謀と見てのことですが」

東吉にはなんとなく伝八郎と張りあいたい気持ちが絶えずあるのだろう。

「そんなことは、万一わしに命があって帰ってきてからのことでいい」

いま論議する必要のないことだから、伝八郎は軽く突っぱねて、鶴丸さまのほうを向いた。

「鶴丸さま、四ツまでには一刻《いっとき》（二時間）あまりあります。今夜はどういう事態になるかわかりません。もうお部屋へお引き取りになって、今のうちに少しでもからだを休めておいたほうがよろしいでしょう」

「はい」

ちらっと必死の顔をあげてなにかいいそうなまなざしだったが、思いかえしたように鶴丸さまはすなおに立ちあがった。

「太夫、くれぐれもたのむぞ」

これも文句のありそうなお菊を目で押さえ、伝八郎が頭から高飛車に出ると、ぷっとふくれた顔はしたが、それでも黙ってすぐに立って、鶴丸さまのあとを追っていった。

酒匂河原

おもいおもいに重苦しい時がたって、早立ちの客はもうそろそろ旅じたくをする時刻がきた。

四ツまでにはまだ四半刻《しはんとき》（三十分）あまりあるが、小田原の城下から酒匂川までは十七、八町、早めに出かけたほうがよかろうと思ったので、

「てんぐうじ、したくをしようかな」

と、伝八郎は控えの間のふすまのかげでごろりとひじまくらをやっている市松に声をかけて、ゆっくり立ち上がった。

「やっつけやすかね」

むっくりと市松が起きあがって、手早く帯をしめ直す。

「伝さん――」

出入り口のふすまがあいて、お菊がつかつかとはいってきた。

「あら、もう出かけるところなの。鶴丸さまがお目にかかりたいんですって」

まじまじと顔を見あげて、さすがに深沈たる目の色に、

「そうか。いまあいさつにあがろうと思っていたところだ」

伝八郎は床の間から刀を取ってきて、

「両君、では、あとをたのむ」

義によって立ったときから、死ぬべきときはいさぎよく死ぬ、そういうおたがいの覚悟だから、いまさらくだくだしいあいさつはいらぬ。

「浅香さん、御武運を祈ります」

春蔵が悲壮な顔をしてひとことといった。

「ありがとう」

にっと微笑で答えて、伝八郎はそのまま座敷を出る。

「太夫、ちょいと待った」

あとを追おうとするお菊を、市松がすばやく廊下の外に立って出入り口をふさいでしまった。

「おや、それはなんのまねさ、市松」

「太夫は江戸っ子だってね」

「ああ、生まれはね」

「育ちは野崎村だってな」

「あたしにお光になれってのかえ。おどきよ、ばか」

お菊は意地悪くにらみつけて、しかしその目になんとなく悲しいものがある。

野崎村のお光は、いいなずけの久松をお染にゆずって、自分は尼になった。最後の別れになるのかもしれないのだから、そのお光の心になって、鶴丸さまのじゃまをするなと市松はいいたかったのだ。いわれなくても、今夜はお菊もどうやらその気でいるらしい。

「ふうむ。おめえ、やっぱり野崎村っ子だったのか。そいつは感心だ。そのかわり、おれがいまにきっと金びょうぶをおごってやるからな」

「ぶんなぐるぞ」

お菊はいきなり市松を突き飛ばして、するりと廊下へ出た。案の定、自分たちの座敷へははいろうとせず、ゆっくりその前を通り越して、暗い廊下の柱のところへ行ってしょんぼりと立ち止まる。

――へえ、この女でもねえ。

そんなおとなしいお菊の姿ははじめてなので、市松は思わず目をみはりながら、ふっといじらしい気さえしてきた。

が、お菊はやっぱり女豹のような激しい気性の女にはちがいなかった。まもなく伝八郎が出てきて、そこを通りかかり、

「やあ、太夫、どうしたんだ」

と声をかけると、いきなり振り向いて伝八郎の胸倉を取りながら、

「市松、あっちへ行っておくれ、気がきかないんだね」

と、にらみつけられてしまった。

「おお、おっかねえ」

市松はわざと首をすくめてみせながらいそいで玄関のほうへ逃げ出したが、自分がまえにお光をすすめているだけに、けっして悪い気持ちではなかった。

外へ出ると、からりと晴れた星空だが、晦日《みそか》に近いやみ夜で、町中でさえもう人通りはほとんどなかった。大気は晩秋というより、すでに冬の夜を思わせて、なんとなくはだ寒い。

――見張りがいるかもしれぬ。

伝八郎はゆっくり城下はずれのほうへ歩きながら、それとなくあたりへ注意を怠らなかった。が、どこにもそんなけはいは感じられない。

だからといって、ゆだんはできないのだ。今夜のことはすべて鷲沼の采配《さいはい》だとかたく信じて疑わない伝八郎である。ねらわれているのは、むろん自分より鶴丸さまのほうなので、それだけに自分を酒匂河原へおびき出したあとにどんな手くばりがあるか、それが気になる。

「あなたさまはどんな手段を取ってでも、今夜はいざとなったら小田原藩の力にすがることを忘れてはなりません」

今も伝八郎はくれぐれも念を押して、鶴丸さまと別れてきた。

「はい」

鶴丸さまの返事はすなおだったが、ほんとうは聞いていたのかいないのか、その口の下から、

「伝八郎、死んではいやです」

と、目にいっぱい涙をためて、姿まで女になってしまうのだ。

「いや、わしは勇士ですから、めったなことでは死にません」

「あの、そなたが、そなたがもし――」

胸にたぎっている感情が抑えきれずに口ごもって、目にもほおにもぱっと激しい女が燃えてきそうになったので、

「鶴丸さま、江戸へはいるまでは、男だということを忘れない約束でした」

と、伝八郎はきびしくたしなめた。

さすがにはっとして、みるみる赤くなりながら、

「許して、伝八郎」

「なにごとがあっても、心をしっかりと持っていなければいけません。では、後刻またお目にかかります」

「はい」

ぐずぐずしていられる場合ではないので、伝八郎はあっさり立ち上がったが、座敷を出るまで鶴丸さまはとうとう男の姿になりきれなかったようだ。

廊下へ出てくると、お菊はお菊で、

「伝さん、死んじゃいやだ」

と、おなじようなことをいう。

「太夫がそんな心細いことをいっちゃ困るじゃないか」

「鶴丸さま、なんていったの」

「御苦労をかけますと、さすがにおちついたごあいさつだった」

「うそばっかし――、伝八郎が死んだら鶴も死にますって、泣いたでしょ」

「そんなばかなことをいっちゃいかん」

「知ってますようだ。あたし今夜こそわかっちまった。鶴丸さまはあんたに首ったけなんだわ。ほんとうに死ぬかもしれない」

「火の手がすぐそこまで迫ってきているのに、のんきな色恋ざたでもあるまい」

伝八郎が苦笑すると、

「憎らしいなあ、あんたって人は――」

と、お菊は火のようになって二の腕をつねりにくる。その肩を押しやるようにして、

「太夫、たのむよ」

と、お菊と別れてきたが、今夜の女たちはたしかに度を失っているようだ。

東吉も春蔵もいざとなれば刀を振りまわすだけのことで、どうこの難関を切り抜けようかというとっさの才覚にはうといほうだ。たのみの綱はひとり市松の世なれたずるさだが、これとて途中で鷲沼の網にひっかかるようなことにでもなると、鶴丸さまの運命は知れきっている。

——冷静になれ、伝八郎。けっきょく、鶴丸さまを救える者はおまえ一人なんだ。

あくまでも戦い抜く腹をきめながら、伝八郎は新しい勇気が五体にみなぎってくるのを感じた。正直にいって、鷲沼ごとき男に鶴丸さまを自由にされることは、伝八郎の命のあるかぎりとうてい忍びないところだ。

暗い街道がやがて酒匂川に近くなったと思われるあたりまでくると、そのひところにぼうっと赤い火の色が目について、土手がくっきりと浮きあがって見えた。だれかが河原でたき火でもしているのだろう。

酒匂川は三月から九月いっぱいは徒渡《かちわた》しで、川越え人足の肩をかりてわたる。十月からは橋がかかるのだが、きょうはまだ九月の中だ。しかし、この夜ふけに川越えをする者もあるまいから、あのたき火は人足どものものではなく、おそらく果たし状の主たちが自分の行くのを待っているのだろう。そういえば、火の手は街道筋よりやや川上になっているようだ。

伝八郎は呼吸をととのえるようにゆっくりと土手へあがっていった。見ると、広い河原の中ほどにたき火をかこんで黒々と立っているのは三人、たしかに足ごしらえ厳重な武士である。その辺ははたして渡し場よりかなり川上になるので、あし、すすきの類が半ば立ち枯れて、岸から河原いっぱいにおいしげり、川風になびき乱れているのがなんとなくすさまじい。

――伏せ勢をおくにはかっこうの場所だな。

鷲沼のにせ状なら、むろん三人だけということはない。必ず伏せ勢があると見たから、伝八郎はまっすぐたき火のほうへ土手をおりていった。

「来たぞ」

こっちの足音に、三人はすばやくたき火を離れ、川のほうを背にして並んで立った。いずれも浪人者くさい一癖ありげなつらだましいのやつばかりで、それがともかくもこれから真剣勝負になろうというのだから、三人とも目をぎらぎらと引きつらせ、半面をたき火に赤くそめて、鬼のような形相《ぎょうそう》になっている。

「果たし状をくれたのはきみたちかね」

伝八郎はどの顔も見おぼえのないやつばかりだと早くも見てとる。

「貴公は浅香伝八郎だな」

まんなかのいちばん年上らしいのが口を切る。これが三人のうちでの大将格なのだろう。

「さよう」

「わしは、去年の春、向島土手で貴公のために非業《ひごう》の最期をとげた斎藤の身内で、同苗《どうみょう》、達次郎という者だ」

「おなじくわしは新居亀之助」

「拙者は西村半兵衛だ」

右と左がすかさず肩ひじを張って名のる。

「さようか。それで、貴公たちの本名は」

にやりと伝八郎は皮肉な微笑をうかべた。

「なにっ」

「わしをここまでおびき出せば、きみたちの目的は足りたわけだ。もうそんなさる芝居はやめて、本名を名のってはどうか」

「ふうむ。貴公ちょいとやるな。本名などはどっちでもいい。支度をしたまえ」

にせ斎藤がふてぶてしくせせらわらう。こっちもこれがにせ者とわかれば、姓名などはどっちでもいいので、

「よかろう。どうせきみたちは名があってもなくてもいい有象無象《うぞうむぞう》だからな。しからば、閻魔《えんま》の前へ出て名のるがいい」

ゆうゆうと羽織をぬぎながら、わざと怒らせにかかると、

「うぬっ、憎い広言」

「たたっ切れ」

その手に乗って、三人はかっといっせいに抜刀した。

そんなことぐらいでかっとなるようではたかが知れている。と見たから、伝八郎は急に川のほうへ斜めに走りだした。

「あっ、逃げた」

「逃がすな」

むろん、伝八郎は逃げたのではない。多勢の敵から背後を守るには、川を背にするほかないとあらかじめ考えて、そうすることが尾行の市松ににせ者だと知らせる合図の約束になっていたのだ。やや川っぷちまできて、くるりと振りかえると、

「待てっ」

先頭を切って追ってくるのはにせ斎藤だ。こっちがふいに迎え討つように向きをかえたので、ぎょっと立ち止まるすき、

「とうっ」

機を見るに敏な伝八郎は、おどりこみざま抜き打ちに烈火の太刀を横なぎにた

たきつけた。

「わあっ」

ふいをくって達次郎が大きくのけぞったのと、

「やった」

「おのれ」

あとの二人がうろたえぎみに左右から切りこんできたのと同時、

「えい」

伝八郎は身を沈めるように片ひざづきの体勢で、左をなぎ、かえす三の太刀で右を払う。一人は腰を、一人は高股《たかもも》を払われて、

「わっ」

よろよろと二人ともうしろへよろめきながら、どすんとしりもちをつく。

すくっと立ち上がった伝八郎は、一瞬の乱闘で三人を倒し、自分もまたもとどりを切られて乱髪になっていた。

その前へ、こっちが逃げたと見せた策は伏せ勢をおびき出して、しかも四人、抜刀をかざしていま殺到してくるところだ。

「よし」

　とっさに、伝八郎は川っぷちを、ふたたび川上のあしむらのほうへ疾走しだした。ほかに伏せ勢があるとすればあしの中で、必ず行く手をさえぎって立つだろう。もし、ここの伏せ勢はこの四人だけなら、鷲沼の本隊はむろん城下近くにいるはずだ。こんな素浪人どもを相手にしてはいられぬ。一刻も早く小田原へ引きかえすべきだ。

「あっ」

　だれかひとりうしろで悲鳴をあげて、前へ突んのめったようだ。

「つぶてだ。気をつけろ――。わあっ」

　そいつもやられたらしい。急に追っ手の足音が消えた。残るやつらもあわてて身を伏せたのだろう。

　――そうか、市松の加勢だな。

　味をやると思いながら、しかし振りかえってみようともせず、ざ、ざ、ざっとたけなす枯れあしの中へすばやく飛びこんでいく。

秘策

そのころ――。

小田原の旅籠では、伝八郎と市松が出ていくとまもなく、

「春蔵、したくをしてくれ」

と香川東吉がいって、むっくり立ち上がった。

「どうするんだ、香川」

「わしに秘策がある。鶴丸さまの座敷へ行って相談することにしよう」

「どんな秘策なんだね」

春蔵はなにか不安そうだ。

「それは鶴丸さまの前で話す」

伝八郎が行ってしまったあとは、自分のほうが年上だから、一行の運命は自分が背負って立った気である東吉だ。

――香川は浅香さんに負けたくないんだ。

春蔵にはよくわかっていたが、秘策というのを聞かないうちは好んで争いを求めるべきではないと思った。

いっしょに鶴丸さまの前へ出てみると、鶴丸さまもお菊も、ただ青い顔を見あわせてぼんやりとすわっている。市松が帰ってくるまではどうしようもないだけに、このいっときがたまらなく不安なのだ。

「東吉、なにか用ですか」

男たちが座につくと、鶴丸さまは浮かぬ顔をして声をかけた。

「てまえに秘策がございますので、御相談にうかがいました」

東吉はひとりで意気ごんでいる。

「どんな秘策なんです、香川さん」

生《なま》おいでないといいたげなお菊の顔だ。

「浅香さんのいうごとく、今夜のことが鷲沼の策謀だとすると、当然この宿《やど》はまもなく敵に包囲されて、われわれは小田原藩の力を借りようにも、脱出することそれ自体が困難になるかと思います」

「だから、どうしようっていうのです」

「鷲沼がここを包囲するのは、おそらく浅香さんのほうをかたづけてからでしょう」

「あの人はそう簡単にかたづけられやしません」

お菊がむっとしたようにくってかかる。

「そのとおりだ。浅香さんが簡単にいかない人だから、そこにこっちにも手段があると思うのだ」

珍しく東吉はお菊にさからおうとしない。

「へえ、どんな手段さ」

「われわれはいますぐ浅香さんのあとを追うんです。市松の帰りを待っていてからではおそい。敵の目が浅香さんを追っているうちに、われわれはひそかに浅香さんのあとを追って、ほとんど同時に酒匂河原へ着く。そこまで行っていれば、市松の注進を待つまでもなく、われわれの目で浅香さんの様子を見ることができる。たとえば、浅香さんに万一のことがあって、鷲沼がこの小田原へ包囲にくるとしても、その間にわれわれは酒匂川をわたってしまうことができる。これは一度浅香さんが明石で用いた手なんだ。もしまたあの果たし状がほんもので、浅香さんだけの敵ならなおさいわい。われわれは浅香さんに加勢して、敵を追いのけ、いっしょに夜道をかければいい。要は、敵に宿を包囲されるまえに、一刻も早くここを立つということです。いかがなものでしょうな」

すらすらといってのける東吉だ。

市松の帰りを待たずに、すぐ伝八郎のあとを追おうという提案なのだ。鶴丸さまにもお菊にも、その下心はじゅうぶんあった。ならば、伝八郎といっしょに酒匂河原へ出向きたかったくらいだから、東吉と性《しょう》の合わないお菊でさえ、このときはちょっとくってかかることばじりがつかめない。

「しかし、この宿にはすでに鷲沼の見張りがついているのではないか」

春蔵はなんとなく賛成しかねる。軽挙《けいきょ》を慎むようにと、くれぐれも伝八郎に念を押されているからだ。

「そんなことは、われわれがいちおうそっと表を調べてくればすぐわかることだ」

それはたしかにそうである。

「万一、城下はずれをふさがれていたらどうする。わしは市松が帰ってきてからのほうが無事だと思うな」

「それではおそすぎるんだ。貴公のいうとおり、もし城下はずれを鷲沼がふさいでいるとすれば、市松にしてもそこを無事に通れるはずはなかろう。おそらく、市松はふたたびここへもどってこられないと見るべきだ」

「春蔵さん、ふたりでためしに表へ出てみようか」

お菊はついに心を動かされてきた。

「いいえ、菊はそばにいてください。東吉、春蔵、ふたりで表へ出てみますように」

鶴丸さまは決心がついたようである。

「はっ」

東吉と春蔵は即座に立ち上がった。

「鶴丸さま、あとであの人にしかられませんかねえ」

ふたりきりになると、お菊はさすがに伝八郎のいったことを思い出して、ちょっと不安になってくる。

「菊、鶴は覚悟をきめます」

鶴丸さまはきっぱりいいきるのだ。なるほど、運悪く鷲沼の手におちれば、それこそ命がないと見なければならないのだから、伝八郎にしかられるもしかられないもありはしない。

「どうせ死ぬんなら、あの人といっしょ。そうなんでしょう、鶴丸さま」

鶴丸さまはぽっとほおを赤らめて返事をしない。

——いやになっちまうな。お姫さまなんてちっとも人のことを考えないで、自分ひとりの伝さんだと思いこんでいるんだもの。

お菊はまったくやりきれなくなる。今までにそれとなく、伝さんとはただの仲じゃないんだからと何度ほのめかしてやっても、平気で、そなたはそなた、鶴は鶴といった態度なのだ。しかも、それをけっして口にはしないで、深く深くひとりで思い詰めているといったふうなのだから、いいかげんお菊も根負けがしてくるのだ。

「鶴丸さま、てまえの思ったとおり、敵の見張りらしいものはどこにもいませんね」

まもなく東吉が春蔵ともどってきて告げた。手まわしよく、もう宿の勘定もすましてきたという。

「春蔵さん、出かけてみる？」

それでもまだ気のすすまなそうな顔をしている春蔵に、お菊はわざと聞いてみた。この子は伝さんびいきなんだからと思うと、お菊はついきげんが取りたくなるのだ。

その間に鶴丸さまは黙って立ち上がって、いそいそと床の間の刀を取っている。

——あれだ。手前勝手ってありゃしない。

春蔵のほうを見ると、悲しげな顔なので、

「いいのよ、春蔵さん、伝さんにはあたしからよくいってあげますからね」

と、その実お菊も追いかけたいほうなのだから、そわそわと立ち上がって、帯の間の五寸くぎに手をやってみることだけは忘れなかった。

外は暗い星空で、少し風が出ていた。

流れ星

東吉は自分がいいだした責任があるから、十間ばかり先に立って用心深く先頭をつとめる。そのあとへ鶴丸さまがお菊と並んでつづき、三間ほど離れて春蔵がしんがりだった。

さすがにもうだれも口をきかない。

城下町を出はずれて、黙々と街道へかかってきたが、まったく人足の絶えた道で、別に変わったことはなにも起こらなかった。

——やっぱり、おれの考えどおりだ。

おそらく、鷲沼は今ごろ酒匂川へ手勢を集めて伝八郎のために備えている、そう思うと、ゆだんこそできないが、東吉はいささか得意だった。

それに、街道の両側はしばらくはからりとひらけた田んぼつづきで、伏せ勢のかくれる場所もないのだ。一色村《いっしき》へかかるとちらばらに農家の森が散在しだしたが、ここをすぎれば酒匂川の土手までふたたび田んぼ道になる。この辺は地の利の理からいっても小田原と酒匂川のちょうど中間になるので、こんなはんぱなところへ鷲沼が陣を敷くはずもなかった。

——ことによると、浅香はひとりで利口ぶっていたが、知者の知倒れじゃなかったのかな。

東吉はだんだんそんな気さえしてきた。もし、あの果たし状が浅香個人をねらったほんものだったとすれば、鷲沼などをかつぎ出した伝八郎の面目はまるつぶれになる。

――鶴丸さまも少しはお目がさめるだろう。

妙にたのしくなってくる東吉だ。

右手に四、五軒つづいた農家の林を出はずれると、こんどは左手に森が見え、ここにも農家が数軒つづくらしい。その中ほどへかかると、一軒の農家の庭からばらばらと三人ばかり行く手の往来へ飛び出してきたやつがある。

「おい、どこへ行く」

「なにっ」

ぎょっとして東吉が一歩さがったとたん、

「きさま、香川東吉だな」

と、ひとりが浴びせかけてきた。

「あっ。雉子村――」

「切れ」

その雉子村の冷酷な合図と同時に、左右の浪人者らしいやつがさっと抜刀した。

「うぬっ」

東吉はしまったと思い、おれの責任だと歯がみをしながら抜きあわせて、あとはもう夢中だった。

「えいっ」

切って出るひとりをひっぱずすと、

「とうっ」

ひとりがそのすきへつけこんでくる。そのたびにどこかを少しずつ切られて、死にもの狂いになってもとうてい歯がたちそうもない。恐るべき相手だ。まるでふたりにおもちゃにされている。

「くそっ、――くそっ」

東吉はやたらに刀を振りまわしながら、だめだ、おれはと、しだいにまっくろな死の恐怖に襲われてくる。

東吉がしまったと思ったとき、鶴丸さまもお菊も、もう三、四人の敵に前後をかこまれていた。

「ちくしょうっ」

お菊はとっさに帯の間の五寸くぎを抜き取ったが、それを投げるすきはなかった。

「あぶない、その女を早く取り押さえろ」

物陰からどなったのは、たしかに鷲沼の声だ。と思う間に、もう左右からおどりかかってきたやつに両手をつかまれ、

「な、なにをするんだ、放せ。お放しってば」

からだじゅうで払いのけようと必死に身もがきしてみたが、男ふたりがかりではどうしようもない。

「こら、静かにしろ。そんなにあばれると腕が折れるぞ」

たちまち逆を取られてそこへねじ伏せられ、そのままうしろ手になわをかけられていた。

――あたしが悪いんだ。伝さんにすまない。

力つきたお菊は、冷たい大地にほおを押しつけられながら、なによりもそれが悲しくて、ぽろぽろ涙がこぼれてきた。

「姫君、お供つかまつります」

さすがに敵も鶴丸さまには乱暴を働こうとはしなかった。前へ出たふたりの侍が丁重に会釈をしていう。

「そのほうどもは郷左衛門の手の者ですか」

鶴丸さまもまた、声に怒りはあるが、この場になって見苦しく騒ぎたてるよう

なことはしなかった。

「はっ」

「郷左衛門をここへ呼びなさい」

「はっ、鷲沼どのは後刻ごあいさつにまかり出るそうでございます」

「それでは、供の者たちの命は助けるようにと申しつけなさい」

「はっ」

申し伝えなくても、郷左衛門は声のとどく物陰にいるのだ。

「ともかくも、お供つかまつります」

これは江戸からつれてきた家来どもらしく、つと鶴丸さまの左右へ進んでうながした。

――伝八郎、許して。

どこへ連れていこうというのか、鶴丸さまは黙って歩きだしながら、すでにすきを見て自害する覚悟でいる。

行く手の空へ、流れ星が一つ、青い尾をきれいにひいて飛んだ。

青鬼の手

先頭は浪人剣客四人、次に鶴丸さまが藩士ふたりに左右からまもられ、そのあとへ藩士が三人、次に鷲沼郷左衛門が雉子村剛助と肩をならべ、三足ほど離れてうしろ手に縛《しば》られたお菊が浪人ども四人になわじりをとられ、このものものしい行列は暗い街道を黒々と酒匂川のほうへ進んでいた。

香川東吉はついに切り死にしてしまった。

「春蔵はすばやく逃げてしまったそうです」

前を行く雉子村が郷左衛門に報告していた。

「うむ」

鷲沼はむっつりとうなずいただけだ。

「春蔵ひとりではもう手も出ないでしょうが、浅香のほうはどうなりましたかな」

「まもなくわかるだろう」

「七人がかりだから、こんどは逃がすまいと思うんですが」

ともかくも、目ざす鶴丸さまだけは無事に手に入れることができたのだから、鷲沼も雉子村も内心はすこぶる満悦のようだ。

ちくしょう、くやしいねえ。

お菊はなんとしてもあきらめきれない。伝八郎はたとえ七人がかりでも十人がかりでもたぶんだいじょうぶだとは思うけれど、南蛮お菊ともあろう投げくぎの名人が、今夜はくぎ一本投げるひまもなく、こんなみじめなわめにかかってしまって、もう伝さんにも市松にも合わせる顔がないと思う。

こうなってみると、市松の知らせがあるまで、やっぱり宿を動いてはいけなかったのだ。なまじ利口ぶって秘策など考え出しさえしなければ、かわいそうに東吉だって死なずにすんだのである。

が、いまさらそれを後悔したって追っつかない。いちばんきのどくなのは鶴丸さまだ。このままどこへひっぱっていこうというのか知らないけれど、宿《やど》へ着いたが最後、こんどこそ鷲沼は鶴丸さまをのがしっこないだろう。わしにつかまれたすずめも同然で、いやでも肌身をけがされる。すでに石部の宿で一度あぶなかったのだから、鶴丸さまはもうその覚悟はしているはずだ。

——そのまえに自害するかもしれないな。

ふっとお菊はそう考えて、人ごとながらぞっとした。口にこそ出してはいわなかったが、今夜伝八郎が死ねば、自分も死ぬ気でいた鶴丸さまである。ほれた男があればなおさらのこと、生きてのめのめと鷲沼などに肌身を許すものか。それが女の意地なのだ。

——ざまあ見やがれ、鷲野良犬め。

お菊はふふんと鼻の先でわらってやりたくなってきた。

けれど、それはそのときの話で、助かるものならなんとか助かりたい。伝八郎さえ生きていてくれれば、きっとなんとかしてくれるにちがいない。しかも、市松がついているし、春蔵だって生きているのだ。

——あの子は正直だから、自分の力じゃどうしようもないと思い、伝さんのところへ飛んでいったんだわ。

東吉にはきのどくだけれど、切られたのが春蔵でなくてよかったと思う、春蔵は生一本で少しもてらいがないから、お菊は好きだった。

——けど、あたしと鶴丸さまと、どっちかひとりしか助けられないとしたら、伝さんはどっちを助けるだろう。

その答えはあまりにもはっきりしすぎているので、お菊はそんなこと考えなければよかったと、我ながらうんざりしてしまった。

「おい、もっと早く歩け」

なわじりを取っているやつが、うしろからぐいと一つなわをひっぱった。いつの間にか足がおくれて、鷺沼たちから七、八間ばかり離れていたのだ。

「痛いなあ。女の足だからしようがありませんよ」

「文句をいうな」

またぐいっとひっぱる。

「痛いっ」

しゃくにさわるから、ふいに駆けだしてやった。

「あっ、こらっ」

が、そこはもう酒匂川の土手で、のぼって見わたすと、やや川上の河原にひところたき火の残り火らしいのがちろちろと燃えてはいるが、人かげらしいものはどこにも見えない。

――どうしたんだろうなあ、伝さんは。

急に不安になってくるお菊だ。もし、伝八郎が無事でいて、助けてくれるんならこの辺じゃないかと思っていた。川をわたってしまってからでは、望みが薄くなるような気がする。

土手をおりて河原道を少し行くと、そこに鷲沼と雉子村が待っていた。先頭はずんずん渡し場のほうへ進んでいる。

「おい、待て」

こっちを見て雉子村が声をかけているうちに、鷲沼は黙って先頭を追って歩きだす。

「御用ですか」

なわじりをとっている浪人者が立ち止まって、ふしぎそうに聞いた。

「うむ、二人ばかりその女と残ってくれ」

「はあ」

「あのたき火のあるあたりまで連れていってみるんだ。もしおとりにひっかかるやつがあったら、女を切って合図をしてくれ」

「なるほど。万一だれも出てこないときは――」

「おなじことだ。たのんだぞ」

雉子村は冷酷にいい放って、さっさと鷲沼のあとを追う。

――ちくしょう。

さすがにお菊はまっさおになってしまった。よけいな者をつれて歩くのはじゃまだから、ここでかたづけてしまおうというのだろう。考えてみると、お菊はだいぶ敵を片目にしているから憎まれているのは当然だった。

――どうしよう。

縛ったまま切るなんてひきょうだと思い、どうでも切られるのかと考えると、そこは女だから目の前がまっくらになった感じだ。ぽかんとして声さえ出ない。

「おれと、もう一人はだれが残る」

なわじりを取っているやつが聞いた。

「よし、おれが残る」

背の高い青鬼のようなやつが自分から買って出た。

「のがさんなあ、貴公は。しかし、命がけだぞ」

「虎穴《こけつ》に入らずんばということがある」

「まあ、うまくやれ」

あとのふたりはわらいながら渡し場のほうへ行ってしまった。

「女、歩け」

お菊はちらっと渡し場のほうへ目をやったが、遠くただ黒々と人かげがうごめいているだけで、むろん鶴丸さまの姿は見わけられなかった。が、おそかれ早かれ、いずれは自分とおなじ運命をしょわされているのだ。世にも寒々とした気持ちで、人ごこちもなくふらふらとたき火のほうへ歩きだしながら、ちくしょう、こんなごろつきどもにあたしが殺されるなんてと、お菊は絶望の底から急に激しい怒りがこみあげてきた。

相手はたった二人きりじゃないか。それに、生きていさえすれば、だれか助けにきてくれないとはかぎらないし、今から死ぬものと勝手にきめて、がっかりしてしまうのは早すぎる。

——そうだ、死んだ気で逃げようと思えば、逃げられないことがあるもんか。しっかりおしよ、お菊ちゃん。

少しおちついてくると、そんなくそ度胸さえすわってきて、お菊はわざと力なげによろめいてみせた。

「しっかり歩け」

「無理だわ、そんな。あたしには針の山なんだもの」

ざくっ、ざくっと歩くたびに河原の小石が鳴る。

「おい、あそこに倒れているのは味方らしいな。おや、あそこにもころがっている」

それはもうたき火に近いところだった。川っぷちのほうへ寄って、黒々と死骸《しがい》が三つ、おもいおもいの形でころがっている。

「ゆだんはできんぞ。浅香っていうやつは強いそうだからな」

「なあに、どっちにしたって、今ごろまでこんなところにまごまごしているもんか」

「それもそうだな。こっちはたしか七人がかりだったから、まだ四人は残っているはずだ」

ついにたき火の前へ出てしまった。すぐ近くに丈《たけ》なすあしむらが土手から汀《みぎわ》まで河原いっぱいにおい茂って、さらさらと夜風にゆれざわめいているが、荒涼としてすさまじい。

「おい、どうする」

なわじりを取っているひげづらが、青鬼の顔を見ながら聞いた。

「そうだな、じゃんけんできめるか」

「きさま、どうしてもやる気か」

「やるよ。ただ切るのはもったいない」

悄然《しょうぜん》とうなだれているお菊のからだじゅうをじろりと見まわしながら、青鬼はあっさり答えた。

――あっ、そんな気だったのか。

お菊ははじめて気がついて、ぞっとからだがすくんできた。こんなけだものに手ごめにされるなんて、殺されるよりいやだ。が、男にそんな下心があるのなら、案外だましいいかもしれぬ。とっさにそう考えて、ひそかに息をのむ。

「よし、じゃ、御年長に初物はゆずろう。うまく御してみろ」

ひげづらはにやりとわらいながら、なわじりを青鬼にわたした。

「あは、は、御した馬のほうがおとなしくいうことをきくからな。抜けめのない男だ」

青鬼は左手でなわじりをうけとって、

「おい、こっちへこい」

と、右手でお菊の腕をつかんで引っ立てる。

「どこへ行くんですか」

「いいから、黙って歩け」

ざわざわとあしをかきわけて暗いほうへひっぱっていく。

「おい、いいか。おとなしくいうことをきくんだぞ」

いきなり立って、腕の手を肩へまわしてきた。その男くさいにおいにぞっと総毛立ちながら、

「なわを解いてくれなくっちゃいやだわ」

と、お菊としては精いっぱいの甘い声を出してみる。

「わがままをいっちゃいかん」

青鬼はせせらわらって、ぐいとうしろから抱きすくめ、有無をいわせずそこへねじ伏せようとする。ものすごい腕力だ。

「あっ、なにをすんのさ、ちくしょう」

もうがまんができない。お菊はありったけの力で身もがきして相手を突き放そうと死にもの狂いになりだしたが、それはすでに少しおそすぎたようだ。

「こら、おとなしくせんか」

どうもがいても肝心の両手がきかないのだから、野獣になりきっている男の力は防ぎようもなく、抱きすくめられたいやらしい手がからだじゅうをなぶりながら、じりじりとうしろざまに引き落としてくる。

「助けてえ、——人殺しいっ」

ついにからだの中心を失って、のけぞるように力つきたお菊は、金切《かなき》り声をあげていた。

「ばか、いくらわめいたって、こんなところへだれがくるもんか」

青鬼はいそいで口をふさぎながら、かっとなったように荒々しくお菊をやみの底へ押さえつけた。

――くやしい。

お菊は自由な両足をかいもなくばたばたさせるだけである。

つぶて攻め

「わあっ。――勘兵衛《かんべえ》、勘兵衛」

ふいにたき火のほうからただならぬ絶叫がきこえ、勘兵衛とは青鬼の名か、二声ほどたまぎるように叫んで、はたとやんだ。

「加納《かのう》、どうした」

ぎょっと聞き耳をたてた青鬼の勘兵衛は、返事がかえってこないので、押さえつけたお菊をちょっと惜しそうにはなしたが、急に起きあがって、がさがさとたき火のほうへ飛び出していく。

——助かった。

一瞬全身の力がぬけて、ぐったりと息をはずませているお菊の目に、深いきれいな星空が夢のように映ったが、

「あっ、おのれ」

「くそっ」

青鬼がおどり出していったほうから、たちまち怒声といっしょに戛然《かつぜん》と火花を散らす白刃の音が耳についたので、あっとお菊ははね起きた。

——伝さんかもしれない。

てっきりそう思ったとたん、もうわくわくと不自由なからだであしをかきわけ、たき火のほうへ走っている。が、それは伝八郎でなくて、意外にも矢川春蔵が青鬼の勘兵衛を相手に必死に切り結んでいた。不意を討たれたらしいひげづら浪人は、右肩から血を流してすでにそこへ切り倒されている。

——春蔵さんがあぶない。

お菊はひと目見てはっとした。長身の青鬼はすごい剣客らしく、仲間の切られているのを見て憤激したのと、お菊という惜しい獲物がそこにおいてきてあるので、一挙に勝敗を決してしまいたいというあせりもあるのだろう。まったく息もつかせず踏みこみ踏みこみ阿修羅《あしゅら》となって切りたてていく。春蔵はあきらかに受け太刀で、歯をくいしばりながら危うく敵の烈剣を払いのけ受け流し、そのたびにどこか切られて、よろめくようにあとへあとへとさがるばかりだ。みるみる衣類はずたずたに裂け、乱髪のほお、胸、腕から血が流れて、とても見てはいられない。

「春蔵さん、しっかりして――」

かわいそうにと、お菊は夢中で叫びながら、ちくしょう、この手さえ自由になればくぎを投げてやるんだけどと、思わずじだんだ踏んでいる。

「あっ」

やられたと、お菊は棒立ちになった。春蔵が石に足をすべらせたらしく、どっとしりもちをついたのである。

「えいっ」

得たりと青鬼が間髪を入れずのしかかるように振りおろす必殺の太刀、少しあせりすぎて、春蔵がしりもちをつきながら夢中で横なぎにしたその捨て身の太刀の中へ踏みこんだから、春蔵の剣は青鬼の横っ腹へ、青鬼の一刀は春蔵の左肩へ、ほとんど同時にきまったらしく、

「わあっ」

青鬼は絶叫しながら前へつんのめっていく。と見て、肩を切られた春蔵がよろよろと立ち上がったのは、相打ちには見えても春蔵の横なぎのほうがいくらか早く、青鬼の剣は春蔵の骨までは切りえなかったのだ。

「春蔵さん――」

お菊が夢かとばかり狂喜して走り寄る。

「太夫、――か」

「早くあたしの手のなわを切って、――よかった、ほんとうによかったわ」

「よし、待ってくれ」

春蔵はふるえる手でどうにかお菊の手のなわだけは切ったが、極度の疲労と、数カ所の傷に力つきて、そのままそこへのめり倒れようとする。

「しっかりなさいよ。どうしたのよう」

両手の自由を得たお菊は、とっさに春蔵のからだをささえ、右腕を取ってぐい

とわが肩を入れた。

「なによう、男のくせに。歩けるでしょう。たかがねこにひっかかれたぐらいの傷じゃないの。しっかりしなくちゃだめ」

ここではいつまた敵の加勢がこないともかぎらない、せめてあしむらの中までつれていって傷の手当をしてやりたいと、お菊をとっさに気がついたのだ。

「すまんなあ、太夫」

「おたがいっこだわ」

「わしはもうだめだ」

「なにがだめなのよう」

「浅香さんに合わせる顔がない。あんなに軽挙妄動《けいきよもうどう》をいましめられていたのに、恥ずかしい」

「あんたばかりのせいじゃないわ」

「だから、香川は切り死にをしてしまった。わしも切り死にをすべきだったかもしれない」

春蔵のからだはぐったりと重い。ほんとうに精も根もつきているらしい。

「でも、あんた、よくあたしを助けてくれたわね。ありがたいわ」

その感謝があるから、お菊はしゃっきりと重い春蔵のからだを抱きささえている。すんでにあぶなかった青鬼のあのいまわしい暴力を思い出すと、考えただけでもぞっとさせられるお菊だ。ほんとうによく助けてくれたと思う。

「わしは、太夫が縛られて、あの二人につれていかれるのを見て、これはあぶないと思った。どうせ切り死にするからだなら、せめて太夫だけでも助けてからと思ったんだ。しかし、こんなからだになっては、もうあっちを追うだけの力はない。腹を切ろうと思うんだ」

「なにいってんのよう。こんな傷ぐらい、手当をすればすぐなおるわ。それからふたりで鶴丸さまを追いかけたって、まだまにあうじゃありませんか」

「いや、わしはもうだめだ。左の腕がきかなくなっている。この役は、わしのような弱いやつには少し荷が重すぎたんだ。申しわけない」

あしむらへつくかつかないに、春蔵は歩く気力さえつきて、へなへなとそこへすわってしまう。

「しっかりしなくちゃいやだ。待っといで、いま肩の傷を縛ってあげるからね」

お菊はいそいで内ふところへ両手を突っこんで、腹帯をときにかかった。血だけはとめておかなくてはと気がついたからである。

そのころ――。

渡し場では一つだけ用意しておいた輦台《れんだい》に鶴丸さまをのせ、むろん川人足はいないから雇われた浪人がふたり、素っ裸でこれをかつぎ、残る十一人に伝八郎襲撃の失敗組が四人加わって、十五人が半数は裸になってひとりずつ味方を肩車にのせると、七組みできてひとりあまる。これらがぐるりと鶴丸さまの輦台を取りまいて、いっせいに酒匂川をわたりはじめた。

水はまんなかの深いところで胸のあたりまでしかないが、水勢はかなり強いうえに冷たく、底は石がごろごろしているから、慣れない者にはから身でさえ相当歩きにくい。

「おいおい、ころんでくれるなよ。すでに秋冷の候だ。ぬれねずみはかなわんからな」

「ぜいたくをいうな。おれは素っ裸で半分水びたしになっているんだ」

「そのかわり、貴公の衣類大小は、わしがたいせつにあずかっている。忘れないでくれよ」

口々に勝手なことをいいながら、しだいに深い中央へかかっている。

ひと足さきに市松の肩をかりて川をわたっていた伝八郎は、こっち岸へ腹ばいになってじっと敵の近づくのを待っていた。

伝八郎は河原で三人倒し、あしむらへ飛びこんで土手へのがれると、勘のいい市松がちゃんと先まわりして待っていて、

「だんな、すぐ引っかえしやしょう」

といった。が、一色村へかかろうとしたとき、すでに鶴丸さまが鷺沼の手におち、こっちへ進んでいるのを見て、敵は酒匂川をわたると見当をつけ、この策をたてた。敵がつぶてのきく距離へはいったら、つぶてでできるだけ川の中へ撃ちおとし、その混乱に乗じてあわよくば鶴丸さまを奪いかえそう。もしここでその機会が得られなくても、敵の勢力を何人か駆逐しておくことは、それだけ次の機会をつかみよくすることになるのだ。

やみ夜まわりだが、水の上には星あかりがただよって、ざあっざあっと水をかきわけながら川をわたってくる人数が黒くくっきりと目につく。

「だんな、輦台の上が鶴丸さまだ。気をつけておくんなさいよ。肝心な御本尊さまに石をぶっつけちゃたいへんですからね」

つぶてには自信のある市松が伝八郎に注意する。

「うむ。どうだ、もうそろそろころ合いじゃないかな」

敵の一団は川人足がしろうとだから、あぶなっかしい足どりでのろのろと十数間のところへ迫ってきた。深さはまだ腰のあたりまである。

「よし、やっつけやしょう」

勇躍おどりあがった市松は、河原で石は望みしだいだから、ちくしょう、くらいやがれと、悪態が気合いがわりで、早くもびゅっ、びゅっと風を切って三つ四つ、伝八郎も負けてはいない。

「わあっ、敵だ」

「気をつけろ」

敵はこの不意のつぶて攻めに、度を失って大きくゆらめき、早くも二人、三人、どぼんどぼんと水しぶきをあげる。一団の隊伍《たいご》はみだれて、思わず左右にひろがった。そこをまたねらいうちされる。

「わあっ、ちくしょう」

「水へもぐれ、水へ」

川の中だから、退《ひ》くことも進むこともできない。しかも、ねらわれるのは肩車の上のやつだから、たまらなくなってだれかが叫んだ。しかし、はっと気がついて、あわてて自分から川へ飛びこんだのはほんの二人か三人で、それまでに肩車の半数は、ほとんどどこかへつぶてをくらって水に落ちていた。

と、見る間に、輦台をかついでいたやつがあわてて足をすべらせたらしく、どっと横っ倒れになるはずみに、鶴丸さまのからだが大きく川下へはね飛んだ。

「あっ、だんな」

「よし、きみはあがってくるやつをできるだけ撃ち倒して、あぶなくなったら逃げろ」

「合点だ」

その返事を背に聞いて、伝八郎はおよそ見当をつけながら、どんどん川下のほうへ駆けだした。

立とうと思えば足の立つところだから、いまに顔を出すはずだが、女だから転倒してその気力がつかなければ、強い水勢に押し流されてそのまま海へ運ばれてしまう。海まではほんの数町しかないのだ。

「追え、──姫君を追え」

川の中へ突っ立った鷲沼郷左衛門が激しく叱咤《しった》している。

「はっ」
三、四人ががばがばと川下のほうへ追いだしたが、水の中だから思うように走れない。そのずっと川下のほうへぽかりと白い顔が浮いたようだが、すぐにまた沈んだ。

「よし――」

伝八郎はたまらなくなって、そこへ羽織だけ脱ぎすて、ざぶざぶと水の中へ足を進めた。

やや遠くなった渡し場の岸では、まだ市松が、

「ちくしょう、くらいやがれ、どうだ、もう一つ」

と、まだつぶてを投げながらがんばっているようだ。敵はいずれも水の上へ顔だけ出してそれをよけ、自然に一列に大きく散開してじりじりと岸のほうへ迫っていく。

いそづたい

――こりゃ思ったより冷たい。

ひざから腰、腹、胸へと、この辺はたちまち水が深く、衣類をとおしてしみてくる冷気は骨の髄までじいんとしみとおってくるほどだ。これでは、長くつかっていると、からだの自由がきかなくなるおそれがある。

胸までつかって、ごうっと強い水勢がからだにあたって二つに分かれて流れるすさまじい音を耳にしながら、伝八郎はゆだんなく前方の水面へ目を走らせて、あらかじめ目測しておいたほうへぐんぐん大またに進んでいく。

海が近いから、どうっというものものしい波の音が水につたわりひびいている。

——ここでのがしたら、もうそれっきりだ。

さすがに伝八郎も気が気ではない。

その目の前へ、ふっと白い顔が浮かびあがって、べっとりとみだれかかる黒髪を白い手ですっとかきのけた。

「鶴丸さまか——」

ぎょっとしたようにこっちを見て、

「あっ、伝八郎、助けて」

すがりつこうと手をさしのべたとたん、石に足をすべらせたか、またしてもぶくぶくと水にのまれようとする。

「あぶない」

伝八郎は必死に手をのばして、あやうく衣類の端をつかみ、ぐいと胸もとへたぐりよせた。

「立てるから、立ってごらん」

胸を抱いて必死にからだをおこしてやりながら耳もとへ呼ぶ。したたか水をのんだらしく、急には返事もできず、鶴丸さまはひしと首っ玉へしがみついてきた。

敵はと、伝八郎はいそいで川上のほうへ目をくばる。さいわいそのあたりには敵のかげもないようだ。あてのつかない捜し物だから、そんなものをさがしまわるより、自分の身をまもるほうが先だったのだろう。

伝八郎はほっとして、鶴丸さまのからだを抱きなおし、胸まである水をからだでかきわけながら、おちついて岸のほうへ引きかえし始めた。

目測では、さっき川へはいった岸より、またかなり川下になっているようだ。まっすぐ進む岸のあたりには、丈《たけ》なす芦荻《ろてき》が黒々とおいしげって、夜風になびいている。

なんといっても味方は市松ひとりの孤軍奮闘だから、もう敵も岸へあがるころだ。敵が岸へあがると、鶴丸さまは川下へ流れたことがわかっているのだから、むろんこっちへ手くばりをするだろう。敵が岸に網を張らないまえに、あの芦荻の中へ飛びこんでしまわなくてはならない。

「伝八郎、――伝八郎ですね」

鶴丸さまはひたとほおへほおをよせて、何度も耳もとへささやきながら、しだいに死の絶望の底から現実の歓喜に燃え狂ってくるようだ。

「うれしい。鶴はうれしい。もうだめかと思ったのに、――うれしい」

「鶴丸さまは自分から水へ飛びこんだようですな」

そうでなければ、ここまで流れてくる間にとっくに意識を失っているはずである。

「郷左衛門が、うっかりそでを放した間に、背が立つからだいじょうぶだと思って、思いきって――」

「その決断がよかった」

「いいえ、冷たいし、幾度も水をのんで、もうだめかと思いました」

「いや、もうだいじょうぶです」

しかし、姫君育ちでは、たとえ背が立っても、あの深さ冷たさではからだがすくんで、ついには水勢に押し流されていたかもしれない。

「まにあってよかった。神に感謝すべきだ」

伝八郎もほっとして、思わず抱いている手に力を入れずにはいられない。

「うれしい。伝八郎、もう鶴から離れてはいけません」

「放さぬ。姫君は伝八郎のものだ」

ついに口にしてしまってから、しまったと思った。まだ口にしてはならないことばだったのだ。

「鶴は、鶴は伝八郎のもの」

かっとなったようにあえぎながら、鶴丸さまは腕の中で身もだえする。

「伝八郎、姫の伝八郎」

熱いいぶきが耳もとをなぶって、一度堰《せき》を切った愛情の炎は、もうどうしようもなかった。伝八郎は思わず水の中へ立ち止まって、ひしと姫君のくちびるへわがくちびるを押しあてていく。

「ああ」

姫君の全身から力がぬけて、少しも水の冷たさを感じなくなった。はっと気がついて、伝八郎はもう一度鶴丸さまを抱きなおし、ぐんぐん岸のほうへ歩きだす。水は腹までになり、腰までになり、ひざまでになり、そのたびごとに姫君のからだがずしりと重くなる。水を出た肌が急に夜気にふれて寒気がしみとおってきたが、伝八郎はまだ寒いとは思わない。

「うれしい、伝八郎、姫は、姫は、そなたのもの」

夢のようにつぶやいている鶴丸さまをしっかりと抱いて、ぐんぐん岸のあしむらの中へ分け入る。一気に土手を突っ切って、小八幡《こやわた》村側へ出ると、そこは一面の水田で、右手に松林が見える。いくらやみ夜でも、からりと開けたあぜ道を行くのは危険だと考えたので、土手ぞいに松林のほうへ進んだ。そのころになって、土手の向こうから、

「だれもおらんぞ。この先はあしむらだ」

「かまわん、もっと下ってみろ」

と、口々に叫んでいる敵の声が耳についてきた。

「伝八郎――」

ぎくりとしたように、腕の中の鶴丸さまが顔をあげた。

「黙って――」

「でも、重いでしょう。姫は歩けます」

が、伝八郎は姫君を軽々と抱きしめながら、大またに松林の中へはいってい

た。一つにはおのれの興奮をさますように、一つには寒気から身をふせぐために——。

思いきり男のたくましい胸の中へ抱きすくめられて、甘い歓喜にからだじゅうの血が酔いしびれている鶴丸さまも、まだ少しも寒さは感じていないようだ。松林の向こうは暗い海だ。波の音が、ざ、ざ、ざっと寄せてはかえしていく。伝八郎はその海にそって、松林の中をぐんぐん歩きつづけた。早く危険区域を脱して、人家を見つけなければならない。自分はともかくとして、鶴丸さまは恋の情熱から少しでもおちついてくると、必ず寒さを感じてくる。それまでに早くぬれた衣類をぬがせなければならないのだ。

「伝八郎、疲れたでしょう。もうおろしてください」

「いや、まだ疲れません。わしは好きな人を抱いているのだ。江戸までこうして歩いていってもいい」

胸の血をわきたたせるための手段の口説《くぜつ》だ。

「鶴はうれしいけれど——」

江戸ということばで、ふっと理性がかえってきたのだろう。

「なんですか、江戸へ帰るのが恐ろしい」

江戸へ帰れば、当然伝八郎と別れなければならない鶴丸さまだ。いくらここで約束はしても、身分というものがあるから、そう簡単には女夫《みょうと》になるわけにはいかない。

「姫はもう、伝八郎と別れたくない」

すきま漏る秋風のように、悲しい思いが一筋胸のどこからかしみとおると、鶴丸さまは急に肌寒くなってきて、ぞっと身ぶるいが出てきた。

「いや、わしは絶対に姫君を放さぬ」

伝八郎は思いきってもう一度くちびるをあわせてみたが、

「鶴も、――鶴も」

と、かっと胸が燃えたったのもわずか一瞬のことで、もう身ぶるいはやもうともしなかった。

「寒いか、鶴丸さま」

「いいえ」

「もう少しのがまんだ。気を張っていないと、風邪をひく」

「寒い、伝八郎――。もっと強く抱いて」

「きらいだ、そんな弱いひとは――」

抱きしめて、ことばで突っぱねてみたが、

「いや、いや、好きといってくれなくては」

姫君はしがみついてきながら、がたがたと歯の根があわない。無理もない、もうしずくこそ落ちないが、衣類は肌までぐっしょりとぬれそぼって、からだのふれているところは通う体温になまぬるくあたたまっているが、夜気にふれている背は氷のように冷えきっているのだ。

しかも、どこにも人家のあかりは見えぬ。

――しようがない、火をたくか。

振りかえってみると、酒匂川の土手はやや遠くなって、星空を一線にくぎって見えるが、火をたけばすぐ目につく距離だ。

「歩いてみるか、鶴丸さま。走れば少しはあたたかくなる」

「寒い。――伝八郎、もっと強く抱いて」

姫君はがちがちと歯を鳴らしながら、必死に自分から伝八郎に抱きつき、身もだえして、しだいに声がうつつになってくるようである。

――こりゃいかん。

伝八郎は足にまかせて歩きながら、さすがに途方にくれてきた。

お菊のこころ

酒匂川は十月一日から仮橋がかかって橋渡しになる。その土手まできて、

「太夫、わしはやっぱり一度江戸へ行ってきたい。たのむから承知してくれぬか」

矢川春蔵は連れのお菊にいいながら立ち止まった。この河原つづきで青鬼浪人を切ってお菊を助け、自分もまた左の肩へ重傷をうけてからちょうど十日めの朝である。

あの夜、春蔵は河原でお菊に仮の手当をしてもらってから、またその肩へすがって、やっとこの川上の農家へたどりつくことができた。そこで今日まで傷養生をして、ほかの傷はどうやらだいたいよくなったが、肩の深手はいまだに傷口がふさがらない。いっそ小田原へ出て医者の手当をうけ、もようによっては箱根へ湯治に行こうとお菊がいいだし、まだ自由のきかぬ左手を白布で首へつって、世

話になった農家に別れを告げてきたのであった。

世の中は持ちつ持たれつというが、もしあの晩お菊がついていてくれなかったら、春蔵は出血多量のためにあたら命を失っていたかもしれない。お菊にしても、あの晩はおおかみ浪人どもに手ごめにされたうえ、むざんにも切って捨てられるどたん場に追いつめられていたのだ。

それを死に身になって助けてくれた春蔵だと思うから、この十日の看病は、まったく帯も解かず、真心のありったけをつくした。

「すまんなあ」

春蔵はただそういって感謝するほかはない。

「なにいってんのよう。あんたはもうあたしと夫婦約束したんでしょ。このくらいのこと、あたりまえじゃありませんか」

お菊はそういう男の口を、いつも自分のくちびるで押さえつけてやった。

伝八郎へのあれほど激しかった横恋慕も、命がけで青鬼浪人と切りむすんだ悲壮な春蔵の姿を見せつけられたときから、もう遠いものになってしまった。

どうもがいたって、伝八郎には鶴丸さまがついている。いざとなって、鶴丸さまとあたしとどっちを助けるかといえば、あの人はきっと鶴丸さまのほうだと半分あきらめていたのが、あの晩とうとうはっきりしてしまったのだ。

春蔵は色恋で自分を助けてくれたのではないが、弱いのを承知で死に身になってくれたのがうれしい。それに心から報いるとすれば、自分のからだを投げ出してしまう以外に女の真心はないと、すぐ火のように燃えてしまう単純なお菊なのだ。

——この子は、ことによると一生かたわになってしまうかもしれないんだもの。あたしがそばについていてやらなくちゃあ。

一方ではそんな気持ちもあるお菊なのである。そして、今はなんでもいいなりしだいに、自分をたよりきっているような春蔵がかわいくてたまらなかった。

ただ一つ、どうしても春蔵がいうことをきかないのは、自分の傷養生より先に、鶴丸さまの安否をたしかめたいということだった。

「あっちにはちゃんと伝さんも市松もついているんだから、そんなに心配することはないじゃありませんか。あんた、そのからだで、もし鶴丸さまになにがあったって、どうしてやることもできやしないでしょ」

「いや、足腰が立たないというのならともかく、さいわいこうして右の手は残っているんだ。命のあるかぎりは、あくまで鶴丸さまの安否をたしかめなければ、切り死にをした早川や香川にすまないじゃないか。だいいち、軽輩のなかから特にわれわれ三人を選んで大事を託してくれた御用人森田武太夫《ぶだゆう》さまに対しても武士道が立たなくなる」

「その森田さんてのはどんな人なの」

「鶴丸さまについて土屋家から稲葉家へきた人で、ずっと鶴丸さまについていた御用人さまなんだ。ことによると、森田さまも今ごろは悪人どもにどうかされてしまっているかもしれないな」

「じゃあ、あんた鶴丸さまが無事に江戸へついていさえすれば安心するんでしょう」

「うむ」

「そうしたら、もう侍はやめて、あたしと夫婦になってくれますね」

「こんな不具者でよければ、わしは太夫の番頭にでも下足番にでもなる」

「じゃ、一度、小田原のお城下へ行って、その傷の手当をしてもらって、もしお医者さんが旅をしてもいいといったら、その足で江戸へ行きましょう。それならいいでしょう」

「うむ、そうしよう」

やっと相談がきまってここまで出てきたのに、またしても小田原へは行かずに、ここからすぐ江戸へ向かいたいといいだしたのである。

「あんたどうしてそうわかんないんだろうな」

お菊はあきれて、男の痛々しい青ざめた顔をながめてしまった。

「その傷そのままほっといたら、あんたほんとに左手がきかなくなっちまうわよ」

「いや、江戸へ行ったほうがいい医者がいるだろう」

春蔵は強情に自説をまげようとしない。

「わかったわ。あんたやっぱり鶴丸さまが好きなんだわ。だから、だからそんなにあとが追いたいんでしょ」

つい心にもないいやがらせが口に出るお菊だ。

「太夫、なにをいうんだ。わしは、そんなだいそれた、——よし、そんなにわしを侮辱《ぶじょく》するんなら、わしはここで太夫と別れる」

純情な春蔵の目にたちまち憤然たる怒りの色がみなぎってきて、ほんとうに別れる気らしい。すっとひと足後ろへ身をひく。

「いやだあ、あんたは。冗談をすぐ真にうけるんだもの」

お菊はびっくりしてたもとをつかまえながら、

「いいわ。なら、ここからすぐ江戸へ行くことにきめるから、それならいいんでしょ」

と、いそいできげんをとっている。われながらだらしがないなとは思ったが、すぐむきになるそういう男の子どもっぽさがかわいくなってしまったんだからしようがない。

「たとえ冗談だって、いうことといわないことがある」

「だから、こんなにあやまっているじゃありませんか。あたしは本気でそんなこといったんじゃないわ。あんたのからだを思えばこそ、ああでもないこうでもないと、一人でやきもきしているのに、あんたはそれがちっともわからないんだから」

「それはうれしいと思っているんだ」

春蔵もすぐ心が解けたらしく、正直に答える。

土手の上で若い侍とあだっぽい女がもつれるように立ち話をしているのだから、河原のほうからも街道のほうからもよく見える。上り下りの旅人たちがみんな見て通るのを、二人ともついうっかりしていた。いや、お菊は知らないでもなかったが、夫婦なんだもの、かまやしないという腹があったのだ。

からりと晴れた空の青さは、秋というよりもう冬の色に近い。

ちょうどそのころ、酒匂川をわたった小幡村の海べに近い漁師弥七《やしち》の家では、鶴丸さまが伝八郎に悲しい別れを告げていた。

迎えの駕籠

あの夜、伝八郎がやっとこの海べの貧しい一軒家を見つけてぬれねずみの鶴丸さまを運びこんだときは、激しい悪寒《おかん》におそわれている鶴丸さまは、くちびるの色までまっさおになっていた。

さいわいあるじの老夫婦が親切者で、すぐに着物を出してくれたので、とりあえずぬれたものをぬがせて着せ、まくらにつかせたが、どうしても胴ぶるいがとまらぬ。

なにか薬はないだろうかと聞くと、

「水で冷えたからだは、なまじ薬なんかより人肌《ひとはだ》であたためてやるのがいちばんだ。あたためてやんなされ」

と、老人が教えてくれた。

みえも遠慮もいっていられるときではない。胸へ背をしっかりだきかかえてみると、まるで氷のように冷えきっていた。

「寒い、——伝八郎、寒い」

鶴丸さまはかちかちと歯を鳴らしながらいいつづける。

どうにかその悪寒がやんで、とろとろしたようだったが、こんどはひどい熱が出だして、からだじゅうが燃えるように熱くなってきた。

その熱は翌日になってもさがろうとせず、うわごとばかりいって、ほとんど正気がない。医者を呼ぶのは敵にこのかくれ家を知らせるようなものだが、しかし命には代えられまいと思案しているところへ、運よく市松がここをたずねあててきてくれた。

「敵の様子はどうだ」

伝八郎はまずそれが気になる。

「今朝のうちに江戸へ引きあげたようです。だんなの羽織が河原に落ちているのを見つけやしてね。これがここにあるようでは、二人とも海へ流されたと見たんですね。実は、あっしもそれでえらく心配しやした。無事に岸へあがったもんなら、羽織をおいていくはずはないと思いやしてね。けど、そうでもねえ、川下へ流れてあがれば、羽織なんかかまっちゃいられない。すると、どうしてもこの近所にかくれていると見当をつけやした」

「よくそこへ気がついてくれた。とにかく、鶴丸さまはこのとおりだ。小田原へ行って薬を求めてきてくれぬか」

市松がきてくれたので、まったく助かった。

薬がきいて、どうやら熱が下がりはじめたのは二日めの夜あたりからで、一度いいほうへ向かえば、そこは若いからだだから回復も早い。五日めごろから床の上へ起きあがってかゆがたべられるだけの気力が出てきた。

もう二、三日たてば歩けるようになるだろう。そうなって、さて江戸へ立つ手段だが、鶴丸さまはなんとなくその話にふれたがらない。江戸へ着けば当然別れなければならない運命を知っているからだ。

あの酒匂川の中で、思わず愛情を誓ってしまったのは、やっぱりまちがいだったのだ。しかも、事情やむをえなかったにもせよ、鶴丸さまはここで女の肌を見せてしまったことも、おなじ衾《ふすま》の中で抱きあたためられたことも、ちゃんと知っている。口にこそ出していわないが、伝八郎だからなにをされてもかまわなかったのですと、その目は大胆に燃え、どうしてそんなにしらじらしくするのでしょうと、ときにはうらみ訴えてくる。

が、伝八郎としては、冷静にかえった今、自分たちの恋にだけおぼれてしまうわけにはいかなかった。どうしても一度は無事に鶴丸さまを江戸へ送りとどけ、初一念どおり目的をとげさせてやらなければ、せっかくここまでたどりついた苦難の旅が無意味になる。切り死にをした早川や香川に対しても、あの夜以来生死不明のままにしているお菊や春蔵に対しても、男の面目がたたない。あくまでも心を鬼にしていなければならないのだ。

「鶴丸さま、江戸の土屋家へ手紙を出してはどうだろう」

念のためにもう二、三日分薬をのんだほうがいいと市松が小田原へ買いに出たあとで、伝八郎は軽く切り出した。

床の上におきあがって、障子にうつる明るい日ざしの中にいる鶴丸さまは、はっとしたようにこっちを見る。面やつれはしているが、胸に絶えず情熱がたぎっているせいか、からだつきまでなまめかしさを増して、もう男にはなりきれそうもない鶴丸さまだ。

「いつまでここにやっかいになってもいられませんからな。それに、どんなことで鷲沼一味がもう一度引きかえしてこないともかぎらない。わしはいっそ土屋家から迎えの駕籠を呼んだほうがいいと思うんだが」

土屋家は鶴姫の実家だ。江戸へ着いたらどうせそこをたよらなければならないのだから、事情を訴えてここへ迎えにきてもらったほうが、道中の心配もなくなると伝八郎は考えたのだ。

「伝八郎はどうなるのです」

鶴丸さまはそれより考えがないらしい。

「それは土屋家のさしずしだいです」

姫君はじっとうなだれてしまった。

伝八郎は土屋家の家来でも稲葉家の家来でもないのだから、土屋家の迎えの者がきて、いろいろお世話にあいなったと鶴姫を引き取っていけば、おそらくそれが一生の別れになるほかはない。

「あなたは病後だし、もう鶴丸さまになって道中をされるのは無理のようだ」

だめを押すように伝八郎がいい足す。

「あの、川の中でのこと、忘れたのですか、伝八郎は」

うらめしそうにいって、鶴丸さまはほおへみるみる血の気がさしてくる。

「忘れはしません」

それをなじられると伝八郎もつらい。けっして心にもないことを口にしたのではなかった。

「わしは姫君が好きだ。あなたのほかに一生妻は持たぬ覚悟でいる。わしの誓いに偽りはないが、しかし、それはあなたが江戸へ行って初一念を貫いてからのことだ。稲葉大膳の悪逆を取って押さえてからのことだ。今ここでわしの愛情におぼれてしまっては、そのために命まで落としている幾人かの人に申しわけがない。あなたはそうは思わぬか」

「では、では、大膳を取りおさえたら、きっと鶴を迎えにきてくれますね」

「むろん、土屋侯にたのんではみます」

が、おそらくはそれはかなわぬ望みであろう。稲葉家がつぶれるか、鶴姫が離縁になるかせぬかぎり、ともかくも鶴姫は先侯夫人なのだ。今は一介の浪人浅香伝八郎では、とうてい縁組みなど不可能と見なければならない。

聡明《そうめい》な鶴姫にはそれがよくわかっているだけに、ただ気やすめのことばだけでは満足できないものがあるのだろう。

「伝八郎、鶴は、鶴は江戸へ帰りたくない」

鶴丸さまは火のようになって伝八郎のひざへ身を投げかけてきた。

江戸へ帰れば二度と会えぬ姫君、妻とも恋人とも呼べるのは、こうして身近にいる今のうちだけだ。せめてこの現実の恋に身を焼きつくそうとして、鶴姫は義理も名分も乗りこえている。その激しい愛欲の炎に、伝八郎も思わずかっと燃え狂いそうになる心をあやうく自制したのは、自ままな恋は切り死にをした人たちに恥じるからである。義のために立って不義におちては、武士の面目がたたないからである。

「鶴丸さま、来世ということがある。いや、心さえ結ばれていれば、いつかはこの世できっと添いとげるときがくる。われわれはまず人のつとめを果たそう。わしにもあなたにも、一生に一度の恋だ。その美しい恋の花を、不義の名でけがしてはならない」

伝八郎はひざの上で身もだえしている鶴姫の背をいつまでも静かになでさすってやりながら、愛情をこめてさとしなぐさめるのであった。

「伝八郎、どんなことがあっても、鶴を、鶴を忘れてはいやです」

さめざめと泣くだけ泣いて、やがて興奮がしずまってくると、鶴丸さまはまだひざに突っ伏したまませつなげにいった。

「忘れるものか。二世も三世も、わしの妻は鶴丸さまひとりだ」

「鶴のだんなさまは、この世でも来世でも伝八郎だけ」

誓いを新たにしてから、鶴丸さまはさすがにもう二度と取り乱すようなことはなかった。

たとえどういう結果になろうとも、一度は江戸へ出て稲葉家の悪人どもと対決しなければ人のつとめがすまない鶴丸さまなのだ。それには実家たる土屋家をたよるほかはないので、伝八郎の策を入れ、土屋家へ書状を書くことになった。

書状は伝八郎から土屋家の江戸家老若尾《わかお》三左衛門《さんざえもん》にあて、事情あって鶴姫さまが国もとを脱出、再三悪人どもに襲われながら当地まできたが、不幸病に倒れているから迎えの駕籠を差し向けられたい、くわしいことはいずれ鶴姫さまから申し上げるはずだが、三日月藩稲葉家へは必ず内密にしてくれるようにと、用件だけを簡単にしたためた。

その書状を持って江戸へ急行した市松が、若尾三左衛門を供頭《ともがしら》とする迎えの駕籠を案内して帰ってきたのは四日めの朝で、江戸家老自身が出向いてきたのは、土屋家でもよほど事重大と見たからであろう。

が、三左衛門はやがて六十に近いがんこそうな老人で、なにを勘違いしているのか、鶴丸さまに対しても、伝八郎に対しても、少しも好感は持っていないふうだ。通りいっぺんのあいさつをしただけで、こっちの事情は少しも聞こうとせず、

「浅香どのにはいずれ江戸表へ到着のうえ主人よりなにぶんのごあいさつがあることと存ずる。きょうはさっそくながら鶴姫を引き取って立ち帰ります。――さ、姫君、お駕籠にお移りなされませ」

と、性急にせきたてるのだ。

「三左衛門、伝八郎を同道してはいけないのですか」

鶴丸さまが意外そうに聞く。

「それはなりますまい。浅香どのは稲葉家の御家来でも当家のかたでもございません。世間への聞こえはともかくとしても、稲葉家へ遠慮しなくてはなりませんからな」

三左衛門の口ぶりでは、伝八郎がそそのかして鶴姫を連れ出したように聞こえる。

鶴丸さまはむっとしたようだが、ここで争ってもしようがないと思いなおしたのだろう。

「伝八郎、いろいろ世話になりました。鶴は一生忘れません」

ついに予想していた最悪の場合がきたのだ。これが一生の別れになるかもしれないのである。鶴丸さまは悲しげにそこへ両手をつかえた。

「姫君、心を雄々しく持たなければいけません。伝八郎はいつも陰ながらあなたさまの御本懐を祈っております」

「たのみます、伝八郎」

万感を胸にこめた必死のまなざしがしっとり涙にうるんではきたが、さすがにその涙をまぶたの外へはこぼさず、鶴丸さまはすっと立って、庭先に待っている駕籠に乗った。

「念のため、御家老に一言申し上げておきたい」

伝八郎は隠居したとはいえ一千石公儀《こうぎ》直参《じきさん》の家がら、いざとなれば陪臣《ばいしん》ごときにへりくだる必要はない。

「うけたまわりましょう」

三左衛門はすでにわらじをはいて庭におり立っていた。

「姫君にはこれまでの道中、再三再四執拗《しつよう》な悪人どもの襲撃をうけておられる。ということは、稲葉家においては、どんな手段を弄《ろう》しても姫君を取り押さえて監禁しなければ家名にかかわる大事があるからで、いずれ真相は姫君から申し上げるであろうが、くれぐれぐれも途中を警戒されるよう御注意申し上げておく」

「たしかにうけたまわり申した。老いたりといえど若尾三左衛門、まだ腕に年はとらせぬ。その儀は御安心ありたい」

三左衛門はがんこにいいきって会釈をかえし、

「出発――」

と、供のほうへ合図した。

鶴丸さまの乗り物をまもる供の者は、士分小者あわせて十六、七人ほどで、まもなく大磯《おおいそ》街道のほうへしずしずと進みだす。

市松まいる

「おどろいたがんこおやじですね、だんな」

部屋のすみにかしこまっていた市松が、ほっとしたようにあぐらにくつろぎながらあきれた顔をした。

「あの分では、てんぐうじもこんどはたいへんだったろう」

伝八郎としても、はなはだあと味がよくない。

「なあに、あっしは人見知りはしねえから、いうだけのことはいってやりやした。恩にきせるわけじゃないが、だんなはつまり義というやつのために働いたんですからね。あっしだって変なまわりあわせで、だんなの俠気《おとこぎ》に感心したから、これでも少しは苦労していまさ。あだやおろそかに思われたんじゃ、大いにつまらねえ」

「どうだな、いくらか恩にきたようか」

「どうですかねえ。だいいち、こっちの話がわかったのか、わからないのか、あんなむっつりしたおやじも珍しい」

恩にきてもらう必要はないが、話がわからないということはないはずだ。しかし、三左衛門の態度があまで冷淡なのは、話し手が市松だから信用しないのか、なにかほかに理由があるのか、どっちかである。

いずれにせよ、ああ冷淡では、せっかく土屋家をたよっても、はたして鶴丸さまの思うように事が運ぶかどうか心もとない。いや、江戸へ着くまでの道中からして、安心できないものがあるのだ。

「市松うじ、乗りかかった船だ、とてものことにもうひと苦労買ってくれぬか」

「どうしろってんです、だんな」

「鷲沼一味の目はどこに光っているかわからん。万に一つ、死んだと思った鶴丸さまが無事に江戸へはいると、自分たちの命がなくなるのだ。わしの思いすごしなら、これに越したことはないが、たとえば土屋家へ隠密《おんみつ》を入れておくとする。市松うじがわしの書状を持って江戸家老に会い、その江戸家老が女の乗り物を用意して江戸を立つことがわかれば、稲葉藩では鶴丸さまの迎えだとすぐに見当をつけるだろう。わしはこの道中は無事にすまぬと見る」

「なるほど、こいつはありそうなことですね」

「土屋藩の連中は鷲沼の襲撃がどんなに悪辣《あくらつ》なものか知らぬから、必ずゆだんしている。とうてい鶴丸さまはまもりきれまい。きみはひそかに行列のあとを追って、事があったらすぐにわしに知らせてくれ」

「だんなはあとから来ようってんですね」

「うむ。一度じゃまにされたものが行列の近くをうろうろするのは物ほしそうだからな、半道ほどあとからついていくことにしよう」

「承知しやした。だいいち、これまで俠気を見せてきただんなを、いまさらそでにするって手はありません。こんどもしこっちの手で鶴丸さまを助け出したら、やつらに土下座させてやろうじゃありませんか」

「望むことではないが、鶴丸さまは絶対に鷲沼にわたしてはならんのだ」

「そうですとも。だんな、だんなが陰ながらついていると知ったら、鶴丸さまがきっとよろこびやすぜ」

市松はにこりとしながら縁先へ出て、今ぬいだばかりのわらじを手早く足へむすびつける。

「じゃ、ひと足先へ出かけやすよ」

「なにぶん、たのむ」

「おじいさん、おばあさん、世話になったね。いまにたくさん土屋さまからほうびをもらって、きっと届けにくるぜ」

土間でさっきからあっけにとられている弥七夫婦に声をかけておいて、市松はさっさと街道のほうへ歩きだした。日に三十里は平気な足だから、走っているとも思えないのに、たちまち田んぼ道をぐんぐん小さくなっていく。

「けど、兄貴、おれにわからねえことが一つある」

と、市松は歩きながら自問自答する。

「なにがわからねえんだ、市松」

「いったい、だんなは一度ぐらい鶴丸さまに金びょうぶをおごっているかな」

「ばかあいうな。おまえじゃあるめえし」

「そりゃまあ、相手は姫君で、だんなはりっぱな旗本の出だ。おれたちのように行儀の悪いまねはできねえだろうが、両方とも相手がきらいじゃない。それどころか、ほれあっているのはお姫さまの目を見てもわからあ。すぐ手のとどくところにいたんだし、おれはこの三晩ばかしるすにしているんだからなあ」

「よけいなこった。それより、これからお姫さまとだんながうまくいっしょになれるものやらならねえものやら、そのほうがよっぽど気がもめらあ」

街道へ飛び出して、おんやと市松は目をみはった。

前をあだっぽい女が、左手を白布で首からつった若侍を、心からいたわるようにして連れだっていく。どうもただの仲じゃなさそうだと見ながら、追いついてみてびっくりした。

「あれえ、お菊、お菊じゃねえか。なんだ、春蔵さんもいっしょか。みんなよく無事でいてくれたなあ」

あとのことばは心底から出た。忘れていたわけじゃない。二人ともあの晩どうなったろう。ことに、お菊は敵に縛られていたのを、市松はちゃんと見ていたのだ。小田原へ薬買いの行き帰りにも、それとなく耳をすまし、ときには村の人にも聞いてみた。それらしい死骸があったとは耳にしなかったから、たぶん無事には無事なんだろう。暇ができたら一度よく酒匂川の両側をさぐってみようと考えていたところなのだ。

「やあ、市松、きみも無事でいてくれたか」

春蔵がさっと目を輝かす。

「市松、いいところで出会ったわ。はじめにちゃんと断っときますがねえ、あたしはもうこの人のおかみさんになっちまったんだから、これからはお菊だなんて心やすく呼ばないでください。この人の顔にもかかわることですからね」

お菊がきっぱりと挑戦してくる。

「ふうむ。早いとこきまっちまったもんだなあ」

市松はあいた口がふさがらない。

「早いもおそいもありゃしない。あたしがあの晩縛られて、河原でおおかみ浪人たちに切られようとしたのを、命がけで助けてくれたのは、伝さんでも市松でもなかった。うらみなんかいうつもりは少しもないけれど、こんなかたわ者になるような傷までうけてあたしを助けてくれたのはこの人だった。あたしはこの人と一生そいとげて、たいせつにするつもりです。文句はないでしょうね」

「わかった。おれに文句なんかあるもんか。江戸へついたら、いちばんりっぱな金びょうぶを祝わしてもらう。約束するぜ、太夫」

敵に縛られていくのを見ながら、いわば見殺しにしているのだから、一言もない市松だ。むしろ、よく助けてやってくれたと、春蔵に礼がいいたいくらいである。

「市松うじ、鶴丸さまの安否を知らぬだろうか」

春蔵はなによりもそれが気になる。

「鶴丸さまは無事だ。安心しなせえ。といてえが、まだすっかり安心というわけにはいかないんだ」

市松はざっとこれまでのいきさつを話して、その鶴丸さまの行列をこれから追うところだとつけ加えた。

「お菊、われわれも行列のあとを追うことにしよう。できれば、途中で鶴丸さまにごあいさつもしたいし、最後の御奉公に陰ながら江戸までお供したい」

「いいわ、あたしはあんたの手足なんだもの、どこへだってついていきます」

やれやれ、こいつはかなわねえと、市松は耳がくすぐったかったが、しかしけっして悪い気持ちではなかった。

恐るべき先手

その夜、鶴丸さまの一行は藤沢《ふじさわ》泊まりであった。

病後のからだを終日駕籠にゆられて、それも楽ではなかったが、それにも増して胸に重い悩みのある鶴丸さまだった。

江戸へ行きたくないとだだをこねて伝八郎をたびたびこまらせたが、江戸へ出て憎むべき稲葉大膳と対決するのは自分の宿命である。やがては先君同様に命をねらわれているきのどくな当主、綾之助さまには弟君にあたる若之助のためにも、ぜひ心を雄々しく持って悪人どもと戦わなくてはならない。

覚悟はちゃんとできているが、今日、江戸家老若尾三左衛門の迎えをうけ、なんとなく冷淡なあつかいをうけて、はたして実家が自分の力になってくれるかどうか、妙に不安になってきた。それに、実家土屋家の当主は兄の代になっている。まだ年も若いから、老臣どもに弾圧されるとどうにもならなくなるおそれがじゅうぶんにありそうだ。

さいわい実家があとおしをしてくれ、稲葉家から悪人どもを一掃できたとして、それから自分はどうなるのだろう。この世で伝八郎とそいとげられるとはとうてい常識では考えられない。いや、場合によっては、もう一生顔さえ見られないかもしれないのだ。

――伝八郎のことは夢。

理性ではそうあきらめているが、この胸に、この肩に、いや、このくちびるにその恋しい伝八郎のうつり香がまざまざと残っている。

――伝八郎が恋しい。

そう思うともの狂おしくなってくる鶴丸さまだ。

奥座敷でただひとりぽつねんと伝八郎のおもかげを抱きしめているとき、

「御無礼いたします」

ふすまの外から声をかけて、三左衛門がはいってきた。二人きりで対座するのはこれがはじめてだ。鶴丸さまは静かにいずまいを直す。

「お耳に入れておきたいことがあってまかり出ました」

石のように堅くるしい老人である。

「なんなりと、どうぞ――」

「五日ほどまえ、たしか市松とかいう小者が書状を持参するまえの日でござった。稲葉家から大膳どのの使者がまいって、鶴姫さまにはお国もとにおいて御死去という口上でございました」

「まあ――」

思わず目をみはらずにはいられない。

「大膳は江戸へ出てきているのですか」

「その儀について、わざわざ出府されたそうです。公儀《こうぎ》へも鶴姫さま御死去のお届けはすでにすませた。が、これは表向きであって、内実は江戸の旗本浅香伝八郎と申す怪しい人物が国もとへはいりこみ、鶴姫さまをそそのかして駆け落ちをした。その責めを負って用心森田武太夫は自刃、両人は江戸へ向かった形跡があるので、ただちに追っ手をかけてあるが、いまだに行くえが知れぬ。やむなく死去ということにしたが、万一実家をたよるようなことがあったら、必ず取り押さえておいてくれるように、またほかから照会があった節は、にせ者と返事をして、ひそかに当方へ知らせていただきたいということでござった」

先手を打った恐ろしい大膳の策謀である。

「応対に出たてまえは、赤面して、返事のいたしように苦しみました。あなたさまにはお兄君、殿にもたいそう恥じ入られて、すぐに当家からも追っ手を出すようにと御立腹でございます」

「そのようなことを、お兄上もそなたたちもほんとうにしているのですか」

鶴姫はかっとせずにはいられなかった。三左衛門の口ぶりは、あきらかにこっちを詰問《きつもん》しているからだ。

「事実でないという証拠がどこにございます。あなたさまはそのようなあられもない男装をせられ、きょうお迎えにまいってみれば、たしかに浅香伝八郎という者とお二人きりの御道中の様子、なんとも嘆かわしいしだいでございます」

「三左衛門、そなたは、そなたはなにも知らぬのです」

あまりのくやしさに、鶴姫はまっさおになってからだじゅうがぶるぶる震えてきた。

「なにを知らぬと仰《おお》せられるのです」

「先君綾之助さまは、御病気ではなくて、大膳が毒殺したのです」

「なんと申される」

「それを鶴が知ったために、大膳は鶴の出府を許さぬのみか、西の屋形へ監禁して、そのうえ、そのうえ、口をふさぐために鶴を側女《そばめ》同様にしようとしました」

「――」

三左衛門もさすがに口がきけないようである。

鶴姫はおちついて話さなくてはと思った。ここで三左衛門が説得できないようでは、大膳を取って押さえるどころか、こっちが自滅させられるばかりでなく、伝八郎にまで迷惑がかかっていくのだ。

「もう一つ、鶴を監禁しなくてはならなかったのは、大膳は公儀に内密で、国もとで阿片《あへん》の栽培をしています。綾之助さまはその阿片でおからだをそこなわれ、ついにお命をちぢめられたのです。それは鶴が帰国の節同道した三宅藩の典医鈴木春山が証人になってくれます。大膳の目的は、自分の子の又一郎に稲葉家をつがせたいので、ほっておいては今の若之助さまのお命もあぶなくなる道理、それで、それで、鶴は武太夫と相談して、こんな姿で西の屋形を脱け出すことにしました。そのときの供は、早川秋作、香川東吉、矢川春蔵の三人で、みんな武太夫が選んでくれた忠義者です。浅香伝八郎とは姫路の城下はずれではじめて出会ったので、はじめからいっしょではありません」

三左衛門はむっつりとして、鶴姫の話に耳をかたむけている。まだどこか納得できかねるものがありそうな顔色である。

深夜の客

その夜、鶴丸さまはただひとりまくらについてからも、くやしくて、どうしても寝つかれなかった。

憎むべき稲葉大膳の陰謀を、目的のためには手段を選ばぬ悪辣さを今夜はくわしく説明してやったのに、若尾三左衛門はいうのである。

「一藩の老臣が、殖産をおこして藩の財政をたてなおそうと必死になっているのは、どこの藩でもおなじことで、それがなかなか成功せぬので困っているのです。それを、三日月藩はともかくも、大膳どのの力で成功した。たとえば多少そこに手段はあったとしても、公儀が黙認しているかぎり、それは他からあばく性質のものではありません。まして、大膳どのは陪臣《ばいしん》ながら、御老中松平周防守《すおうのかみ》さまと縁組みをされているくらいの器量人ですから、公儀に無断で禁制の阿片を栽培しているとしても、裏には公儀となにか特別の黙契《もっけい》がないともいえますまい。その辺のことを取り調べもせずに訴え出ると、かえって訴え出た者のほうに傷がつくおそれなしとしません」

つまり、そんなことは見ぬふりをしていればいいので、訴え出てもむだだというのである。

「先侯綾之助さまお毒死の件も、お話の様子だけでは、たしかにお毒死だと確認されるかどうか疑問です。それは鈴木春山と申す藩医が証言はしてくれましょう。しかし、稲葉藩の典医がそれをくつがえす説をたてて争うことになれば、すでに御遺骸《いがい》は葬ってしまったことであり、けっきょくは水掛け論になります」

「だから泣き寝入りにせよと、そなたは申すのですか」

鶴丸さまは思わずかっとせずにはいられなかった。

「いや、泣き寝入りにせよとは申しません。ただ、いちばん困る問題は、あなたさまはすでに稲葉家から公儀へ御死去のお届けが出ております。それをくつがえすには、あなたさまにこれこれの目的があってやむなくかような手段をお取りになったのだという証人が必要になりましょう。それを証言してくれる用人森田武太夫、道中供をしてきた早川、香川、矢川、肝心の者はみんな死んでいる。あなたさまがどう御自分の口からわたしが正しいといい張られても、諸侯の姫君にもあるまじきその男装で、浅香伝八郎という家臣でもない男と、たった二人で道中をこられた。不義、駆け落ちと汚名をきせられても、証人がいないかぎり、なんとも弁明のしようがございますまい。そうなっては、ただあなたさまの御恥辱を世間にさらすだけではなく、うしろだてをした土屋家は公儀から不届きのおとがめをうけなくてはなりません」

「証人があればいいのですか」

「それも人によりますが、たしかに名分を立ててくれる者がありますか」

「あります。明石から大坂まで船にのせてくれた明石藩の船奉行高武貞《たかたけさだ》右衛《え》門《もん》に聞いてもらえば、鶴がそのおり三人の供をつれていたことも、伝八郎が陸路をとって追っ手をふせいでくれたことも、はっきりするでしょう」

「たしかにそれは有力な証人ですな。しかし、その高武という者が、主従四人を船で送ったことは事実ですが、それがなんの道中であったかはくわしく知りません。自分はただ伝八郎のいうことを信用して乗船をゆるしただけと答えるとしたら、どういうことになりますかな」

要するに、三左衛門はなにごとも事なかれ主義で、多少大膳の横暴はみとめるが、あなたの取った手段があまりにもとっぴすぎるから、土屋家としてはどうしようもないという腹らしい。

その筆法でいけば、むりに国もとを脱出したのがよろしくない。大膳が側女になれというなら、おとなしくいうことをきいていればいいではないか、というようにもなる。

「まあ、江戸表へかえりましてから、もう一度よく殿さまとも御相談してみましょう。それまであなたさまは当分の間、品川の下屋敷に御謹慎なさらなければいけません」

三左衛門はそういって、居間へ引きとっていった。

――鶴が悪いことでもしたように、謹慎とはなにごと。

鶴丸さまはあまりの無念さに、しばらく涙も出なかった。いったい、なんのためにこんなに苦労してここまで出てきたのだろう。自分のために命まで失った家来たちや、ただ一片の義のために何度か死線を越えてくれた伝八郎に対して、まったくあわせる顔がない。

——伝八郎、鶴はどうすればいいのでしょう。たよりにしてきた実家の老臣どもがそんな卑屈な考えを持っているのでは、それをたよって稲葉大膳と対決することなど、とうてい思いもよらぬ。いや、うっかりすると、その卑屈な家来たちのために、自分は品川の下屋敷へ監禁されて、一生を生きた屍《しかばね》にされてしまうおそれさえじゅうぶんにあるのだ。

そこまで考えて、鶴丸さまはぞっとしてきた。

——そうだ、こうしてはいられぬ。

実家がたよりにならなければ、伝八郎にすがって悪人どもと戦うほかない。しかし、諸侯たる土屋家の力をもってしてさえ大膳を取りひしぐことがむずかしいとしたら、はたして伝八郎の力でうまくそれができるだろうか。鶴丸さまはまた不安になってくる。

——いいえ、できます。伝八郎は優れた男ですもの。きっと鶴の味方になって、憎い大膳を取りおさえてくれます。

たとえば、戦えるだけ戦って、それでもだめだったら、伝八郎といっしょに死ねばいいのだ。伝八郎となら、よろこんでいっしょに死ねる。

――会いたい、伝八郎に。

どうしてここを脱け出したらいいのか、いや、どこへ行ったら伝八郎に会えるのか。悶々《もんもん》として鶴丸さまは目がさえ、何度となく寝がえりをうっていた。

座敷のすみにおいてある、ほの暗い有明行燈《ありあけあんどん》の油が、じじとかすかに鳴いた。それが耳につくほど、あたりはもうしんと寝しずまっている。

ふっと、まくらびょうぶの外にだれか人のいるけはいを感じて、

「だれです」

鶴丸さまはぎょっとしながら、まくらもとの刀を取って半身を起こす。

「しっ、あっしなんで――」

びょうぶのかげから、ぬすっとかぶりの男が顔を出して、いそいで手ぬぐいを取ってみせた。

「あっ、市松――」

「しっ、――しようがねえな、大きな声を出しちゃいけやせん。あっしは今夜はぬすっとなんだ」

「よく、よくきてくれました。鶴はいま、ひとりで泣いていたところです」

鶴丸さまはうれしかった。市松がこうしてここへ来てくれるようなら、伝八郎

もきっとこの近くにいるからである。

「でござんしょうね。二人でいつけると、一人ってやつはなんとなく寝つきが悪いもんでござんしてね」

市松はにやにやわらいながら、びょうぶぎわへきちんとひざっ小僧をそろえてすわって、さすがにそれ以上臥床《ふしど》へ近づくようなぶしつけなまねはしなかった。

「伝八郎はどこにいます」

「この宿《しゅく》へきていますよ、だんなは義理が堅うござんすからね、江戸まではきっと陰ながらお送りするといっていやす。御安心なさいまし。そういってこいと別にいいつけられたわけじゃござんせんが、さぞおひとりで寂しかろうと思ったんで、ちょいとお知らせにあがりやした」

「鶴を、鶴をその伝八郎のところへつれていってください」

「御冗談で――。あっしは玄関からきたんじゃありません」

「どこからきたのです」

市松は黙って天井を指さしてみせる。

「まあ、屋根からきたのですか」

「ざっとそんな見当なんで――」

「では、鶴には少し無理ですね」

「お姫さまにぬすっとのまねはできやせん」

「伝八郎に会いたい。ぜひ会って、相談しなくてはならないことがあります。鶴は、鶴は、このままでは、家来たちに座敷牢《ざしきろう》へ入れられるようになるかもしれません」

「なんですって——」

市松はわが耳を疑うように目を丸くしたが、ふっと気がついて、

「あ、いけねえ、あっしは今夜だんなのことだけをお知らせにあがったんで、ぬすっとに長っちりは禁物だ。また明日の晩きっとうかがいやすから、そのわけは手紙にしといておくんなさい。ようござんすね」

と、いそいで手ぬぐいをぬすっとかぶりにする。

「もう帰るのですか」

鶴丸さまは悲しい顔をせずにはいられなかった。

「長っちりをして魔がさすといけません。もう消えやす。そうそう、春蔵もお菊も無事で生きていやした。ごめんなすって」

ぺこりと頭をひとつさげて、市松はひょいとびょうぶのかげへ消えたかと思う

と、それっきりもうことりとも音をさせなかった。

――伝八郎が身近にいてくれる。そして、春蔵も。

鶴丸さまはじっとびょうぶの向こうへ耳をすましながら、急に胸が明るくなったような気持ちで、いつまでも床の上へすわりつづけていた。

腹の中

市松が伝八郎にそのことを話したのは、翌朝、朝の膳についたときだった。

「だんな、ゆうべはぐっすり眠れやしたか」

「うん、よく眠った」

「薄情だなあ」

「どうしてだね」

「どうしてって、あちらさまはお肌寂《はださみ》しくて、夜っぴて眠れずにいたんですぜ。考えてみりゃ罪な話にできていやがる」

「あちらさまとはだれのことだね」

「鶴丸さまのことでござんすよ。あっしはゆうべ、おせっかいかなとは思ったが、そうじゃねえ、だんながこうして陰ながら江戸まで送っていくってことを教えてあげたら、さぞ鶴丸さまも安心するだろうと思いやしてね、真夜中じゃあったが、ちょいとごきげんうかがいにまかり出てきたんです」

いくらだんなが剣術の名人でも、このまねだけはできないだろうと、市松はいささか得意である。

「あまりあぶないまねをしちゃいかんな」

伝八郎はただあきれている。

「なあに、自分であぶねえと思ったときにゃ、けっして無理はやりやせん。自慢じゃないが、進退駆け引き、ぬすっとにも自分流の極意ってやつをくふうしているもんでさ」

「そんなものかな」

「お姫さま、ぬすっとがあっしだとわかると、とてもよろこびやしてね、どうしても伝八郎のところへいっしょにつれていけっていうんでさ。なんでも、ぜひ相談したいことがあるんだそうで、ちょいと気になることをいいやしたぜ」

「どんなことだ」

「鶴は家来たちに座敷牢に入れられるかもしれませんてんでさ。どういうわけでしょうね、だんな」

「座敷牢へ――」

これはちょっと意外である。

「よっぽどわけを聞いてこようと思ったが、ぬすっとに長っちりは禁物だ、どんな魔がささないともかぎらないんで、わけは手紙に書いといておくんなさい、あすの晩またきてきっとだんなに届けるからって帰ってきちまいましたが、どうもあっしには見当がつかねえ」

「座敷牢へな」

伝八郎はそのことばをじっとかみしめてみる。

若尾三左衛門はがんこそうな老人だったが、けっして悪人になれる人がらではないようだった。そして、今朝、姫君を迎えにきた態度は、ひどく冷淡で、なにか誤解をしているんじゃないかとさえ思われた。

しかし、どう誤解をしたところで、主家の姫君を座敷牢へ入れるというのは、あまりにも極端すぎる。

——そうか。稲葉大膳の娘は、老中松平周防守のせがれのところへ縁づいてい

る。大膳がこわいわけじゃないが、土屋家の家来どもは、ことによると老中がこわいのかもしれぬ。

伝八郎はありそうなことだと思い、もしそうなら捨ててはおけぬと、火のような義憤《ぎふん》を感じてくる。

「わかりやしたか、だんな」

「うむ、おおよそは読めるが、とにかく手紙を待ってみることにしよう。——待てよ」

藤沢から江戸へは十二里あまり、おそらく今夜は夜旅をかけても、途中では泊まらず、江戸へ急行するのではなかろうか。江戸へはいれば、中屋敷か下屋敷へ着くことになる。

「てんぐうじ、大名屋敷へ忍びこんだことがあるかね」

「ありやせんね。あんなところはただだだっ広いだけで、そのわりに金にゃなりやせんからね。どうしてそんなことを聞くんです、だんな」

「いや、鶴丸さまは今夜、江戸へはいってしまうかもしれぬ。すると、中屋敷か下屋敷ということになるからな。ちょいと手紙をうけ取りに行きにくいだろう」

「おどろきやせんよ。屋敷者は自分の家は大名屋敷だと思って安心していやすからね、かえって仕事がやりいいくらいのもんでさ」

けろりとしている市松だ。

「ごめんなさい」

廊下でお菊の声がする。

「やあ、太夫か、遠慮なくはいってくんな」

お菊が手負いの春蔵を先に立ててはいってきた。昨日はずっと別々に歩いて、旅籠も別々だったので、ふたりは伝八郎にあいさつにきたのだろう。

「浅香さん、申しわけありません」

春蔵は伝八郎の顔を見ると、小田原ではそのいいつけにそむいて大失敗をしているのだから、恥じ入るようにそこへ手をついた。

「やあ、無事でいてくれてなによりだった。太夫を助けてくれてどうもありがとう」

伝八郎は心から感謝するように春蔵に会釈して、

「太夫――」

と、あらためてお菊のほうを向いた。

「わしはきみが敵の手におちたのを知っていながら、ついにどうすることもできなかった。深く恥じ入る。許してください」

あのときは、大の虫を助けるために小の虫は見殺しにするほかはなかった。むろん、その覚悟で鶴丸さまのほうを先にしたのだが、すまぬという気持ちはそのときから肝に銘じている伝八郎なのだ。

「あら、いやんなっちまうな」

ふいに伝八郎に両手をつかれたお菊は、思いがけなかったのと、ほんとうはいやみの一つぐらいいってやる気で乗りこんできたのだが、あっと目をみはりながらどぎまぎして、

「もういいんです。そんなこと。あたしはこうしてこの人に助けてもらったんですもの」

と、自分もそこへ両手をついている。

「春蔵君、傷のほうはどうだ」

「実は、それなんですがねえ、伝さん。この人の肩の傷、まだあんまりよくないんですけど、この人はどうしても鶴丸さまにお目通りしたいといってきかないんです。そりゃお目どおりするのはかまわないけど、そうなれば義理でも江戸まで

行列のお供にはいらなけりゃなんないでしょう。あたしがついていなけりゃ、まだ御飯だって満足にひとりじゃたべられないのに――」

「へえ、おかみさんおまんままで養っているのかえ、貞女だなあ」

そばから市松が感心したようにちょいと横やりを入れる。

「あたりまえでしょ、たいせつな御亭主なんだもの。そんなにやかないでもらいたいわ」

「やきゃしません。ちょいと水をさしただけなんで」

「ぶんなぐるから――。ええ、あたし、なにをいっていたんだっけな」

「わかった、太夫」

伝八郎はおだやかに微笑して、

「つまり、お目通りはかまわないが、行列には加わってもらいたくないというんだろう」

と、口をそえてやる。

「そうなんです。それに、鶴丸さまはもう御実家へ引きとられたんだし、この人は左手がこんなになっちまったんですから、もうこれっきり侍はやめてもらいたいと思うんです」

思うことはなんでもさばさばといってしまわなくては気のすまないお菊である。

「なるほど――」

聞いているうちに、伝八郎はふっと考えたことがある。

「太夫、こうしてはどうだ。今日の鶴丸さまの中食《ちゅうじき》は、たぶん程《ほど》ガ谷《や》か神奈川あたりだと思う。その中食所へ行って、二人でお目通りを願い、鶴丸さまに春蔵君のお暇を願う。春蔵君は道中じゅうぶんつくすだけはつくして、このとおり傷をうけているのだから、必ずお暇が出るだろう」

「そうでしょうか」

「ただな、鶴丸さまはどうも実家からあまりたいせつには扱われていない節がある。ことによると、家老の若尾三左衛門という老人がいやなことをいうかもしれぬ。そのときは遠慮はいらぬから、こっちもいいたいだけのことをいってくるがいい。その結果をわしに報告をしてもらいたいんだが、どんなものだろうな」

「どうして、伝さん、鶴丸さまは御実家からたいせつにされないんです」

「つまり、出もどりのやっかい者が、やっかいな問題をかつぎこむんだ、家来としては迷惑なんだろうな」

「だって、それじゃ鶴丸さまがあんまりかわいそうじゃありませんか」

「われわれはそう思う。それが当然な人情なんだが、大名の家来などという者は、とかくお家たいせつが先に立って、人情などはあとまわしにしたがるものなんだ」

「ようござんす。もう少しでもそんなふうが見えたら、あたしは承知しない。鶴丸さまのために、きっと啖呵《たんか》をきってやるからいい。ねえ、あんた」

今はなんでも春蔵に相談しなければ気がすまないように、お菊は人前などかまわず男のひざへ同意を求める。

「うむ」

春蔵はおとなしくうなずきながら、腹の中ではなにかじっと思案しているようである。

程ガ谷の宿

その日、鶴丸さまの一行は五ツ（八時）まえに藤沢を立って、中食は程ガ谷でとることになった。

まるで冷たい他人の中で、しじゅう監視でもされているような鶴丸さまは、すっかり気がめいってしまい、ゆうべ市松がきてくれたことさえなんだか夢のようにはかなくなってくる。

それが夢ではなくて、たとえ市松がいうとおり伝八郎が陰ながら行列についてくれるにしても、こう家来たちの目が光っていてはどうすることもできないのではないだろうか。むしろ、これが敵なら、切りこんででも助けにきてくれるという望みが持てる。なまじ実家の家来たちだけに、伝八郎としてもどうしてくれようもないだろう。

――けっきょく、鶴はこのまま下屋敷へつれていかれて、望みもとげられず、伝八郎にも会えずに、一生を終わるのかもしれない。

そう考えると、鶴丸さまは恐ろしくて、気が狂いそうになってくる。

今から考えてみると、取る道はただ一つあった。それは、ゆうべ市松といっしょに宿を脱け出して、伝八郎の胸の中へ飛びこんでいけばよかったのだ。

が、今ではもうそれもおそい。自分の駕籠は冷たい家来たちの監視の目にまもられて、今日中に江戸へはいることになっているのだという。

胸に激しい苦悶《くもん》のある鶴丸さまは、ほとんど中食には箸をつけなかった。

「どうかなされましたか」

　さすがに三左衛門が見かねて聞いたが、

「ほしくありません」

　と返事をすると、

「いけませんな」

　そうひとこと冷淡にいっただけで、むりにもあがりなさいとも、どこかお悪いのですかとも、そんな心づかいはけっしてしてくれなかった。

「申しあげます。ただいま稲葉家の矢川春蔵と申す者が、お菊という女といっしょに表へまいりまして、鶴丸さまにぜひお目通りいたしたいと申していますが、いかが取り計らいましょうか」

　庭先から供の小者が取り次いできた。

「なに、矢川春蔵――」

　三左衛門がうけて、じろりと鶴丸さまの顔を見る。

「庭へ通しなさい」

　鶴丸さまは思わず目を輝かして、そういいつけてから、

「国もとから森田武太夫がつけてよこした家来です」

と、三左衛門に告げた。

「菊という女は何者ですな」

「道中何度も鶴の命を助けてくれた者です」

三左衛門はなにか異存を出しそうだったが、すでに小者が表へ案内に立ってしまったあとなので、

「きょうじゅうにぜひ江戸へはいらなければなりません。長くはいけませんぞ」

と、苦い顔をしていた。

供侍はみんなわらじのまま廊下へ腰かけて、いま中食を終わったところだった。

そのくつぬぎ石の前まできた春蔵は、左手を痛々しく白布で首からつり、お菊につきそわれて、はっとそこへ右手を突いた。

「春蔵、無事でいてくれましたか」

つかつかと廊下まで進み出た鶴丸さまは、あまりのなつかしさについ目がうるんでくる。

「鶴丸さまにも、御無事で、春蔵心からおよろこび申し上げます」

「そなたはけがをしましたね」

「はい」

「大事ありませぬか」

「軽傷でございます。このとおり右手はまだ使えますので、ただいまからお供させていただきます」

あら、それじゃ約束が違うわと、お菊がそばからにらんだとき、

「菊、そなたも無事でけっこうでした。春蔵がさぞ世話になったことでしょう。鶴からも礼をいいます」

と、鶴丸さまが声をかけて、ていねいに会釈をした。

「いいえ、菊こそこの人にあぶないところを助けてもらいました。御無事なお顔を見て、こんなうれしいことはござんせん。及ばずながら、菊もこの人といっしょに、今日からまたお供させていただきます」

鶴丸さまの心からのうれしげな顔を見ると、お菊もころりとその気になってしまったのだ。

「かたじけなく思います」

急にさしうつむいた鶴丸さまの目にきらりと涙の光ったのを見ると、お菊は女の敏感さから、ああ、伝さんのいったとおり、鶴丸さまはこの人たちからもじゃま者あつかいをうけているんだなと、すぐぴんときた。

「これこれ、両人の者、その志は過分だが、姫君はすでに御実家土屋家でしかとおあずかり申し上げたのじゃ。この上の供にはおよばぬこと、その儀はかたく断りおく」

三左衛門が迷惑だといわぬばかりに横から口を出した。

「三左衛門、春蔵も菊も、大膳と対決するおり、鶴の証人になってくれる者たちです。まして、春蔵は稲葉家からつれてきた鶴の家来、どうして供をさせては悪いのです」

たまりかねて、鶴丸さまが抗議する。

「姫君、稲葉家と対決などと申すことは、ここで軽々しく口にしてはなりません。それは江戸へ帰ってもう一度よく取り調べてからのことです」

三左衛門はぴしりと頭から出てきた。

「ちょいと、そこの御家老さん」

お菊が承知しない。

「こら、女、御家老さまに対して、そんな口をきいてはいかん」

供侍がびっくりしてたしなめる。

「だから、あたしはちゃんと御家老さんと呼んでいるじゃありませんか。あんたがたはちょいと黙っていてくださいな。——そこの御家老さま」

「なんだ」

「あなたさまは鶴丸さまの御実家、土屋さまの御家老さまでござんしょう」

「そうじゃ」

「では、鶴丸さまはあなたさまのお主筋にあたるかたですね」

「うむ」

「失礼でござんすが、あたしはこの道中、稲葉家の悪党鷲沼郷左衛門という大膽さんの弟だとかいうやつが、自分の手下をつれて鶴丸さまを追いかけてきて、忘れもしない石部の宿《しゅく》では、あろうことかその郷左衛門が鶴丸さまを縛りあげてあわや手ごめにしようとするところを助けてあげたこともあるんです。してみれば、あたしは鶴丸さまの命の恩人ということになりゃしませんか。いいえ、こんなことなにも恩にきせるんじゃござんせん。お主さまの恩人に対して、たったひとことぐらい、世話になってありがたかったとお礼をいうとなにか損でもなさるんですか。それとも、あなたさまは、鶴丸さまは出もどりのやっかい者なんだから、どうなったってかまわない、そういう腹でおいでなさるんですか」

「黙れ黙れ、よくしゃべる女だ」

聞きかねて、供侍のひとりが頭からどなりつける。

「当家には当家の作法というものがある。はたからそんな口をきくやつがあるか」

「へえ、作法がねえ」

お菊は三左衛門が内心赤面しているのを見たし、供侍はその場を取りつくろうつもりでわざとどなっているのだともわかったから、

「お家の御作法とおっしゃるならしようがありません。けど、あたしが今いった悪党どものことはほんとうなんですからね。ようく心にとめておいて、ゆだんしないようになさいまし。春蔵さん、お供は断られたんですから、ひとまず帰りましょうよ」

と、春蔵をさそった。こう威勢よく啖呵をきってしまっては、この人たちもいまさら供にしづらいだろうと考えたからである。

「鶴丸さま――」

春蔵があらためてそこへ手をついて、

「国もとから決死の覚悟でお供してまいった早川秋作、香川東吉の両人は、悪人のためについに切り死にをいたしました。残っているのはてまえひとりでござい

い。てまえはいつなりと必ず命を投げ出してお家のためにお役にたつ決心でいますから、その時節がまいりましたら、どうぞお呼び出し願います。また、場合によりましては、同志をつのりまして、あなたさまの御迷惑にならぬよう、必ず悪人と戦うことにいたします。この儀もお含みおきのうえ、なにとぞ御自愛願い上げます」

と、これは土屋家の家中に聞かせる決意だった。

「たのみおきます」

世にもうれしげな鶴丸さまの顔である。

「それでは、これにておいとまつかまつります」

「もう行きますか。傷をたいせつにしてくれますように」

「はい。――いずれさまも失礼いたしました」

「鶴丸さま、とんだおさわがせをしてあいすみません。おいとまいたします」

お菊もそばから頭をさげて別れを告げる。

「菊、春蔵をたのみます」

「はい。あなたさまもおからだをたいせつにしてくださいまし」

「ありがとう。気をつけて行きなさい」

「皆さま、ごめんくださいまし」

お菊は一同にあいさつをして、

「さあ、行きましょう、あんた」

と、春蔵の手を引かんばかりだ。

どうしてもただの仲とは見えない二人のうしろ姿をじっと見送りながら、鶴丸さまは胸の中があたたかくなりながらも、ふっと伝八郎のおもかげがまぶたにうかんで、寂しい気がせずにはいられなかった。

鈴《すず》ガ森《もり》

鶴丸さまの駕籠をまもる土屋家の行列が川崎の宿でしばらく休息を取り、六郷《ろくごう》川の渡しをわたったのは日の短いころだからすでに夕暮れにかかっていた。

川崎から品川へ二里半、ひと足ごとに日は暮れいそいで、行列が高輪《たかなわ》の下屋敷へはいるのはおそらく宵すぎになるだろう。

――とにかく、めんどうなことになった。

駕籠のすぐうしろからむっつりとついていく若尾三左衛門は、胸も足も重かった。

稲葉大膳が国もとで相当横暴な藩政を取り、まだ女夫《みょうと》のまじわりこそなかったが、先侯の未亡人たる鶴姫の美貌に目をつけて側女同様にもてあそぼうとしたなどは、武士として三左衛門もけっして好感は持てない。

先侯綾之助さまが毒死だということも、それを鶴姫さまが自分で口にするからには、たぶんそれらしい形跡はあったのだろう。

が、要するに、それは他藩のことなのだ。たとえ大膳の横暴をあばいて三日月藩を取りつぶしてみたところで、土屋家にとってはなんの得にもならない。しかも、大膳には老中松平周防守といううしろ押しがついているのだから、へたをするとよけいな出費をしたうえに、逆を取られるおそれさえあるのだ。

だからといって、現在生きている鶴姫を表面死去として公儀へ手つづきまですまし、裏では不義駆け落ちの汚名を押しつけてその口をふさいでしまおうというやり方は、あまりにもこっちを踏みつけている。

事実、姫君がそういう不行跡を働いているのなら泣き寝入りするほかはないが、それが大膳のおのれの非行を糊塗《こと》する手段だとすれば、これだけは土屋家の面目として黙ってすますわけにはいかない。

——さっきはあの女めにみごと一本やられているでな。

三左衛門はお菊の啖呵を思いだして、我ながら苦笑するのだ。けっして冷淡にするつもりではなかったが、姫君の行動があまりにもとっぴすぎたのと、大膳のほうの話の持ちこみ方がすこぶる巧妙だったので、ついそっちを信用して、しらずしらず姫君のほうがやっかい者あつかいになっていた。年がいもないことだと思う。

——あやまるべきところは三左衛門、だれにでも頭をさげるだけの雅量《がりょう》は持っているつもりだが、問題は大膳だ。

はたして、こっちの抗議にいさぎよく頭をさげるかどうか、うっかりつかまえそこなうと、いやでも刺しちがえるところまで行かなくてはならない。

——では、泣き寝入りにするか。

一藩の老臣として、三左衛門は大膳よりそのうしろについている老中の大きな勢力を恐れないわけにはいかないのだ。

こうして、行列は十日ばかりの月かげを踏んで、鈴ガ森へかかってきた。この辺はずっと松原つづきで、右手はすぐそこに海をひかえ、有名な刑場のある寂しいところだ。

「無礼者、名を名のれ」

突然、先供の侍の絶叫が聞こえた。見ると、行く手に数人のくせ者が抜刀してあらわれ、

「えいっ、とうっ」

ものもいわず切りかかってくるので、

「おのれ」

味方も必死に抜きあわせて、たちまち乱闘になる。

「あっ、ゆだんするな」

「それっ」

後ろからも伏せ勢が立って襲いかかったらしく、味方の怒号と刃《やいば》の音がまきおこる。

――しまった。稲葉のまわし者だな。

はっと三左衛門が気がついたときにはすでにおそく、

「とうっ」

「えい」

覆面《ふくめん》の伏せ勢がそこからも四、五人立って、火の出るように三左衛門に切りかかる。

「おのれ」

三左衛門は抜きあわせて、引っ払い、なぎたてながら、

「ものども、ひくな」

さすがに大将の責任があるから、大声に味方を激励する。が、それも二声とはつづけられぬほどの猛烈な急襲で、前後左右から息もつかせず切りたててくる。

――駕籠のそばを離れてはならん。

そうは思うのだが、歯をくいしばってこの乱刃から身をまもろうとすれば、ただ敵を切って出る一途しかない、前へ前へと踏みこみ敵を追ううちに、いつか松林の中へ誘いこまれている。三左衛門だけではなく、土屋藩の供侍はみんなそうなのだ。

それが今夜の鷲沼郷左衛門の戦法だったのである。

往来に置き捨てられた鶴丸さまの駕籠は、いつか覆面ふたりにかつがれ、郷左衛門と雉子村剛助がついて、乱刃の中を品川宿のほうへ走りだしている。

「うまくいきましたな」

走りながら雉子村がいった。

「うむ。しかし、まだゆだんはできん」

郷左衛門は八方へ気を配りながら走る。

「こんど失敗すると、おまえが腹を切っただけではすまんぞ」

出がけに、兄大膳からじろりとにらまれてきているのだ。数度の失敗について は、一言も叱責をうけていないだけに、今夜はなんとしても鶴姫を手に入れて、兄のみやげにしなければ身が立たないのだ。

「あっ」

やがて鈴ガ森を出はずれようとしたとたん、どこからかつぶてが風を切って飛んで、前棒の覆面がくんとひざを突いた。

「何者——」

郷左衛門と雉子村がぎょっとして柄《つか》に手をかけながらあたりを見まわす目の前へ、

「郷左衛門、浅香伝八郎だ、抜け」

木かげからつかつかと進み出た伝八郎が、名のりをあげて、さっと抜刀した。

「雉子村――」

とっさに郷左衛門が叫ぶ。

ひきょう者め、まだ雉子村をたよりにするかと思ったのは伝八郎の思い違いで、雉子村は言下に駕籠のほうへおどりかかっていく。万一の場合は、鶴姫を刺し殺す手はずになっているのだろう。

「うぬっ」

はっとして伝八郎がそっちへ追いうちをかけようとしたのと、

「えいっ」

抜きうちに郷左衛門が伝八郎に切りかかったのと、

「ちくしょうっ」

ばらばらと走りでたお菊が雉子村の顔へ五寸くぎをたたっこんだのとがほとんどいっしょで、

「わっ」

雉子村はがくんとそこへひざをつき、伝八郎は危うく飛びさがって鷲沼の一刀をかわすだけはかわした。

が、さすがに郷左衛門は直心影流《じきしんかげ》のつかい手だけに、疾風の太刀さばきで、息

もつかせず、

「おうっ」

二の太刀がもう伝八郎の頭上へ大きくのしかかってくる。はじめに雉子村のほうへ気を取られた一瞬の呼吸のくるいがあるので、伝八郎はまだ立ち直りきれず、必死に引っ払って飛びちがえる。

「うぬっ」

くるりと向き直った鷲沼は、あせって、またしても三の太刀を大きくふりかぶった。

「とうっ」

そのすき、向き直った鷲沼と同時だったが、飛びちがって足が地についたときやっと息を取りかえしていた伝八郎は無類の早わざの持ち主だ、相打ちを覚悟で、敵のふりおろす白刃の下へからだごと猛烈な捨て身の突きを入れる。

「あっ」

鷲沼は愕然《がくぜん》として身をかわしたが、かわしきれず、右肩をぐすと貫かれて、よろよろとうしろへよろめき、そのままどっとしりもちをつく。

立てばもう一撃と、伝八郎はその前へ上段の構えを取ったが、郷左衛門の右腕はつけ根をやられてだらりとさがったままで、すでに戦闘力を失ってしまったようだ。

憎いやつだが、生かして今後の証人にしなければならぬ。刀をひいて、ほっとしながら見まわすと、駕籠をかついでいたくせ者ふたりはつぶてにやられ、雉子村はお菊の五寸くぎと春蔵の一刀に切り伏せられたのだろう、四人が四人ともそこへぶっ倒れ、青い顔の鶴丸さまがそのお菊と春蔵にまもられて駕籠のそばに立っていた。

「一同、無事か」

「無事でござんすよ」

返事をして、松の枝からひらりと飛びおりたのは市松だ。

「伝八郎――」

鶴丸さまが悪夢からさめたように目にいっぱい情熱をたぎらせながら、ふらふらとこっちへ走りよってくる。

いわい酒

その夜、高輪の高台にある土屋家の下屋敷では、おそくまで書院の灯が明るくにぎやかにともされていた。

別室では、士分は士分どうし、小者は小者どうし、無事に江戸へ着いた祝いの膳が出て、ことに鈴ガ森の大難を事なく切りぬけてきたばかりだから、めいめいてがら話に酒がはずんでいた。

書院では、鶴姫を正面にすえ、若尾三左衛門の取り計らいで、長い道中苦労を共にした伝八郎、春蔵、お菊、市松の四人が水いらずで祝膳についている。今夜の姫君は、もう鶴丸さまの男装ではなく、旅のほこりをきれいにふろで流して、打ち掛け姿もしとやかに、目もさめるような鶴姫さまにかえっていた。

「おきれいでござんすね、だんな。こうしているところは、まったく芝居のお姫さまそっくりだ」

市松は心から感心したようにしげしげと見とれている。

「市松、それ少し変じゃない。鶴丸さまはほんとうのお姫さまなんですからね、芝居のお姫さまそっくりてのはないでしょう」

お菊がわらいながらたしなめる。そのお菊も、ふろをもらって、これはこれなりにみずぎわだった女ぶりになっていた。

「おっと、太夫、おめえこそその市松呼ばわりは失礼だろうぜ。おれはおめえの亭主ってわけじゃねえんだからな」

「あら、ごめんなさい。ついうっかりしちまった。ねえ、市松にいさん、もう江戸へ着いたんだから、ほんとうにあたしたち夫婦に金びょうぶは祝ってくれるんでしょうね」

「あれえ、ころんでもただは起きねえあねごだ」

そういういつもの口げんかも、きのうまでと違って、今日はうきうきとしている。

「いや、太夫、わしもあねご太夫には礼をいわなければならん。程ガ谷の宿では、よく啖呵をきってこの老人をしかってくれた。心から赤面しておる」

律儀な三左衛門があらためて礼をいう。

「おお、恥ずかしい。ごめんなさい、御家老さま」

お菊は赤くなって、いそいで両手を突く。

「春蔵にも、市松にも礼をいいます」

「どういたしやして」

市松はうれしそうに頭をかき、春蔵はていねいに会釈をかえした。

老人が伝八郎にはあらためて礼をいわなかったのは、――鈴ガ森で、くせ者どもはさすがに土屋家の家来を切る意志はなかったらしく、いいかげんにじゃまをしておいて、さっと引きあげていった。だから、多少けがをした者はあったが、味方にひとりの死者も出なかったのだが、すでに鶴姫の駕籠は奪い去られている。三左衛門ははじめて身をもって稲葉大膳の悪辣さを思い知らされ、歯がみしたが追いつかぬ。

ともかく、いちおう屋敷へたちもどったうえ、善後策を講じてはと、供頭《ともがしら》たちは口々になだめてくれたが、こうまでたくらんで姫君を強奪していった敵が、どう善後策を講じてみたところで、二度と無事に返してよこすはずはない。無念ながら、三左衛門は行列の責任者として、その場で腹を切る覚悟をするほかはなかった。

そこへ、伝八郎の一行にまもられて鶴丸さまが無事にもどってきたのだ。

「かたじけない」

三左衛門はひしと伝八郎の手を取って、人目もなく老いのほおへ涙を光らせずにはいられなかった。

「——あれほどおんみに忠告されていながら、まったく老人の不明不覚、深く恥じ入ります」

「そこへお気づきでしたら、われわれに礼も感謝もいりません。どうか、鶴丸さまの身の立つようにしてあげてください」

「三左衛門、誓って今夜死ぬべき命を姫君のためになげうちます」

それを老人は一同の見ている前で誓い、伝八郎への感謝はそのときすんでいるのだ。

「春蔵うじ、きみはよく片手で雉子村を倒したな、泉下で早川と香川がきっと喜んでいるだろう」

伝八郎がねぎらうように春蔵にいった。

「半分菊に助けてもらいました」

正直にいって、春蔵は顔を赤らめる。

「あたしは夢中だったんです。ねえ、伝さん、雉子村のやつはほんとうに鶴丸さまを刺す気だったんでしょうか」

「その気だったんだろうね。かれらは極悪人だから、いざとなるとなにをやるかわからない」

「菊にはたびたびあやういところを助けてもらいました。鶴は一生忘れませぬ」

姫君が感謝にみちたまなざしを向ける。

「あら、あたしなんか――。鶴丸さまをほんとうに助けたのは伝さんです」

が、鶴姫はちらっと伝八郎を見ただけで、礼のことばにしようとはせぬ。口にいいつくせぬせつなさのほうが胸いっぱいにあふれているのだろう。

「あっしも鶴丸さまをおんぶして歩いたことがあるんですがねえ」

市松がそらっとぼけた顔を向けた。

「市松、忘れてはいません」

鶴姫は寂しくほほえんでみせる。

「ありがとうござんす。およろしければ、またいつでもおんぶしてさしあげやす」

話はそれからそれへと尽きなかったが、旅の疲れもあるので、ほどよく切り上げ、一同はそれぞれ部屋をもらってまくらにつくことになった。

「だんな、鶴丸さまはさびしそうでごさんすね」

一つ部屋にまくらをならべながら市松がぽつんといったが、伝八郎は返事をしなかった。

「お菊と春蔵があんまり仲がよすぎるんだ。明日しかってやらなくちゃいけねえ」

市松はほんとうにそう考えているようだ。

翌朝、三左衛門は伝八郎を別室へ招いて、ふたりだけであらためて善後策を協議した。

「浅香さん、取る道は二つあると思う。一つは事件を公儀へ訴え出て正面から取り組むか、一つはまず大膳にじかにぶつかって善処させるか、いずれを取ったものかな」

「公にぶつかると稲葉家が断絶するかもしれませんな」

「それだ。大膳一味はどう考えても憎いが、主家が断絶すると、路頭《ろとう》に迷う犠牲者がたくさん出る。なるべくそれは避けたいが、じかに大膳にぶつかって、はたして彼がすなおにかぶとをぬぐかどうか、その辺はどうだろう」

「敵は姫君死去という残酷な手段を取って口をふさごうとしている。こっちはその裏をかいて、姫君の遺書というのにものをいわせてみてはどうでしょう」

「なるほど、遺書か。遺書に罪状を列挙して突きつけ、善処しなければ公裁にかけると出るか」

「多少危険はあるかもしれませんが、御老人が矢面に立つお覚悟なら、拙者が介添え役をつとめましょう」

「まずふたりで乗り込んでみるか、おもしろい。ともかくも、上屋敷へもどって、いちおう殿にも申し上げてみよう」

相談は一決した。もし、ふたりで稲葉家へ乗りこんで、切り死にでもするはめになれば、事は自然公になるから、後ろだてに老中がついていようといまいと、大膳の悪事は根こそぎあばかれることになるのだ。

小川町の土屋家上屋敷へ向かうまえに、三左衛門といっしょに姫君の居間へ別れのあいさつに出ると、

「なにぶんたのみおきます」

姫君は三左衛門に頭をさげてから、

「伝八郎、また会えますか」

と、今は深沈たるまなざしに燃えあがる恋の炎をかくしきれないようだ。

「たぶん、お目にかかれるかと存じます」

口では答えたが、伝八郎は負けても勝っても、これが今生《こんじょう》の別れと腹をきめている。とうてい現世ではかなわぬ恋、まして敵方からは不義駆け落ち相手と誹謗《ひぼう》されている身だ。なまじ顔を見せてかいなき悩みを深くするより、おたがいに青春の夢のひとこまとして、記憶のかなたに美しい恋をしのびあう、そのほうが賢明な道なのだ。

「きっとですよ、伝八郎。必ずもう一度まいってくれますね」

ことによると、二度と会えぬ、そういう予感は鶴姫にもあるのだろう、必死に念を押して、涙さえうるませていた可憐《かれん》なおもかげをまぶたに焼きつけて、伝八郎は姫の前をさがり、あとを市松たち三人に託して、三左衛門とともに馬で上屋敷へ向かった。まだまだ早い朝のうちのことである。

舌　戦

若い土浦藩主土屋采女正《うねめのしょう》は、若尾三左衛門から鶴姫出府の真相を聞きとると、

「奇怪《きっかい》な話を耳にするものだ。三左衛門、それではあまりにも鶴姫がふびんである。家名にかけても、稲葉家へしかと掛け合ってまいれ」

と、激怒して命じた。

「はい。必ず当家の面目をたててまいります」

三左衛門も今日は死ぬ覚悟をきめている。

「伝八郎、なにぶんたのみおくぞ」

「お任せおき願います」

日が延びては、奸悪狡智《かんあくこうち》の大膳のことだから、またどんな悪辣な手を使ってくるか計り知れない。どうせ乗りこむなら、主人の許しがありしだい今日のほうがいいとすでに相談をきめてきたのだから、即座に三左衛門は釆女正の使者、伝八郎は介添え役として、牛込御門うちの稲葉家の上屋敷へ駕籠で乗りこむことになった。三左衛門と伝八郎が稲葉家の使者の間《ま》へ通されたのはやがて八ツ（二時）すぎである。それから二人は小半刻《こはんとき》（一時間）あまり待たされた。

大膳のほうでも、昨夜の失敗があるから、土屋家からなにか掛け合いがあるだろうとは、すでに覚悟しているはずだ。それをこんなに待たせる。わざとこっちをおこらせておいて、ことばじりをとる気だなと見抜いたから、伝八郎は三左衛門と顔を見合わせてうなずきあい、のんびりと待っていることにした。

「やあ、これはこれはお待たせ申した。あいにく御老中から使者がござってな、御用談に思わぬ手間取ったものでござるから」

大膳は座につくなり、御老中をふりまわす。五十を二つ三つ越した年配で、でっぷりと贅肉《ぜいにく》がつき、見たところは非常に柔和な顔をしている。

「いやいや、いろいろ御多用でござろうからな」

三左衛門はおだやかにうけて、

「今日、主人采女正の使者として参上いたしたのは、先日御当家から死去のお知らせをうけました鶴姫さまから、このたび主人あてに遺書がとどきましてな、いちおう大膳に見せえという主人おおせつけにて持参いたした。どうぞ御拝見ねがいたい」

と、ふくさづつみにしてきた書状をそのまま気軽に大膳の前へすすめた。

「それはそれは、ごていねいなこと、たしかにお預かりいたしおきます」

「いや、その遺書には返事がいる。しかと御返事をうけたまわってまいれと、かよういいつけられてまいりました。ぜひ、この場で、いちおう御拝見ねがいたい」

「さようか。しからば、失礼して——」

むろん、その遺書がにせもので、中になにが書いてあるか、およそ想像はついているだろう。それを平気で取りあげて読みだす大膳は、さすがにいい度胸である。

遺書は、大膳の非行を箇条書きにして、鶴姫が三日月の城下を脱出してから昨夜鈴ガ森にいたる道中数度の危難を列挙して、采女正に訴えている形式を取っている。

「この遺書を書いた鶴姫さまの御死去は、いつごろのことかな」

大膳は読み終わった遺書をゆっくり巻きながら、なにくわぬ顔をして聞く。

「異なことをうけたまわる。鶴姫さま御死去のことは、先日御当家から当方へ通知がござったはずだが——」

三左衛門は正直に答えた。

「すると、この遺書は鶴姫さまの幽霊が書いたことになる。いったい、何者がこんなばかげたものを土屋家へ持ちこんだのかな」

じろりと伝八郎のほうをにらむ。大膳としては、たかが素浪人ごときと見くびったのだろうが、実はそれを待っていた伝八郎だ。

「拙者が生きている幽霊からたのまれて土屋家へとどけました」

「そのほうだな、浅香伝八郎と名のるふらちな旗本くずれは」

「拙者のどこがふらちといわれるのか」

「そのほうは鶴姫さまをそそのかして家出を誘ったうえ、かような児戯《じぎ》に類する遺書などを作って土屋家へ持ちこむ。察するに、金子《きんす》でもかたりとろうという下心であろう。三左衛門どの、こんな男のいうことをうっかり信用すると、かえって幽霊の不義不倫があかるみへ出る。当方では、この男が鶴姫さまとどんな旅をしてきたか、いちいち取り調べてあるのだ。御承知かな」

大膳の取る手段は、あくまで鶴姫に不義不倫を押しつけて、その口をふさぐ以外にないのだろう。

「いや、かような遺書でも公儀へ届け出れば、稲葉家の家名は断絶する。それでは禄《ろく》に離れて路頭に迷う多くの家来たちがきのどくだから、あなたに善処を希望するのだ。熟考されてはどうか」

伝八郎はわざと高飛車に出た。

「よまいごとを申すな。こんなたわいのない作りものなど、公儀が取り上げるかと思うか。そのほうごとき浮浪の徒に恐喝《きょうかつ》されて恐れ入るような大膳ではない。

つまらぬまねをして、いたずらに公儀を騒がせると、そのほうの身が破滅するばかりでなく、迷惑は土屋家にまで及ぶぞ」

「あなたは少しも反省されないようだな。鶴姫さまはすでに生きて無事に土屋家に引き取られているのだ。あなたの負けではないか。あなたは鶴姫さまの口を恐れるから、追っ手をかけてたびたび鶴姫さまをなき者にしようとした。最後には生きている先侯夫人を死去にこしらえて、公儀まで偽っている。この一事が知れても、あなたの身は立たないのだ。あなたは一藩の老臣として、わが身をかばうためには主家が滅亡してもかまわぬと考えていられるのか」

「黙れ黙れ。先侯夫人の不義不倫を世に知られたくないと思えばこそ、御老中さまに内々おすがりしてまで、取るべき手段を取り、事を穏便にすまそうと計ったのだ。そのほうごとき身軽な素浪人に、一藩をおさめる者の器量が忖度《そんたく》できてたまるか。土屋家の恥辱をあかるみへ出して世のわらいを買っていいというのなら、この遺書を公儀へ持ち出してみよ。大膳引きうけて、必ずいちいち申し開きをしてみせよう」

大膳は最後の大みえをきったが、そのきった相手が少し見当ちがいであった。いや、むしろ大膳ははじめから伝八郎を相手にしないほうがよかったのだ。あくまでも伝八郎を不義者として無視し、土屋家の名代たる三左衛門にこれだけの大みえをきれば、三左衛門には主家の責任があるから、ともかくもその場はいちおう黙って引きさがるほかはなかった。

が、その責任のある三左衛門は、いま静かに両者のいうことを聞いていればいい批判の位置に立っている。

伝八郎は身が軽いから、どんなことでもいえるし、大膳の大みえなどかかしほどにも恐れる必要はない。

「よろしい、あなたが公儀における御老中の勢力をそれほど過信して、あくまでもおのれの非を反省せぬというなら、当方もまた取るべき手段がある。この遺書は大奥の手を通じて将軍家の内覧に入れましょう」

「なにっ」

「将軍家にはまた隠密という組織がある。そのほうの調べと、この遺書とを対照されれば、事は一目瞭然《いちもくりょうぜん》だ。しかし、当方としては稲葉の家名断絶をよろこぶものではない。だから、穏便にあなたの反省善処をうながしているのだ。鶴姫としても、お家のためならば生きている幽霊の儀はいかようにもしのぼうと覚悟されている。それらのことを思い合わされて、よろしく御熟考ありたいと思う」

大膳はさすがに返答に窮したらしく、黙念《もくねん》として答えぬ。

「大膳どの、今日は主人内々の使者、それなる遺書をお目にかければ使者の役目はすむ。われらはこれにて失礼つかまつる」

切りあげどきと見たから、三左衛門が救いの手を出した。

「さようか、御自由になされい」

にがりきっている大膳だ。

ふたりが稲葉家を辞したのは、すでに夕暮れであった。

やぶうぐいす

「腹を切るかなあ、浅香さん」

屋敷へ帰ってから、三左衛門がいった。

「いや、あなたならそうされるだろうが、あの男はずるいから、腹までは切らんでしょう」

伝八郎はわらって答えた。

「すると、またなにかたくらむな」

「それはできないでしょう。とにかく、こっちに口のきける幽霊がいるんですからな。もう手も足も出ないのがほんとうです」

「まったく貴公のおかげだった。ほんとうの幽霊にされてしまっていたのでは、それこそ泣き寝入りのほかはなかったのだ」

三左衛門はしみじみといってから、

「浅香さん、老人は必ずこの恩義にむくいますぞ」

と、なにかを誓っていた。

それから二日めに、老中松平周防守から内々の使者が土屋家へ立った。

さっそく三左衛門が出て会ってみると、

「実は、稲葉大膳の儀について内談にまいったのですが——」

と、使者は老中の内意を告げた。

心得違いのあった大膳は剃髪《ていはつ》のうえ国もとへ隠居させ、家名はせがれ又一郎につがせる。当主若之助さまの後見は元服まで釆女正さまに依頼し、藩政いっさいを必ず相談する。死去の先侯夫人には供養《くよう》料として三千石ずつ差し上げよう。この条件で納得してくれまいかというのである。

稲葉家に傷をつけまいとすれば、まずその辺で納得しておくほかはないのだ。

「これは御老中さまのお取りなしでございましょうな」

三左衛門は念を押した。

「そうです。大膳は姻戚《いんせき》になっておりますのでな、主人も今後は必ず藩政には口を出させぬようにするからと申していました」

「承知いたしました。御老中さまお声がかりなれば、てまえ主人も納得いたすことでございましょう。御返答の儀は、いずれ当方からまかり出ることにいたします」

恩にきせて、三左衛門は使者を帰した。

「さようか、老中のあつかいとあれば、承知するほかはあるまい」

三左衛門から委細を聞いた采女正は、満足のようだった。

「しかし、三左衛門、鶴姫はふびんだな。生涯《しょうがい》、幽霊か」

「それはいたしかたございますまい。しかし、死んだ者は必ず生まれかわるものです。三千石の供養料というのは、その辺の含みを入れてのことでございましょう」

「なるほど、生まれかわらせるか」

「はい、ただ事情が事情でございますから、どこへでも生まれかわらせるというわけにもいきませぬ。なるべく目だたぬ、申してみれば、浪人者などの家が手ごろかと存じます」

「あは、は、それではいっそ伝八郎のところへ生まれかわらせるか」

「御明察、恐れ入ります。幽霊もさぞおよろこびのことでございましょう。ついでに、高輪の下屋敷もおつかわしになりましては」

「任せおく。よきに計らえ」

別間では、ちょうどそのころ、下屋敷から市松がたずねてきて、伝八郎に談じこんでいた。

「このまま旅に出る? 冗談いっちゃいけやせん。お姫さまは、だんなが帰ってきてくれなければまた家出をする覚悟だっていっていますぜ。自分はもう死んだことになっているのだから、幽霊ならどこへ行ったってかまわないっていうんでさ。強くなったのなんのって、幽霊になったとたん気が強くなっちまって、どうしてもきょうはだんなの様子を見てこいってきかねえんでさ。つまり、だんなのほんとうの心を聞いてきてくれっていうんでさ」

「つまらぬことをいうな」

「へえ、つまらねえことでござんすかね。そんならおうかがいいたしやすが、だんなは酒匂川から鶴丸さまを拾いあげたとき、川ん中でちゃんと夫婦約束をしたんですってね。あれはうそかほんとうか、ようく聞いてこいとおっしゃるんだ。これでもつまらねえことでござんすかえ。だんなはつまらねえから夫婦約束をしたんでござんすかえ」

「大きな声を出すな」

「小さな声でいったっておんなじことでさ。浅香のだんなともあろう男が、お姫さまをだます、あんまり罪でさ。相手はそれでなくてさえ幽霊にされているんだ。化けて出たって、あっしは知りませんからね。いくらだんなが逃げようたって、幽霊はだんなの肩におぶさってどこまでもついていきまさ。文句をいったってしようがねえでしょう。男がちゃんと一度夫婦約束をしたんですからね」

「浅香さん、この勝負はどうやら貴公の負けだな」

三左衛門がわらいながらはいってきた。

「いけねえ、聞かれちまった」

市松がいそいでわが口を押さえる。

「いや、心配しなくてもいい。稲葉家との問題も、きょうはどうやらめでたく解決がついた」

「おめでとうござんす。いまその話をだんなからうかがい申してね、大膳の野郎を坊主にしただけじゃ気がすまねえが、そっちはまあそれでいい。そこで、こっちはひとつ、どうせ幽霊なんだから、その幽霊を盗み出そうと——」

「盗まなくともよい。そのことも、いま殿からお許しが出た」

「なんですって——」

「一生幽霊ではあまりにふびんだ。いっそ浅香さんの肩へおぶせて生まれかわらせろとな」

「ほんとうでござんしょうね、御家老さま」

「うむ。ついでに、高輪の下屋敷をそのままくださるそうだ」

「しめたっ。ありがとうござんす。ごめんなすって」

「これこれ、どこへ行く」

「幽霊がね、御家老さま、居間へ閉じこもったっきり飯を食わねえんでさ、お菊や春蔵さんも心配するし、今日はあっしが思いきってぶつかってみたんでさ。たいていはわかっちゃいたが、問い詰めてみると、伝八郎は男ですからもう二度と帰らぬでしょう、鶴はあきらめていますって、目にいっぱい涙をおためなさる。

そんな話ってあるか、ちゃんと酒匂川で、――いいえ、もういいんでさ。とにかく、早く帰って幽霊に飯をくってもらわなくちゃ。ごめんなすって」

ぷいと立って、風のように飛び出していく。

「そうか、お食事もすすまなかったとな」

三左衛門がしいんとした顔につぶやく。

「いい男ですな、浅香さん」

「春蔵も、お菊も、――そして、早川や香川が生きていてくれたらと思います」

伝八郎は静かにいって、死者の冥福《めいふく》を祈るように目を閉じるのであった。

おだやかな初冬の午後で、やぶうぐいすのひなびた声が耳につく。

※この作品は二〇一三年に小社から刊行されたものです。

本書には今日では差別表現として好ましくない表現も使用されていますが、作品の時代背景および出典を尊重し、あえてそのまま掲載しています。

コスミック・時代文庫

姫《ひめ》さま純情剣《じゅんじょうけん》
野ざらし道中

2022年8月25日　初版発行

【著者】
山手《やまて》樹《き》一郎《いちろう》

【発行者】
相澤　晃

【発行】
株式会社コスミック出版
〒154-0002 東京都世田谷区下馬 6-15-4
代表　TEL.03(5432)7081
営業　TEL.03(5432)7084
　　　FAX.03(5432)7088
編集　TEL.03(5432)7086
　　　FAX.03(5432)7090

【ホームページ】
http://www.cosmicpub.com/

【振替口座】
00110-8-611382

【印刷／製本】
中央精版印刷株式会社

ISBN978-4-7747-6405-4 C0193